華胥《かしよ》の幽夢《ゆめ》

十二国記

小野不由美

white heart

講談社X文庫

目次

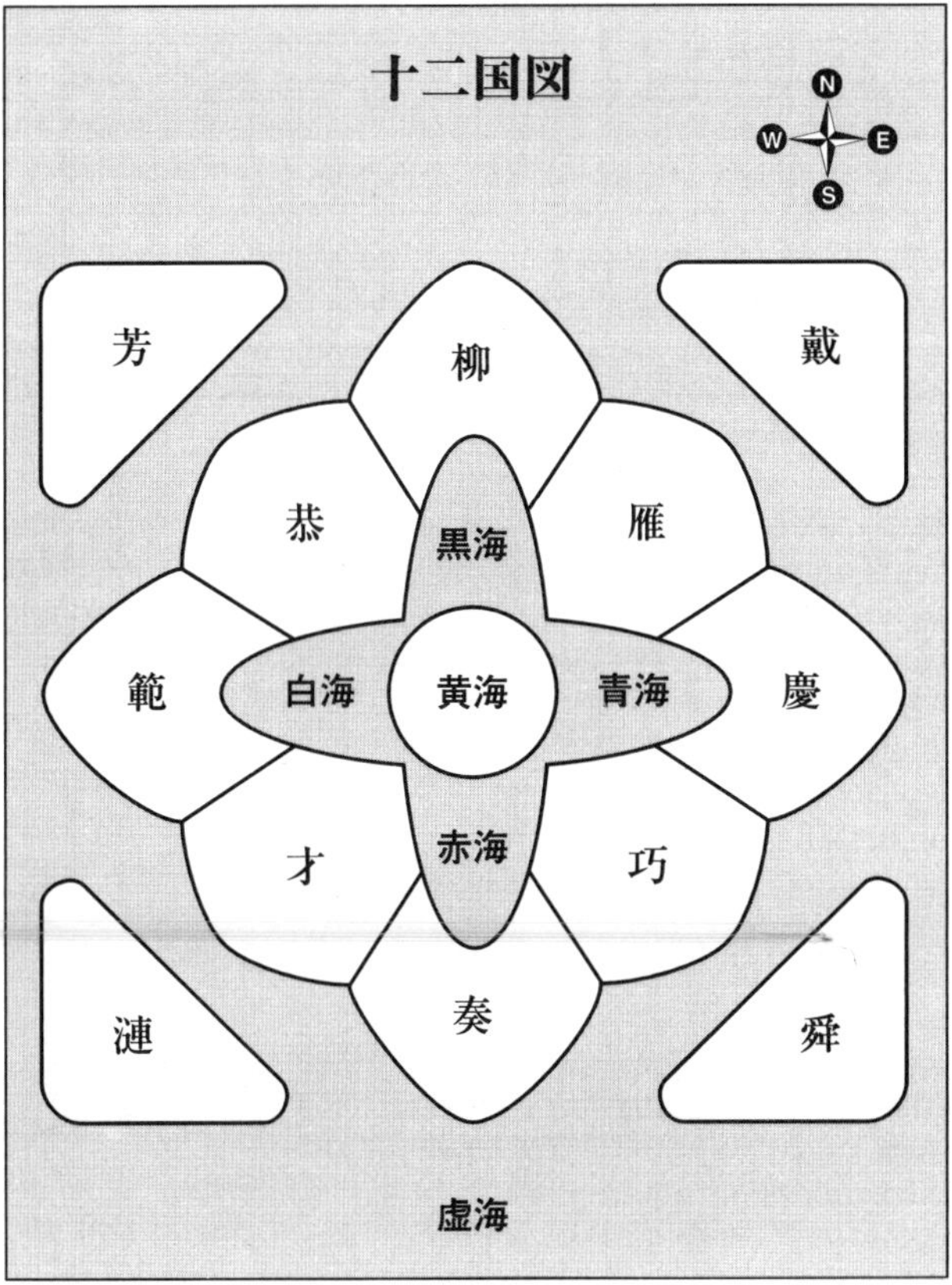
十二国図
N
W
E
S
芳
柳
戴
恭
黒海
雁
範
白海
黄海
青海
慶
才
赤海
巧
漣
奏
舜
虚海

イラストレーション／山田章博

華《か》胥《しょ》の幽夢《ゆめ》

十二国記

冬《とう》栄《えい》

泰麒《たいき》が建物を出ると、宮城《きゅうじょう》の様子は一変していた。

回廊《かいろう》に踏み出した足を止め、泰麒は瞬《またた》き、あたりを何度も見渡した。建物に変化があったわけではない。立ち並ぶ巨大な宮殿も、広々とした庭院《なかにわ》の様子も変わらない。白い壁に紺《こん》の甍宇《いらか》、そこを行き交う下官《げかん》の姿、いつもどおりの光景だった。——ただ、それらはいま、淡《あわ》い光を内側から放っているように見えた。

何もかもが柔らかな光を帯《お》びている。珍しくすっきりと晴れていた冬空は紗《しゃ》の幕にでも覆《おお》われたよう、青い色は薄まって太陽は白く滲《にじ》んでいる。泰麒の足許《あしもと》に落ちる影も薄墨色《うすずみいろ》をしていた。それなのに周囲の景色は午《ひる》に見たときより明るい。

霧《きり》——とは違う。けれども何かそんなものが、あたりを包んでいる。それは目に見えないほど細かく、微《かす》かに光を帯びている。泰麒には、そんな気がした。

「どうなさいました」

背後からかけられたのは、泰麒に続いて宮殿を出てきた正頼《せいらい》の声だった。泰麒は正頼を振り返る。これはどうしたことだろう、と広い庭院《なかにわ》を無言のまま示した。

「おや、珍しい。白陽《はくよう》ですね」

正頼は笑って空を仰《あお》いだ。正頼は泰麒につけられた傅相《ふしょう》で、この戴国《たいこく》の首都が置かれた瑞州《ずいしゅう》の令尹《さいしょう》を兼ねる。泰麒のようなまだ小さな宰輔《さいほ》には、養育のために傅相がつけられることが多い。傅相はずっと傍《かたわ》らに控《ひか》えて私生活上の諸事から政務にわたるすべての面倒を見てくれ、同時に教師となってくれるのだった。

「白陽？」

「こういうお天気のことを、そう言うんです。下も晴れたんですね」

なおも首を傾ける泰麒に、

「雲海《うんかい》の下の雲が切れたんですよ。下界の雪の照り返しでこんなふうになるんです」

「へえ……」

泰麒は白い幽光《あかり》に包まれた周囲を改めて見回した。まるで障子《しょうじ》越《ご》しの陽脚《ひざし》のようだ、と思う。異界になってしまった遠い故郷、そこでとびきり天気の良い朝に目覚《めざ》めると、ちょうどこんなふうだった、と懐《なつ》かしく思い出した。

「すっかり雲が切れないとだめです。そして、うんといいお天気でないと。年にそう何度もあることじゃないんですよ。儲《もう》けましたね」

「いまなら下の景色が見えると思う？」

「確かめに行ってみますか？」

泰麒《たいき》は大きくうなずいた。王宮は海のただなかに、島のように浮かんでいる。取り巻いた雲海を透《す》かして下界の景色が見えるはずだったが、冬に入ってそれも絶えた。雲海の下を雲が覆《おお》って視界を遮《さえぎ》ってしまったのだ。

正頼《せいらい》は笑って手を伸ばす。泰麒はその温《あたた》かな手を握《にぎ》って傅相《ふしょう》を見上げた。

「急がないと、また雲が出てしまうんじゃないかしら」

正頼は心得たように微笑《ほほえ》む。

「じゃあ、近道をして行きましょうか」

泰麒は喜んでうなずいた。泰麒はこの傅相の言う「近道」が好きだった。下官《げかん》しか使わないような小道や裏道を通り、時には閉められた宮殿や、府第《やくしょ》の庭先をこっそりと通り抜ける。王宮にはこんな場所もあったのか、と珍しいのが興味深かったし、下官を驚かさないよう、人がやってくるたびに物陰に身を隠すのも楽しかった。

この日も正頼に手を引かれ、府第の片隅《かたすみ》を掠《かす》め、裏を忍び足で通り抜けて「近道」をした。阿閣《たかどの》の露台《ろだい》の下を潜《くぐ》り抜けて庭院《なかにわ》に出ると、ちょうど間近の建物から数人の人影が騎《き》獣《じゅう》を伴って出てきたところだった。

「──台輔《たいほ》」

驚いたように足を止め、声を上げる者がある。慌《あわ》てて隠れたものの、泰麒と正頼は物陰で顔を見合わせた。

「見つかっちゃったね」

「穏和《おとな》しく出ていって、お叱《しか》りを受けるしかなさそうですねえ」

笑い合って、泰麒は正頼と植え込みを出た。すぐ近くの石畳《いしだたみ》の上では、皮甲《よろい》をつけた数人がふたりを待つように佇《たたず》んでいる。禁軍《きんぐん》将軍の巌趙《がんちょう》と阿選《あせん》の姿が見えた。共に騎獣《きじゅう》を伴っている。ひとりだけ交じった皮甲の女は瑞州《ずいしゅう》師将軍の李斎《りさい》で、やはり騎獣の飛燕《ひえん》を伴っている。大司徒《だいしと》の宣角《せんかく》が一緒だということは、軍事のための集まりではないのだろう。そして──その背後には笑みを浮かべた泰麒の主《あるじ》の姿があった。ひときわ異彩を放つ灰白色の髪と紅玉の眼《め》。

「台輔は神出鬼没《しんしゅつきぼつ》でいらっしゃる」

真っ先に、李斎が膝《ひざ》をついて一礼しながら破顔した。

「珍しいお天気だから、雲海を見にきたんです。下の景色が見えるんじゃないかと思って。──飛燕を撫《な》でてもいいですか？」

「もちろんですとも」

李斎《りさい》は気安く答えて、

「けれども台輔《たいほ》――畏《おそ》れながら、雲海にいらしてもこのお天気ですから、何も見えないかと存じますが」

泰麒《たいき》は飛燕《ひえん》の毛並みを撫《な》でながら首を傾けた。

「雲がないんでしょう？」

「はい。ですから地上の照り返しで、何も見えません」

怪訝《けげん》そうに言われ、泰麒は正頼《せいらい》を見上げた。正頼は悪戯《いたずら》っぽい笑みを噛《か》み殺《ころ》すようにしてあらぬ方向を見ている。唐突に、巌趙《がんちょう》が大きな身体《からだ》を揺《ゆ》すって笑った。巌《いわお》のような巨《きょ》軀《く》にふさわしい、朗々とした声だった。

「正頼めに謀《はか》られましたな」

慰《なぐさ》めるように飛燕が鳴く。泰麒は、その首筋のあたりを撫でながらひとつ息を吐いた。

「正頼ったら、酷《ひど》いんです。前にもぼくが令尹《さいしょう》って何って訊《き》いたら、それは子守《こもり》のことだって言うんですよ。驍宗《ぎょうそう》さまにそう言ったら、笑われてしまいました」

「きっとその後、正頼は主上《しゅじょう》にお叱《しか》りをいただいたでしょうから、痛み分けですね」

そう笑って言った阿選《あせん》の言葉に、泰麒も笑った。正頼もまた、くつくつと笑っている。

阿選はもともと禁軍の将軍、先ごろ登極《とうきょく》した驍宗もまた禁軍の将軍だったから、同輩として親しい間柄だった。李斎も驍宗とは親しく、巌趙、正頼らはそもそも驍宗の麾下《ぶか》だった。近しい者の間に特有の、和《なご》やかな空気が人々を包んでいる。

笑ったまま正頼が泰麒を促《うなが》した。

「また主上《しゅじょう》にお叱《しか》りを受けないうちに退散しましょうか。残念ながら下界の景色は見えませんけど、珍しい様子が見られますよ。雲海が白く光ってとても綺麗《きれい》なんです」

「ついでに禁門を降りて下の様子を見に行っちゃ、だめ？」

ちょうど内殿の奥まで来ていた。たったいま、李斎らが出てきた建物を抜けると禁門に出る。正頼は眉《まゆ》を上げる。

「下はうんと寒いんですよ。台輔《たいほ》はお小さいから、芯《しん》まで凍《こお》るのなんて、すぐです」

「ちょっとだけ」

泰麒が言うと、驍宗が足を踏み出した。この戴国《たいこく》の王——泰麒の主《あるじ》。

「私が連れていこう」

泰麒は嬉《うれ》しかったが、同時に申し訳なくも感じた。登極したばかりの王は忙しい。泰麒に付き合って割《さ》く時間などないはずだ。

「でも……あの、御用事では」

「李斎《りさい》たちも騎獣《きじゆう》を厩《うまや》に戻す時間が欲しいだろう。ちょうどお前に用もあったしな」

主《あるじ》の笑みに誘われて、泰麒《たいき》も顔を綻《ほころ》ばせる。無二《むに》の主だから、側《そば》にいられれば無条件に嬉《うれ》しい。泰麒は正頼《せいらい》を振り返る。正頼は目を細めて、ここで待っていますから、と笑《え》んだ。


「お帰りになったところなのに、ごめんなさい」

構わない、と振り返って微笑《ほほえ》んだ驍宗《ぎようそう》の向こう、たったいま、開かれたばかりの扉《とびら》の先には広々とした窓が設けられていた。その外には雲海が広がっている。異国生まれの泰麒には、空の上にこうして海のあることが、とても不思議なことに思われる。

その海は静かな波音を立てていた。いつもは陰鬱《いんうつ》な灰色をしているのに、今日はそれが白い。真珠色《しんじゆいろ》の海面は、水底から照らされたように淡《あわ》く輝いて見えた。

歓声を上げて窓辺に駆《か》け寄《よ》った泰麒の肩に、重みのある旗袍《がいとう》が被《かぶ》せられた。

「着ていなさい。外は本当に寒い」

「でも、驍宗さまが寒くないですか?」

「なに、私なら大事ない」

申し訳なくも思ったけれども、驍宗の心遣《こころづか》いが嬉しかったので、泰麒は頷《うなず》いた。先に

立って階段へと向かう驍宗《ぎょうそう》の背を追いかけて、長い旗袍《がいとう》の裾《すそ》を踏《ふ》み、転《ころ》びそうになる。それを見てとって、驍宗はしっかり旗袍を掻《か》き合《あ》わせて泰麒《たいき》ごと抱《かか》えあげた。

「まだまだ軽いな」

「それは、ぼくが麒麟《きりん》だからだと思うんですけど」

泰麒の本性《ほんせい》は——自身にとっても意外なことに——人ではない。麒麟という獣《けもの》で、だから鋼色《はがねいろ》の奇妙な髪も、実は髪ではなく鬣《たてがみ》で、そして天翔《あまかけ》る獣が並《な》べてそうであるように、そもそも身体《からだ》の目方自体が軽いのだ。

そうか、とだけ言って、驍宗は泰麒を抱えたまま広間の一隅《いちぐう》にある白い石の階段を降りる。決して短くはない階段を下る間に、それに何十倍する距離を下降している。こういう不思議が王宮には随所にあって、泰麒も当初は珍しくてならなかったが、少しずつ慣《な》れてきた。空を飛ぶ獣がいたり、空の上に海があったり、人々が変わった色の髪や眼を持っていたり——ここはそんな世界なのだ、と。

広く緩《ゆる》やかな階段を下ったところは、大きな広間だった。その正面には巨大な扉《とびら》がある。両脇《りょうわき》に控《ひか》えた門卒《もんばん》が、驍宗と泰麒の姿を認めて門扉《もんぴ》を開いた。途端に刺すような風と、鋭利な光が押し寄せてきた。

禁門は凌雲山《りょううんざん》の中腹、雲海に近い高所に穿《うが》たれた巨大な洞窟《どうくつ》の奥に建っている。門前は岩盤に三方を囲まれた大きな広場で、唯一開かれた一方の縁《へり》の先は、落ちこむようにして途切《とぎ》れていた。驍宗の腕を滑《すべ》り降《お》り、温《あたた》かい手をしっかりと握《にぎ》って覗《のぞ》きこめば、眼下には雪に覆《おお》われた鴻基《こうき》の街が広がっている。急峻《きゅうしゅん》な起伏を繰り返す周辺の山々は雪に覆われて白銀に輝く。青い空との対比が鮮《あざ》やかだった。

「……綺麗《きれい》」

呟《つぶや》くのと同時に、喉《のど》の奥へと冷たい外気が流れこんできた。その刺激に、思わず咳《せ》きこみそうになる。禁門を出て縁のほうへと進む間に、もう膚《はだ》が悴《かじか》んでいる。冷気が目に沁《し》みる。眩《まぶ》しいのと寒いのとで痛いほどだった。

「本当に、寒いんですね」

口許《くちもと》も強張《こわば》って思うように動かない。驍宗はうなずいた。

「戴《たい》は極北の地だ。冬が来れば早々に雪が降り、里廬《まちまち》は雪の中に閉ざされる。こんな晴れ間は幾日もない。天上の王宮にいれば、さほどには感じないだろうが、民は皆この寒さの中で生活している」

「大変ですね……」

「家を失えば、たちまちのうちに凍《こご》えてしまう。山野は雪に覆われ、地面ごと凍《こお》って草の根を掘ろうにもそれすらできない。秋に蓄《たくわ》えた食糧が尽《つ》きれば飢《う》えるだけ、なのに秋の収穫は天候しだいだ。冬に対する備えが民の生死を決める——ここはそういう国だ」

泰麒《たいき》は、白く凍《こお》りつき無機物のように輝く街を無言で眺《なが》めた。

「こうして眺《なが》める国土は無垢《むく》で美しいが、同時に無慈悲《むじひ》で恐ろしい。——それを決して忘れないように」

はい、と泰麒はうなずいた。どこか粛然《しゆくぜん》とした気分になっていた。

ほどなく泰麒は、背中を押す手に促《うなが》されて禁門の中に戻ったが、しんとした気分は寒気が途切れても変わらなかった。ほんのわずかの間に、手足は冷えきり、指先は痛いほどだが、胸の中に冷たい塊《かたまり》があるように感じるのは、そのせいばかりでもあるまい。

「寒かったろう？」

驍宗《ぎようそう》は問い、そうして、どうだ、と明るい声を上げた。

「暖かいところに行ってみたくはないか？」

「暖かいところ？」

首をかしげる泰麒に、暖かくて雪がなくて花が咲いているところだ、と言う。

「でも、いまは冬ですよね？」

泰麒が言うと、驍宗は軽く身を屈《かが》め、泰麒の肩に手を載《の》せて微笑《わら》った。

「蒿里《こうり》に頼みたいことがある」

泰麒はさらに首をかしげた。「暖かいところ」と「頼み」の間にどういう関係があるのか、よく分からなかった。

「——漣《れん》へ行ってもらいたいのだ」

「漣……漣国ですか？　うんと南の」

驍宗はうなずく。

「蒿里は以前、蓬山《ほうざん》で廉台輔《れんたいほ》のお世話になっている。そのお礼も申しあげたいし、おかげで戴《たい》は落ち着いたことをお知らせもしたい。だが、私にはその暇《ひま》がない」

「それで、ぼくが？」

「本来ならば登極《とうきょく》して、早々にお礼の使節を向かわせるべきところを、聞けば漣国には争乱がおありとのこと、乱そのものは平定したとのことだったが、しばらくは御多忙であろうと思って御遠慮《ごえんりょ》を申し上げた。だが、どうやらそれも落ち着かれたらしい。それで、私の代わりに使節として廉王《れんおう》をお訪ねしてもらいたいのだ」

「ぼくひとりで……ですか？」

泰麒は少し口籠《くちご》もった。

「もちろん、供はつける。——大任だろうが、行ってくれるな？」

驍宗《ぎょうそう》と別れ、泰麒《たいき》はとぼとぼと正頼《せいらい》の待つ庭院《なかにわ》に戻った。泰麒を認めて歩み寄ってきた正頼は、すぐに不思議そうに首をかしげた。

「どうなさいました？」

「僕、漣《れん》に行くことになったの」

泰麒が言うと、正頼は心得たようにうなずく。

「ああ、そのお話が出ましたか」

「知ってたの？」

「台輔《たいほ》には大任すぎるだろうか、って主上《しゅじょう》から相談されましたからね。台輔なら絶対にだいじょうぶです、と太鼓判《たいこばん》を捺《お》しておきました」

言って、正頼は泰麒の顔を覗《のぞ》きこんだ。

「――ひょっとして漣に行かれるのは、お嫌《いや》ですか？」

「ううん」

泰麒は強く首を振った。本当に嫌なのではなかったたし、嫌がっているとは思われたくなかった。

「不安でいらっしゃる、とか？」

泰麒は俯《うつむ》いたまま、頭《かぶり》を振った。

「……そういうわけじゃ、ないんだけど」

「大任ですからねえ。なのに驍宗さまは御一緒でないし」

正頼は、そもそも驍宗軍の軍吏《げかん》だった。だからときどき、「主上」が取れる。

「……漣は遠いから、行って帰るまでに、うんと時間がかかるよね？」

「そうですねえ。騎獣《きじゅう》を使っても、片道に半月はかかるでしょうねえ。急いで行って帰っていらしても、新年の祭礼には間に合いませんでしょう」

「ぼく、いなくていいの？」

「本当は、主上と台輔と揃《そろ》ってお迎《むか》えになるものですけどね。けれども主上も、だからこそいまのうちに使節を、と思われたんでしょう。ちょうど、いまは祭礼続きで、もともと重大な御用事の少ない時期ですからね。——ほら、こんな時期でもないと、相手方にも御迷惑ですから」

「そうだね……」

「それとも、驍宗さまと離れておしまいになるのが、お寂《さび》しくていらっしゃる？」

泰麒は正頼を見上げた。正頼はひとり得心したようにうなずく。

「驍宗さまは近頃、お忙しくてらっしゃるからなあ」

実際、驍宗はこのところ、ひどく慌《あわ》ただしげにしていた。冬至《とうじ》の郊祀《まつり》の前から本当に忙しそうで、それは郊祀《まつり》が終わってからも変わらなかった。正頼《せいらい》が傅相《ふしょう》としてついて以来、午後の公務に付き合ってくれることもなくなった。食事も必ず一緒というわけにはいかず、朝議の前後に少し言葉を交わすのが精一杯、ということが多かった。

「ゆっくりお話しする暇《ひま》もない。そのうえ長い旅に出されてしまうから、心細くなってしまわれたんですね?」

「うん……」

忙しいことは、重々承知している。それでも不安になる。何か気に障《さわ》ることをしただろうか——と、ついそう思ってしまうのは、郷里の家で、泰麒《たいき》はいつもそんなふうだったからだ。

泰麒は常に、期待に応《こた》えることのできない子供だった。周囲から期待されていることは分かるのに、何を求められているのか分からない。良かれと思ってしたことが、得てして家族を落胆《らくたん》させた。自分がいるせいで、何かが巧《うま》くいっていない——そういう直感を泰麒は抱いていたし、それは今も変わっていなかった。

「……ぼく、いたら邪魔《じゃま》なんだと思う? だから漣《れん》に出されてしまうのかしら」

まさか、と正頼は破顔した。

「それでそんなに、気落ちしてらしたんですか。——そんなことがあるはずないじゃ、ありませんか。台輔《たいほ》はかけがえのないお方なんですから」

「それはぼくが、麒麟《きりん》だから？」

「そうですとも」

「でも……」

言いかけて、泰麒は言葉を途切《とぎ》れさせた。正頼は首を傾けて続きを待っていたが、結局、泰麒は首を横に振って口を噤《つぐ》んだ。正頼は柔らかく苦笑する。

「よほど心細くていらっしゃるんですね。だったら、なおのこと、頑張って大任を果たされることだと思いますよ。そうしたらたぶん、いいことがありますから」

「いいこと？」

はい、と笑って、正頼はおどけたように手を挙げる。

「これから先は秘密です」

「ええ？」

泰麒は思わず正頼の袖《そで》を握《にぎ》った。

「──あのね、正頼」

「だめだめ。台輔はおねだりがお上手なので、私としちゃ聞いてあげたい気持ちでいっぱいですけど、言ったら驍宗《ぎょうそう》さまに叱《しか》られてしまいます」

そこから、めまぐるしく戴《たい》と漣《れん》の国府《こくふ》の間で青鳥《しらせ》がやりとりされて、日程が決まり、人員が決まった。

泰麒《たいき》を正使に、傅相《ふしょう》の正頼《せいらい》と、泰麒付きの大僕《ごえい》である潭翠《たんすい》が従う。それに副使として瑞州《ずいしゅう》師《し》左軍の霜元《そうげん》と禁軍右軍の阿選《あせん》で四人。その四人がそれぞれに下官をひとりずつ連れて、総勢わずかに九人、特に勅使《ちょくし》の幢《はた》は揚《あ》げず、平服で漣に向かう。正式な使節とはいっても、あくまでも泰王《たいおう》個人が廉王《れんおう》個人に使いを出す、という体裁《ていさい》である。

漣国は世界南西に位置し、戴と同じく大陸からは虚海《きょかい》によって隔《へだ》てられている。戴にとって最も遠い国——それが漣だった。実際のところ、戴は漣とはいかなる関係も持たない。これまでただの一度も国交を持ったことがなかったし、要不要で言うなら、この先も交わりを持つ必要はないだろう。ただ、泰麒はかつて、個人的に廉麟《れんりん》の世話になったことがある。異国——泰麒にとっては故郷——に流されていた泰麒を、この世界に呼び戻してくれたのが廉麟だった。

「廉台輔《れんたいほ》はどういう方だと思う？」

鴻基《こうき》を出てすぐ、泰麒は正頼に訊《き》いた。漣までは騎獣《きじゅう》を使うが、もちろん泰麒はまだ騎獣に乗ることができない。それで二頭の、牛に似た騎獣の背に載《の》せた籠《かご》のような輿《こし》の中に穏和《おとな》しく納《おさ》まっていた。同伴した正頼は、おや、と不思議そうな声を上げる。

「台輔のほうがご存じじゃないんですか？」

「ううん。ぼくもお会いしたことはないの。ええと、お顔を見たことはあるんだけど、ぼくはこちらに連れ戻されたばかりで、すごく驚いてて、それでろくにお顔も見てなくて」

言ってから、泰麒は少し恥《は》じ入って告白した。

「本当は、泣いちゃったんだ。どうしてなのか、自分でもよく分からないんだけど。泣いてるうちに眠ってしまって、目が覚めたら廉台輔はもう漣にお帰りになってたの」

「そうだったんですか。……私も廉台輔は存じ上げないからなあ。きっと戴で、廉王や廉台輔がどんな方だか知っている人は誰もいないでしょうねえ」

「王さまも麒麟《きりん》も、たった十二人ずつしかいないんだから、仲良くすればいいのにね」

泰麒が言うと、正頼は破顔した。

「まったくですねえ。……でも、簡単に仲良くできない理由は、いずれ台輔にもお分かりになると思いますよ」

泰麒は言われて、きょとんとしたが、確かにやがて納得しないわけにはいかなかった。

頻繁《ひんぱん》に行き来するには、あまりにも遠いのだ。岸辺が漣だった。足の速い騎獣《きじゅう》を使っても、戴《たい》を出るだけで一昼夜がかかった。そこから、さらに一昼夜をかけて海を越え、以来、柳国《りゅうこく》の港町を皮切りに虚海《きょかい》の沿岸を辿《たど》って恭《きょう》へと向かう。岸辺づたいに範《はん》を南下し、さらに海を渡り、空行半月を経《へ》てやっと見えた岸辺が漣だった。

「……とってもよく分かった」

漣国の首都、重嶺《じゅうれい》に舞い降りながら、泰麒《たいき》が呟《つぶや》くと、正頼《せいらい》は首をかしげる。

「仲良くできないわけ。……こんなに遠いんじゃ、遊びに行って帰るだけで、ほかのことをする暇《ひま》がなくなっちゃうものねえ」

でしょう、と正頼は笑った。

「大変な長旅でしたね。お疲れじゃないですか？」

泰麒らは重嶺を囲む閑地《かんち》で乗騎を降りた。目前に見える重嶺の街は、新年を間近に控《ひか》えて華やかな飾りで彩《いろど》られている。

「ううん。今日は半日しか飛んでないもの」

そうですか、と正頼はさも気落ちしたように溜息《ためいき》をついた。

「台輔《たいほ》は辛抱強《しんぼうづよ》くていらっしゃるので、じいやは大助かりで、つまらない」

泰麒はきょとんと正頼を見上げた。

「正頼、つまらないの？」

「もちろんですとも。腕白小僧《わんぱくこぞう》の首根っこを捕《つか》まえて、がみがみ言うのが私のお役目なんですから。たまには大変な悪戯《いたずら》をしでかして、尊いお尻《しり》をぶたせてくれなくちゃ、じいやには楽しみがありません」

正頼がおどけたように顔をしかめるので、泰麒はくすくすと笑った。

「心掛けてみるね」

「よろしくお願いしますよ」

正頼と笑っているとき、すぐ側《そば》の巨大な正門——午門《ごもん》のほうから、一足先に重嶺に向かっていた下官《げかん》がふたり、やってきた。四人の下官のうちの二名が交替で一足先に宿を発ち、その日の逗留地《とうりゅうち》に先着して宿を調達する。

「ああ、出迎《でむか》えだ。——今日の舎館《やど》は、良いところだといいですねえ」

重嶺は信じられないほど暖かかった。柳、恭、範と、ひとつ国を経るたびに、暖かくなるのがはっきりと分かった。戴の冬には絶対に必要な、羽毛を入れ羊毛で内張りした旗袍《がいとう》も、範の南部に入ったのを最後にとうとう脱いでしまっている。

そんなふうだったから、舎館に入り、白圭宮《はっけいきゅう》を出た日以来、久々に朝服《ちょうふく》に着替えた正頼は、それだけですでにうんざりした顔つきだった。

「……暑そうだね」

臥室《しんしつ》を出てきた正頼《せいらい》に泰麒《たいき》が声をかけると、はあ、と正頼は情けなさそうにする。

「漣《れん》は暖かいとは聞いてましたが、ここまでだとは思いませんでした。これじゃあ、戴《たい》の春や秋の気候ですねえ」

「そうだねえ」

「ともかくも、これが戴のこの時節の朝服《ちょうふく》なんですから仕方ありません。私はちょっと国府《こくふ》をお訪ねして、到着の御挨拶《ごあいさつ》をしてきます」

「ぼく、行かなくていいの？」

「とりあえず先触《さきぶ》れをするものですからね。台輔《たいほ》がお出ましになるときには、礼服を着ていただかなくちゃなりませんから、いまのうちに涼《すず》んでいらっしゃい。たぶん、夕刻には戻れますでしょう」

「でもってぼくは、正頼が戻るまでに、いっぱい悪戯《いたずら》をしておくんだね」

泰麒が言うと、正頼は声を上げて笑った。

「そうです。潭翠《たんすい》たちをうんと困らせてやるんですよ」

言って正頼は、起居《いま》の隅《すみ》に影のように控《ひか》えている大僕《ごえい》に目をやる。潭翠はいつものように無言で、正頼の軽口にも言葉を挟《はさ》むわけでなく、それでもちらりと苦笑めいたものを浮かべた。

「潭翠には内緒ですけど、私は一度、潭翠が血相を変えたところを見てみたいと、常々思っていたんです」

「潭翠がかんかんになるような悪戯《いたずら》をするんだね」

「頑張ってくださいまし。そうしたらじいやが、戻りしだい、園林《にわ》の木に吊《つる》して差しあげますから」

　同じく朝服《ちょうふく》に改めた下官《げかん》をふたり連れ、正頼が出掛けていったのと入れ違うようにして、旅装を解《と》いた霜元《そうげん》と阿選《あせん》が泰麒の房室《へや》を訪ねてきた。

「お疲れは出ていらっしゃいませんか」

　訊《き》いてきたのは霜元のほうだった。霜元はもともと驍宗《ぎょうそう》軍の師帥《しきかん》で、新朝廷では瑞州《ずいしゅう》師《し》の要《かなめ》となる左軍将軍に就《つ》いている。禁軍左軍を預かる巌趙《がんちょう》ほどの巨漢ではないものの、上背のある偉丈夫《いじょうふ》で、どことなく品格のある落ち着いた物腰をしていた。泰麒は霜元に会うたび、故郷で読んだ物語に出てくる「騎士」という言葉を思い出すのだった。

「ううん。──それより、ほら」

泰麒《たいき》が窓辺から外の園林《ていえん》を示すと、ふたりの将軍は気安げな調子で窓辺にやってきて泰麒の示したほうを見る。

「お庭に花があるんだよ」

驍宗《ぎょうそう》は「花の咲いているところだ」と言ったが、本当にこの季節、ごく当たり前のように花の見られる国があるとは思わなかった。雪に覆《おお》われた場所もない。こうして窓辺にいても、寒いとは感じない。戴《たい》の窓辺では、隙間風《すきまかぜ》や冷気で身震《みぶる》いするものなのに。

霜元《そうげん》は外を見やって目を細める。

「……何の花でしょう。これから咲き揃《そろ》うところのようですね。こんな時節に雪のない国があるとは、思ってもみませんでした」

ぼくも、と泰麒は窓枠《まどわく》に頬杖《ほおづえ》をついた。

「戴がどこも真っ白だから、こちらはそんなものなんだって思ってた」

「こちら？」

「うん。蓬莱《ほうらい》のお家《うち》では、雪が降るのは、ときどきのことだったんだよ。雪のないのが普通だったの。だからって、こんなに暖かくもなかったけどね。でも、戴はああでしょう？だから、こちらはどこの国も、みんなああなふうなんだろうと思ってたの。ぼく、こちらの冬は初めてだから。でも、あんなに寒いのは戴だけなんだね」

そうですね、と霜元は生真面目《きまじめ》そうにうなずく。

「世界は広いと改めて思いました」

「外の農地もまだ刈《か》り取《と》ってなかったし……」

「南の国では、冬も農地を休ませないのだそうですよ」

そう言ったのは阿選《あせん》だった。

「雑穀《ざっこく》を植えるのだと聞いたことがあります」

へえ、と泰麒は瞬《またた》く。

「じゃあ、冬にも植物が育つんだね。ということは、真冬でも畑に出て、野菜を採《と》ってきたりできるのかしら」

「そのようです」

「戴もそうだといいのにねえ……」

泰麒が溜息《ためいき》をつくと、ふたりの将軍も感慨深げに同意した。

「子供は外を走り回っているのかな。ひょっとしたら、家畜だってまだ放しているのかもしれないいね」

どんなふうに暮らしているのだろう、この暖かい国の人々は。泰麒が窓の外にその片鱗《へんりん》でも窺《うかが》えないかと見入っていると、何でしたら、と阿選が言った。

「少し外をお歩きになりますか？　お疲れでないのでしたら、お供いたしますが」

「本当に？　いいの？」

泰麒《たいき》が振り返って飛《と》び跳《は》ねると、阿選《あせん》は笑ってうなずいた。

前王のもと、驍宗《ぎょうそう》と同じく禁軍の将軍をしていた阿選は、驍宗とともに双璧《そうへき》として鳴らした人物だったと聞いていた。ただ、時に驍宗は怖《こわ》い。人望も篤《あつ》く、武勇も同格、そのせいか風貌《ふうぼう》もどこか驍宗に似ている。息を呑《の》むような覇気《はき》を表すのだが、阿選にはそれがなかった。それで泰麒は、阿選に対しては物怖《ものお》じしないですむのだった。

泰麒は期待をこめて霜元《そうげん》を見る。霜元は是非を思案するように考えこんでいたが、

「重嶺《じゅうれい》を御覧になるのは、悪いことではないだろう？　台輔《たいほ》の見聞が広いのは、むしろ良いことだと私は思うが」

阿選がそう口添えしてくれ、霜元もうなずいた。

「我々と潭翠《たんすい》がいれば、滅多《めった》なこともございませんでしょうね」

重嶺は——鴻基《こうき》と同じように——凌雲山《りょううんざん》の麓《ふもと》に広がっていた。真冬だというのに人通りは多く、街はどこかしら開放的な空気に包まれていた。泰麒にはそれが物珍しい。鴻基とはあまりに違う、と泰麒は思う。鴻基の家々は凍《こお》った雪に覆《おお》われ、民は厚い壁の

中の温《ぬく》もりに頼って生活している。山野を覆《おお》うのも雪ばかり、家畜を戸外に放つこともできず、ましてや、なにがしかの実りを期待することもできなかった。往来を行くのは、已《や》むを得《え》ぬ所用のある者だけ、それも厚い媼袍《わたいれ》を着こみ、襟《えり》を立て、布や毛皮で頭を覆い、身を竦《すく》めて先を急ぐ。何もかもが内へ内へと強い力で押しこめられているよう——それが、戴《たい》という国だった。

漣《れん》は逆だ。冬のこの時期でも、いろんなものが開かれている、と泰麒は思う。板戸を開け放した窓からは建物の中を窺《うかが》うことができ、店舗の戸口もまた開放され、大勢の民が出入りしている。街頭で立ち話をする者たち、走り回る子供たち、閑地には家畜がたむろし、たっぷりと地面を覆った枯れ草を食《は》んでいる。

「すごいねえ……」

泰麒が溜息《ためいき》混じりに呟《つぶや》くと、そうですね、と阿選の微苦笑が返ってきた。

「この半分でも、戴の冬が柔《やわ》らかければ、民の暮らしもずいぶんと違ってくるでしょうに」

本当にそうだ、と泰麒は思う。国の様子は決して豊かには見えなかったが——恭《きょう》や範《はん》のほうがよほど豊かだった——どこかしら余裕のようなものが、街にも人々にも漂《ただよ》っていた。漣ではつい先頃まで内乱があったはずだが、その緊張感を引きずっている様子はどこにもなかった。戴《たい》ではこうはいかない。王朝が代わって間がないとはいえ、鴻基《こうき》のような街でさえ、凍死《とうし》する者が出る。物資が尽きて餓死者《がししゃ》の出る里《まち》があり、そのために里を捨て、危険を承知で深い雪の中、列をなして近隣の街に向かう人々もいる。

大地からの収穫は、そもそも民が暮らすのにかつかつの程度、余裕は玉や金銀が作る。その余裕を先王がことごとく占有して、戴の民は長くぎりぎりの生活を強《し》いられてきた。それは新王が践祚《せんそ》した今もまだ、さほどに改善されてはいない。

「天の神さまが、戴を暖かくしてくれればいいのにね」

泰麒《たいき》が言うと、霜元《そうげん》が微笑《ほほえ》んだ。

「天帝はその代わりに、戴に新王を授《さず》けてくださいました」

そうだね、と泰麒は声を落とし、視線を落とした。

「良い王さえおられれば、国と民が手を携《たずさ》えて苦難を乗り越えることができます。これ以上のお恵みはないでしょう」

「……うん」

「どうかなさいましたか？」

ううん、と泰麒は首を横に振っただけで答えなかった。怪訝《けげん》そうな霜元の眼差《まなざ》しを避け、逸《そ》らした視線の先には緑地が広がり、鍬《くわ》や鋤《すき》を持った人々がおっとりと働いている。

――戴もああだといいのに。

阿選《あせん》らと舎館《やど》に戻り、戻ってきた正頼《せいらい》らを迎《むか》え、翌日に備えて臥室《しんしつ》に退《さが》ってからも、泰麒はそればかりを思っていた。

恭《きょう》や範《はん》のように豊かなら。あるいは、漣《れん》のように気候に恵まれていれば。驍宗《ぎょうそう》に禁門へ連れていってもらって以来、泰麒の胸の中には冷えた痼《しこ》りができている。あの寒気の中、暮らしている人々がいる。官吏《かんり》から耳にする限り、民の暮らし向きは良くない。凍死者が出たと聞き、餓死者《がししゃ》が出たと聞けば、いよいよ寒々しかった。

(……たくさんの人が困っている)

あの非情な白い景色の中で。

なのに自分は、何もできない。

泰麒は麒麟《きりん》だ。天が造《つく》り、民に授《さず》けたのだと言う。天意に通じ、よく天命を聴《き》く。天帝の子と言われ、天の代理人だとされるが、泰麒には民を救ういかなる力も具《そな》わっていなかった。天候を変えることはもちろん、どんな奇蹟《きせき》を施《ほどこ》すこともできない。

麒麟は王を選ぶ――ただ、それだけ。そして泰麒は驍宗を選び、王にした。奇蹟はそこで使い果たされたのだ、という気が、泰麒はしている。

(もう何の力も残ってない……)

泰麒《たいき》がすべきことは、もう何もなかった。いや、宰輔《さいほ》としての公務、州侯《しゅうこう》としての公務、役割がないわけではない。だが、それらを果たせるほど泰麒はまだ大きくなかった。実際に全ての実務を取り仕切るのは、正頼《せいらい》であり驍宗《ぎょうそう》であって、泰麒自身は言われることにうなずいているだけ、むしろ泰麒に説明をして呑《の》みこませねばならないぶん、正頼らは余計な労を背負いこんでいる。

王を選んでしまった麒麟《きりん》は、何のために存在しているのだろう、と思う。

自分に大きな期待がかかっていることは分かっている。それは正頼や、阿選や霜元《そうげん》——そんな大人たちの振る舞いを見れば分かる。立派な大人が、子供にすぎない泰麒を恭《うやうや》しく扱う。それは正頼の言うとおり「かけがえのない」ものに対する礼節なのに違いない。

だが、泰麒の「かけがえのなさ」はどこにあるのだろうか。かつてはあったかもしれない、将来万が一、驍宗が先帝のように道を失い、王ではなくなり、新たな王が必要になったときにはまた「ある」のかもしれない。けれども、今の泰麒はやっと十一になろうとしている子供にすぎない。何もできず、何も分からない。周囲の人々の荷物でしかない——自分。

泰麒の不安の根はそこにあった。

期待されていることは分かっている。なのに何をすればいいのか分からない。できることも何ひとつなく、ただ見守っているだけ、自分は無用の存在で、いれば邪魔《じゃま》になるだけなのだという気がしてならなかった。そう思ってはいないだろうか、思っていて当然なのではないだろうか、正頼も——驍宗も。

明けて翌日、泰麒は礼装を整え、重嶺《じゅうれい》の街の北に聳《そび》える宮城《きゅうじょう》への入り口——皐門《こうもん》を潜《くぐ》った。漣国《れんこく》の王、廉王《れんおう》の居宮を雨潦宮《うろうきゅう》という。

一行は出迎えに現れた漣の官吏《かんり》、大行人《だいこうじん》たちに導かれ、五門《ごもん》をひとつずつ潜《くぐ》り抜《ぬ》けていった。門を潜るたびに重嶺山の内部を通る階段状の隧道《すいどう》を抜け、雲海を貫く巨大な山の、三合目、五合目、七合目と登っていく。最後の隧道を登って、五つ目、路門《ろもん》を越えると、そこはすでに雲海の上——島のように聳える山頂、そこに広がる燕朝《えんちょう》と、王宮の構造は雨潦宮も白圭宮《はっけいきゅう》も基本的に変わりがない。

雲海の上は下界よりさらに暖かかった。重嶺山は鴻基山《こうきさん》よりも起伏に乏《とぼ》しく、なだらかな広い山頂を持っていた。そこに広がる王宮の建物は白圭宮のそれよりも大きく、ゆったりと配置されていて、その間を冬であるにもかかわらず、豊かな緑が埋めている。その風景は、泰麒《たいき》に懐《なつ》かしい感じを抱かせた。

こんもりとした緑の合間に広がる宮、建物はどれも開口部が多く、回廊《かいろう》や四阿《あずまや》は壁を持たないものが多かった。それが緑と渾然一体《こんぜんいったい》になったさまは、泰麒がいっときを過ごした蓬山《ほうざん》の景色に似ている。

泰麒一行は路門《ろもん》を出ると、まっすぐに外殿へと通された。広くひんやりとした空気の籠《こ》もった正殿の中央には荘厳《そうごん》な玉座《ぎょくざ》が据《す》えられていたが、そこには誰の姿もなかった。

空《から》の玉座を見て泰麒は驚いたし、正頼《せいらい》たちは困惑したようだったが、泰麒らをここまで先導してきた漣国官吏《れんこくかんり》のほうが、さらに驚いたようだった。狼狽《ろうばい》すらした様子で顔を見合わせ、おろおろと広大な正殿の内部を見渡す。がらんとした正殿の脇《わき》のほうから、ひとりの官吏が走りこんできた。彼は大行人《だいこうじん》に耳打ちをする。大行人は驚いたような顔をし、官と押し問答をした末、困りきった気配を漂《ただよ》わせて泰麒の前に平伏した。

「まことに御無礼なことで申し訳ありません。どうぞお気を悪くなさいませんよう。さらに無礼を申しあげて恐縮の至りなのでございますが、その……どうか奥へお進みください」

「奥へ、ですか」

正頼は言って、阿選《あせん》、霜元《そうげん》と顔を見合わせた。通常、他国からの賓客《ひんきゃく》を招き入れる掌《しょう》客殿《きゃくでん》は外殿の西にあるもので、これより奥といえば内殿のこと、よほど懇意《こんい》であればともかく、たとえ他国の王といえどもそこから先へ軽々しく足を踏み入れることはない。

「はあ。主上《しゅじょう》の御在所にお連れするように、ということですので」

そう答えた大行人は、困り果てた様子で額《ひたい》に汗を浮かべていた。

慌《あわ》てて輿《こし》が用意された。泰麒らは、さらに粛々《しゅくしゅく》と進んで、宮城《きゅうじょう》内の隔壁《へい》を越え、内殿へと向かわねばならなかった。その内殿を奥へ奥へと進むと、最前見掛けたよりももっと高く堅固な隔壁が二重に見えてきた。

「あのね、正頼」

泰麒はそっと、輿の横に座った傅相《ふしょう》に耳打ちをした。

「……はい？」

「さっき見えた建物は、仁重殿《じんじゅうでん》じゃないかしら、と思うんだけど」

はあ、と正頼は困惑したようにうなずく。

「……実は私も最前からそう思ってました」

「仁重殿があるってことは、ここは路寝《ろしん》だよね？」

「はあ……そういうことになります」

「路寝の奥の門を抜けたら後宮《こうきゅう》に入ってしまうのじゃないかしら」

「の……はずですけど……まさかねえ」

そうは言ったものの、正頼《せいらい》の顔は引きつっている。額《ひたい》にうっすらと汗が浮かんでいるのは、どうやら気温のせいばかりではなさそうだった。

雲海の上に広がる王宮の最深部——燕朝《えんちょう》は何重もの隔壁《へい》と門によって幾つかの区画に分かたれている。最奥にあるのが王后《おうこう》の住まいとなる北宮《ほくぐう》で、その手前が小寝《しょうしん》、これを総称して後宮《こうきゅう》と言う。後宮の東には、王の親族の住まいとなる長明宮《ちょうめいきゅう》、嘉永宮《かえいきゅう》などの続く東宮《とうぐう》が、西には鳳凰《ほうおう》や白雉《はくち》など五種の霊鳥《れいちょう》が住まう宮で構成される梧桐宮《ごどうきゅう》、王が礼拝する太廟《たいびょう》、あるいは子や実りを願う路木《ろぼく》のある福寿殿《ふくじゅでん》などで構成される西宮《せいぐう》があって、後宮、東宮、西宮を併《あわ》せて燕寝《えんしん》と称する。燕寝の中心は後宮であるところから、後宮と一括《いっかつ》して呼ぶこともあったが、戴国白圭宮《たいこくはっけいきゅう》の後宮は現在、西宮を除いて閉められている。たとえ開いていても、西宮以外の後宮は、そもそも宰輔《さいほ》ですら気安く立ち入ることはできない。さすがの泰麒《たいき》もそれくらいのことは知っていた。

だが、その後宮へ向かうとしか思えない門の前で、大行人《だいこうじん》らは足を止めた。そうして、輿《こし》を下ろさせ、一様に叩頭《こうとう》したのだった。

「あの……大変失礼とは存じますが、どうかこのまま中へ。私どもは、ここから先へ立ち入ることができません」

「ええと、ですが」

狼狽《うろた》える正頼を遮《さえぎ》り、大行人は、

「お招きせよとの仰《おお》せですから。中の門殿に取り次ぎの閽人《もんばん》がおりましょう。なにとぞ、このまま」

「……私どもだけで、参るのですか？」

まことに申し訳ございません、と大行人は深々と頭を下げた。赤らんだ額《ひたい》には滝のように汗が流れていた。彼が真実、困り果てているのを見て取って、泰麒は正頼らを促《うなが》した。

「いらっしゃいって、お招きいただいたんだから……ね？」

「そうです……けど」

正頼は門の内と外を見比べる。では、と静かな声を上げたのは阿選《あせん》だった。

「下官《げかん》はここに留め置いておいたほうがいいでしょう。このまま連れていったのでは、こちらも失礼にあたる」

いいえ、と大行人が声を上げた。

「みなさま、ということですので」

言って彼は再度、汗にまみれた頭を石畳《いしだたみ》に擦《こす》りつけた。

「——お困りあそばすのは重々お察し申しますが、どうぞ中へ」

後宮《こうきゆう》は閑散《かんさん》として人気《ひとけ》がなかった。下官《げかん》のひとりに出会うこともなく、まっすぐに石《いし》畳《だたみ》を辿《たど》って内側の門殿に着いたが、周囲に官の姿は見えなかった。門の守備をしているはずの門卒《もんばん》の姿すら見えない。見渡したかぎり、取り次いでくれる者はどこにもいそうになかった。

「誰もいないね……」

泰麒《たいき》は開け放したままの門の中を覗《のぞ》きこむ。緑の多い前庭の向こうに、小寝《しょうしん》の建物が続いているのが見えたが、人の姿はおろか、気配すらない。

「どうするの？」

泰麒は周囲の大人を振り返ったが、彼らのほうが自失している。

「正頼《せいらい》？」

「どうする……と言われましても」

「ぼく、後宮には入ったことがないんだけど、正頼はある？」

「ええと……入るだけなら、何度か。白圭宮《はっけいきゅう》の後宮を閉めるのに、立ち会ったことならございますけど、後宮は空《から》っぽでしたし……余所《よそ》のお国の後宮でもありませんでしたし

……」

顔色を見る限り、霜元《そうげん》や阿選《あせん》も同様のようだった。下官たちなどは、あまりのことに色を失っている。

泰麒は、ちょっと門内に足を踏み入れてみた。周囲を見回し、誰もいないのを見て取って、仕方なく前庭を渡り、次の建物まで行ってみる。

「台輔《たいほ》」

基壇《きだん》を登って建物の中と、さらにその奥の庭院《なかにわ》を眺《なが》めて、軽く声を上げた。

「あのう——すみません」

「……た、台輔」

泰麒は振り返る。

「だって誰もいないんだもの、とにかく呼んでみないと仕方ないでしょう？」

「ですが」

「あの、誰かいませんか？　ごめんください」

なんと意外にも大胆なところのある麒麟《きりん》だ、と正頼たちは目を丸くしたが、何のことはない、泰麒は故郷で他人の家を訪ねたときの習慣に従っただけのことである。

「すみません」

泰麒は声を張りあげてみたが、答えはどこからも返ってこなかった。

「誰もいらっしゃらないみたい。どうしよう？」

「どうしよう、と申されましても」

「失礼して、お庭づたいに行って誰か探してみる？」

「そんな、まさか」

「でも、このまま帰るわけにはいかないでしょう？」

「それはそうですが」

「お部屋の中に入らなければ、だいじょうぶじゃないかしら。とにかくぼく、行ってみるね」

そんな、と正頼《せいらい》は呟《つぶや》いて、唐突に拳《こぶし》を握《にぎ》った。

「私もお供します。——霜元《そうげん》たちは、とにかくここで待っていてください」

「しかし」

「なに、仮にも一国の台輔《たいほ》ですから、厳しい処罰をいただくことはないでしょう。……私は腹を括《くく》りました」

自分も、と言ったのは潭翠《たんすい》だったが、正頼はそれを止める。

「こうして開け放しにしてあるぐらいですから、滅多《めった》なこともないでしょう。台輔には使《し》令《れい》もおありだし、とにかく私と台輔で行ってきます」

泰麒《たいき》は正頼と手を繫《つな》いで、とりあえず中へと進んでみた。庭院《なかにわ》をふたつ越えると祀殿《しでん》だったが、この中にも誰もいない。まったく無人というわけではなさそうで、きちんと掃除はされているようだし、祖霊《それい》を祀《まつ》った供案《かざりだな》には、真新しい香と緑が供《そな》えられている。特に理由があったわけではないが、泰麒らは西へ歩いて北宮《ほくぐう》へと向かった。回廊《かいろう》を横切り、別の庭院に出、あちこちを覗《のぞ》きこんで、北宮の園林《ていえん》に出たところで足を止めた。

泰麒はきょとんとその光景を見守る。次いで、正頼を見上げた。

「……畑があるよ」

「ありますね……」

「白圭宮《はっけいきゅう》には、畑なんてないよね。それとも後宮《こうきゅう》にはあるものなの？」

「ないのが普通だと思うんですけど」

「内乱がおありだったって言ってたよね？　お城で野菜を作るほどお困りなのかしら」

「ど……どうでしょう」

ともかくも泰麒は正頼と手を繫《つな》いだまま、見事な植え込みの間近まで迫った菜園を、畦《あぜ》に沿って歩いてみた。建物の角を回るとそこには、まごうことなき田園風景が広がっている。きちんと整えられた畦をさらに辿《たど》っていくと、低い樹木が整然と並んだ一郭《いっかく》に出た。

それはいかにも果樹園の風景に似ていた。

「正頼《せいらい》」

泰麒《たいき》は正頼に示した。ようやく人間の姿を見つけた。何の木だろう、赤い実をつけた樹木の下で、農夫がひとり、枝に鋏《はさみ》を入れている。

「あのう」

泰麒は声を上げた。正頼の手を放して、ぱたぱたと明るい林の中に駆《か》けていく。

「あの、すみません」

泰麒が声をかけると、袍子《のらぎ》に身を包んだ人物が振り返った。泰麒に目を留め、背後の正頼に目をやって、にこりと笑む。袖《そで》で顔を拭《ぬぐ》い、切り取った枝を手近の草の山に載《の》せて、青年は頭を下げた。

「勝手に入ってきてごめんなさい。ぼくたち、人を探していたんです。あの、門殿に誰もおいでじゃなかったので」

おや、と彼は首を傾けた。

「誰もいませんでしたか。じゃあ、きっとみんな昼寝でもしてるんでしょう」

「お仕事のお邪魔《じゃま》をして申し訳ないんですけど、誰か取り次ぎをしてくださる方はいないでしょうか。ぼく――いえ、私は戴国《たいこく》より参りました、泰麒と申します」

ああ、と彼は人懐《ひとなつ》こい笑顔を浮かべた。

「そうか、あなたが泰台輔《たいたいほ》ですか。お小さい方だとは聞いてましたけど、本当にお小さくていらっしゃるんだな」

「あの、あなたは？」

「ああ、俺《おれ》は鴨《おう》といいます。鴨世卓《せいたく》」

「とても良いお庭ですね」

泰麒が言うと、にこにこと青年は笑う。

「そうですか？」

「あの赤い実はなんですか？」

「紅嘉祥《こうかしよう》ですよ。ひとつ、差しあげましょうね」

世卓は気軽に手を伸ばして、きらきらと赤い実を枝から捥《も》いだ。すぐ傍《そば》の水桶《みずおけ》の中に放《ほう》りこんで、手巾《てぬぐい》で拭《ぬぐ》ってくれる。

「さ、泰台輔、どうぞ。中に種がありますから、お気をつけてくださいね」

「はい」

言って、泰麒は世卓を見上げた。

「でも……ぼくが貰《もら》ってもいいんでしょうか。王さまのものではないんですか？」

「俺が作ってるんだから、誰に迷惑がかかるわけでもないでしょう」

「でも、王さまに叱《しか》られたりしませんか？」

世卓《せいたく》は少し、困った顔をする。

「王さまは俺だから、叱られようがないです」

泰麒《たいき》は赤い実を掌《てのひら》に受けたまま、ぽかんと世卓を見上げた。

「あの……廉王《れんおう》でいらっしゃいますか？」

「はい、そうです」

対応に困って泰麒は正頼《せいらい》を振り返ったが、正頼は目を丸くしたまま立ち竦《すく》んでいる。泰麒はさらに困って再び世卓の、にこにことした笑顔に目を向けた。正殿で拝謁《はいえつ》するための礼儀は習ってきたけれども、こういう場合はどうしたらいいのだろう。

泰麒の困惑に気づいたふうもなく、世卓はさらに手を伸ばして赤い実を捥《も》ぎながら、正頼を振り返った。

「そちらの方もいかがです？」

「……はい、あの……いえ」

「ああ、立ったままでは失礼かな。近くに四阿《あずまや》がありますから、そこに行きましょう」

泰麒はとりあえずうなずいた。

手桶《ておけ》の中に紅嘉祥《こうかしょう》の実をいくつも入れて、それを提《さ》げたまま世卓は果樹園を抜ける。いくらも歩かないうちに、綺麗《きれい》に石で整えられた池の畔《ほとり》に出た。複雑な幾何学《きかがく》模様を描く池のあちこちには橋が架《か》かり、四阿《あずまや》や露台《ろだい》が水を慕《した》うように周辺に集まっている。

そのうちのひとつに向かい、世卓は池の縁から手招く。

「台輔《たいほ》、こちらにお坐りください。そんなお召し物では暑いでしょう。旗袍《がいとう》を脱いでは、いかがです？」

「ええと……はい、でも」

泰麒は正頼を振り返った。正頼は引きつった笑みを浮かべる。

「そうさせていただきなさいまし」

「──あなたも」

「いえ、小官のことは、お気遣《きづか》いなく」

「でも、暑いでしょう？」

「あの──はい、そうですね。では、お言葉に甘えまして……」

しどろもどろになった正頼を明るい目で見やって、世卓は池で手を洗い、桶の中の果実を洗う。それを池の縁にある石案《つくえ》の上に載《の》せた。

「台輔《たいほ》がきちんと礼装を召してらっしゃるんだったら、こんな恰好《かっこう》では失礼でしたね。公用ではなく、個人的においでになるって聞いていたものですから」

「いえ。……あの、こちらこそ、ごめんなさい」

世卓《せいたく》は笑った。

「台輔がお詫《わ》びになるようなことじゃないです。俺はどうも迂闊《うかつ》なんです。御公務ではないって聞いたんで、隣《となり》の人がお茶を飲みにいらっしゃるような気分で考えてました。台輔に叱《しか》られてしまうな」

「……ぼくが？」

ああ、と世卓は笑う。

「うちの台輔です。……そうか、ややこしいな。俺はこんなふうなんで、始終、廉麟《れんりん》に叱られてしまうんです」

言いながら、世卓は明るく笑った。

「紅嘉祥《こうかしょう》が気になったものだから、何も考えずに、こちらにお通ししてください、って言ってしまいました。やっぱり廉麟の言うとおり、礼服を着て外殿でお待ちしていないといけなかったんですね」

「さっきは何をしていらしたんですか？」

「枝を詰めていたんです。大きくなりそうにない実のついた枝を切り詰めると、ほかの実が太るんですよ」

「廉王《れんおう》はそういうことにお詳《くわ》しいんですね」

「俺は農夫ですからね。農夫はこれが仕事ですから」

泰麒《たいき》はきょとんとした。

「王さまがお仕事ではないんですか？」

世卓《せいたく》は意外なことを聞いたように目を見開き、そして首を傾ける。

「……それはお役目なんじゃないかな。たぶん、べつに仕事じゃないと思いますよ。それで食ってるわけじゃないですから」

意を取りかねて泰麒が瞬《またた》いていると、世卓は笑う。

「農夫の仕事は、作物を作ったり家畜を飼ったりすることでしょう？」

「ええと……そうですね」

泰麒はうなずき、

「でも、その……お役目を果たすこともお仕事ではないんですか？」

「たぶん違うと思うな」

「お役目とお仕事は違うものですか？」

世卓《せいたく》は笑った。

「仕事は自分で選ぶものです。お役目は天が下すものです」

泰麒《たいき》がぽかんとしたところで、聞き慣れた声がした。いち早く振り返ったのは、黙って控《ひか》えていた正頼《せいらい》で、やってきた人影を見て、霜元《そうげん》、と縋《すが》るような声を上げる。同時に軽やかな女の声がした。

「まあ——そんな恰好《かっこう》で台輔《たいほ》をお迎《むか》えになったの？」

呆《あき》れたように言った女は、陽光のように明るい金の髪をしていた。

「おまけに、こんなところで。だから、私的なお訪ねといっても限度があるでしょう、と申しあげたのに」

「うん、そうだね。台輔の言ったとおりだった。とても失礼をしてしまったみたいだよ」

「おまけに、お供の方たちが門の前で途方《とほう》に暮《く》れてらっしゃいましたよ。——本当にもう、困った方ね」

子供のように、ごめんなさい、と詫《わ》びた世卓はしかし、やはりにこにこと笑っている。それを見やって困ったように微笑《わら》った女は、泰麒の前に膝《ひざ》をついて視線の高さを同じくした。

「泰台輔でらっしゃいますか？　ようこそおいでくださいました。どうぞ、お気を悪くな

さらないでくださいましね」

「廉台輔《れんたいほ》でいらっしゃいますか？」

「はい。お会いできて嬉《うれ》しゅうございます」

「ぼくもです。あの——ありがとうございました」

「はい？」

「蓬山《ほうざん》の玉葉《ぎょくよう》様にお聞きしたんです。以前、玉葉様が汕子《さんし》にぼくを迎《むか》えにこさせたとき、廉台輔が大切なものを貸してくださったんでしょう？」

ああ、と廉麟《れんりん》は微笑《わら》った。

「呉剛環蛇《ごごうかんだ》のことですか？　あれは主上《しゅじょう》に貸していただいたんです。お礼なら主上に、と言いたいところですけども、主上にはそれより先に着替えてきていただかないと」

苦笑混じりの視線を受けて、そうか、と世卓《せいたく》は呟《つぶや》く。

「ごめんなさい。ちゃんとやり直しますから、少し待っていてくださいね」

照れたように笑いながら世卓は正寝《せいしん》に戻り、泰麒《たいき》らは改めて外殿へと導かれて、そしてようやく、とりあえずは儀礼どおりに万事が進み始めたのだった。

泰麒の滞在は三日の予定だった。公式のもてなしを受け、あるいは公式の行事に参加もしたが、とりあえず泰麒らは私的な客人として迎《むか》えられていた。宿泊する場所として与えられたのも掌客殿《しょうきゃくでん》のある一郭《いっかく》ではなく、正寝《せいしん》の大園林《だいていえん》の中で、周囲に遣《つか》わされた官も、世話をするための下官《げかん》が最低限、しかも世卓は、燕朝《えんちょう》ならどこでも、好きなように出入りしてください、と呆気《あっけ》ないほど簡単に言う。

「……こんなに無防備でいいのだろうか」

霜元《そうげん》は理解に苦しむ様子だった。大人たちは概して戸惑《とまど》っていて、それで居心地《いごこち》が悪そうだったが、泰麒は逆に、気持ちよく過ごすことができた。いろいろな儀礼や、決まり事の多くが泰麒にはよく分からない。知識として知ってはいても馴染《なじ》みがなく、常に失敗をしないよう気を張っていなければならないのだが、雨潦宮《うろうきゅう》ではそういったことの一切を気にしないですんだ。

「無防備でいらっしゃるのは、それだけ宮城《きゅうじょう》の中が安全だ、ということなのだろうが」

阿選《あせん》が苦笑混じりに言ったが、正頼《せいらい》は溜息《ためいき》をつく。

「安全なのか、暢気《のんき》なのか。……どうも漣《れん》の方々は何事にも鷹揚《おうよう》なようで……」

「それだと、だめなの？」

泰麒が訊《き》くと、正頼は情けなさそうに肩を落とす。

「だめなんてことはありませんとも。じいやはちょっと慣れないだけです。ほら、私はもともと軍の文官の出身ですから。規律で締《し》めあげられて、きりきり追い立てられるのは慣れっこですけど、逆だとどうも……」

そのとおりだ、と言うように、霜元《そうげん》も阿選《あせん》もうなずいた。

「身の置き所がない、と言うんですかね。……まあ、私たちはここで小さくなってますから台輔《たいほ》は遊んでいらっしゃい。台輔はこちらのほうが性《しょう》に合《あ》うようですから」

「べつに、白圭宮《はっけいきゅう》が嫌いなんじゃないんだよ」

「分かっておりますとも。私だって、雨潦宮《うろうきゅう》が嫌いなわけじゃありませんよ。何しろ私はこの二日で、あの潭翠《たんすい》が途方《とほう》に暮れているのを三度も見ましたからね」

そうだね、と泰麒《たいき》は笑う。

「昨日、廉台輔《れんたいほ》が朝御飯を持ってきてくださって、お茶を注《つ》いでくれたときなんて、潭翠、固まってたもんね」

「大きな声じゃ言えませんが、あんな潭翠は滅多《めった》に見られるものじゃありませんよ」

くすくすと泰麒は笑う。当の潭翠は戸口の脇《わき》に控《ひか》えたまま、例によって聞こえない素振りをしていたが、どこか憮然《ぶぜん》とした様子だった。

「じゃあ、行ってくるね」

言って泰麒は広々とした楼閣《ろうかく》を出る。無言で潭翠が蹤《つ》いてきた。泰麒はまっすぐに北宮《ほくぐう》に向かう。世卓《せいたく》は公務でなければ、きっと畑にいるはずだ——そう思って畑に向かうと、案の定、袍子《のらぎ》に着替えて働いている世卓の姿があった。

「こんにちは」

声をかけると、にこりと笑う。少しも気取りのない笑顔が、泰麒には嬉《うれ》しい。公務の間、そして公式の行事の間も、暇《ひま》さえあれば世卓は畑に出ている。泰麒は始終、畑に入《い》り浸《びた》ってそれを手伝わせてもらっていた。

いや、手伝うというよりも、世卓の周囲をうろうろしていて、ときに何かをさせてもらう、と言ったほうが正しいのかもしれない。泰麒には農作業をした経験がない。そもそも手伝おうにも、何をしたらいいのか、分からない。世卓に言われるまま右往左往《うおうさおう》するしかないところは、戴《たい》でのありさまと少しも変わらなかった。

「ぼく……お邪魔《じゃま》をしてますね」

泰麒がぶつかったせいで、散らばってしまった枝を拾い集めながら、思い至って泰麒は言った。一緒に拾いながら、世卓は、いいえ、と笑う。この王は、始終笑っている、という印象が泰麒にはあった。

「とってもお邪魔だとは思うんですけど、明日にはもう帰らないといけないし……もう少しだけ我慢してもらってかまいませんか？」

「少しも邪魔《じゃま》だなんてことはありませんよ。俺も小さい頃、近所の人が働く傍《そば》にいて、泰《たい》輔《ほ》みたいに手伝いをしながら仕事を覚えたものです」

言ってから、世卓《せいたく》は、あ、と声を上げ、照れたように笑う。

「そうか、台輔が農夫の仕事を覚えても仕方ないですよね。ひょっとして、俺は台輔を妙なことで引っ張り回しているのかな」

「そんなことはないです。あの……ぼくはお手伝いさせてもらうの、すごく楽しいんですけど……」

それは本当だった。泰麒《たいき》は農作業を間近で見るのが初めてだったし、だから物珍しかった。暖かい風の中で動き回るのは心地よく、世卓がきびきびと働くのを見ているのも、同様に心地よかった。何よりも、世卓の少しも構えたところのない空気が、泰麒には心安《こころやす》い。この世界の常識にも大人の世界の常識にも疎《うと》い泰麒にとって、ただ大人に囲まれているだけのことが、ひどく緊張を強《し》いられる大事業なのだった。

「でも……お邪魔をしているだけなんだったら、ぼく、どこかに行っていたほうがいいのかな、って」

悄然《しょうぜん》と言った泰麒に、世卓は首を傾ける。

「……何かあったんですか？」

え、と泰麒が問い返すと、世卓は、

「だって、手伝ってもらって邪魔《じゃま》だなんてことが、あるはずないでしょう？　なのに何で、そんなふうに仰《おっしゃ》るんですか？」

「だって僕は、何もできませんし……」

「でも、さっきからあんなにたくさんの枝を運んでくださったでしょう？　水を運ぶのだって手伝っていただいたし、藁《わら》だって運んでもらって」

「本当に運んだだけです」

「つまりそれだけ俺を手伝ってくださったんじゃないですか。なのに、そんなふうに仰るなんて、台輔はまるで、自分のことを役立たずのように思ってらっしゃるみたいです」

　世卓の温かく澄んだ目に見つめられて、泰麒はうなだれた。

「……そうじゃないといいんだけど、……たぶん、そうなんだと思います」

「なぜです？」

「ぼくは、何もできないんです。農作業のことだけじゃなく、本当に何ひとつできることがないんです。……まだ小さいから、と驍宗《ぎょうそう》さまは言ってくださるんですけど、きっとがっかりしてらっしゃると思うんです」

「そうなんですか？」

世卓《せいたく》に問われ、泰麒《たいき》は俯《うつむ》いた。世卓の手が軽く泰麒の背中を叩《たた》く。

「少し休みましょうか」

言って世卓は、草の山を示した。

「いえ、お仕事を続けてください」

「俺が疲れたんですよ。お茶でも飲みませんか？」

笑って言って、世卓は畦《あぜ》の向こうに声をかける。

「お供の方も、お茶をいかがです？」

離れた場所に控《ひか》えていた潭翠《たんすい》が、固辞《こじ》するような仕草をした。

「あの方も大変ですね。ああしてずっと座ってらっしゃるんだから」

世卓は言いながら、大きな土瓶《どびん》に入れて持ってきたお茶を振る舞ってくれた。

「大僕《ごえい》のお仕事は危険だから大変だって思っていたんですけど、どっちかというと、何も危険のないときのほうが大変なのかもなあ」

そうですね、と笑いかけ、泰麒はすぐにその笑みを萎《しお》れさせた。世卓が渡してくれた茶杯《のみ》の中を覗《のぞ》きこむ。

「……廉王《れんおう》は、お仕事とお役目は違う、って仰《おっしゃ》いましたよね」

はい、と世卓はうなずく。

「それを聞いたとき、そうだな、って思ったんです。麒麟《きりん》は王を選ぶのがお役目です。そして、ぼくの役目は終わってしまいました。だからお仕事だけでも一生懸命やればいいのだけど、宰輔《さいほ》としても州侯《しゅうこう》としてもぼくは小さくて、ちゃんとお仕事をすることができないんです」

世卓は泰麒をまっすぐに見たまま、首を傾けた。

「……麒麟のお役目は、憐《あわ》れみを施《ほどこ》すことなんじゃないかな」

「王さまを選ぶことじゃなく？」

「だって、王を選ぶのもその一部でしょう？　だから、民にとって一番いい王さまを選ぶわけですから」

「じゃあ……ぼくのお役目は終わったわけじゃないんでしょうか」

「俺は、だと思います」

「じゃあ、麒麟の仕事はなんでしょう？」

「泰麒のお仕事は、大きくなることです」

世卓は言って笑った。

「子供はそういうものでしょう？」

世卓は頭上に垂れた枝から紅嘉祥《こうかしょう》をひとつ捥《も》いで、泰麒の掌《てのひら》に載《の》せてくれる。

「……たくさん、お悩みがおありなんですね。でも、それもお仕事のうちです。たくさん食べて、たくさん寝て、たくさん泣いたり笑ったりするのがお仕事なんだと思いますよ」

泰麒《たいき》は掌《てのひら》を見る。艶《つや》やかに赤い綺麗《きれい》な果実。

「……それだけでいいんでしょうか。民はとても大変なのに。戴《たい》はとても寒いんです。たくさんの民が雪の中で辛《つら》い思いをしています。ぼくは宰輔《さいほ》で州侯《しゅうこう》なのに、何もしてあげられないんです。何もしてあげられないまま、ただ大きくなるだけなんて……」

でも、と世卓《せいたく》は言う。

「俺だって、大したことはしてないです。俺は農夫だから、政治のことなんて分かりませんからね。政治のことは、廉麟《れんりん》のほうが詳しいぐらいですから、台輔《たいほ》に頼りっぱなしです。俺も作物や家畜の世話をするぐらいしか、できることがないんですよ」

「王さまなのに？」

そうなんです、と世卓は笑った。

「これしかできないから、こうして畑を作っているわけですけど。これが少しは役に立っているとしたら、園林《ていえん》を潰《つぶ》しちゃったから、手入れをする手間が省けたのと、公費がちょっぴり助かることぐらいじゃないかな。きっと重嶺《じゅうれい》の商人から買うより簡単で安上がりだと思うんで」

「あの……膳夫《まかない》に売っているんですか？」

はい、と世卓は大真面目《おおまじめ》にうなずく。

「売らないと生活できませんから。だって、俺は農夫ですからね？　そりゃあ、お役目に使うものは、国に与えてもらいますけど。たくさんの下官《げかん》の給金だとか、絹の礼服だとか、賓客《ひんきゃく》をおもてなしするための豪勢な食事だとか。俺の働きじゃあ、とても維持できませんし、だからって俺の働きで賄《まかな》える範囲内にするわけにはいかないって、廉麟も言うんで。国が面目《めんもく》をなくすんだそうです」

「そう……でしょうね」

「だから俺だって、ほとんど役には立っていないんです。――でも、天帝がおられるとしたら、俺にこれしかできないことなんて、お見通しだったんじゃないかな」

泰麒は、はっとして世卓を見上げた。

「農夫の俺が王さまになったってことは、きっと天がそれをお望みだったってことなんでしょう。だから俺は何もしない。しないでいいってことなんだろうと思ってるんです。作物の世話をするように、国の世話をするだけでいいんだろうって」

「国の世話……」

「木は勝手に伸びます。そんなふうに国も勝手に伸びるんじゃないかな。一番いいやり方は木が知ってます。俺はそれを助けるだけなんです。葉が萎《しお》れていたら、水が欲しいっていう合図なんですよ。だから俺は水をやる。国もたぶん、そんなふうなんだと思うんです。そういうやり方で育ててほしいと思ったから、天帝は農夫の俺を選んだんじゃないかな、って」

「……廉台輔《れんたいほ》は？」

泰麒《たいき》は呟《つぶや》いて世卓《せいたく》を見る。

「廉王《れんおう》が世話をなさっているときに、廉台輔はどんなふうにお手伝いするんでしょう」

何も、と世卓は明るく答えた。

「廉麟《れんりん》は農夫じゃないですからね。良い枝と悪い枝の区別もつかないし、水をやっていい時期とやってはいけない時期の区別もつかないし」

「では、できることはないんですね」

いいえ、と世卓は眩《まぶ》しく笑った。

「良い実が生《な》ると、喜んでくれます」

泰麒は、ぽかんとした。

「……それだけ？」

「それだけが、とても大きいんですよ。すごく外が寒かったり、お役目で疲れていたりすると、畑に出るのが億劫《おっくう》になることもあるんです。でも、それで実が落ちてしまうと、廉麟ががっかりするだろうな、と思うから、やっぱり踏《ふ》ん張《ば》ろうという気になります」

言って世卓は果樹園の木々を仰《あお》ぐ。

「俺は国を見守っています。悪いことの先触《さきぶ》れはないか、足りないものはないか見守っている。それが世話をする者の役目だからです。そして、台輔は見守っている俺を見守っています。俺がきちんと役目を果たせているか、悪いことの先触れはないか、見守っていてくれるんです。見守っていてくれる目があるからこそ、できること、というのがあるんですよ」

見守る、と泰麒はその言葉を口の中で転《ころ》がしてみた。

「ぼくも……それでいいんでしょうか。それだけのことで？」

「それだけのことじゃないです。ほら、大僕《ごえい》のあの人みたいに、見守っているだけだって、すごく大変なお仕事なんだと思いますよ」

そうですね、と泰麒は潭翠《たんすい》を見る。泰麒がこうしている間じゅう、ああしてじっと控《ひか》え、周囲に目を配っている。

「動き回って何かをすることだけが大変なことじゃあ、ないでしょう？」

「……はい」

うなずいて、泰麒《たいき》はおずおずと世卓《せいたく》を見た。

「ぼくが見守っていれば、それで驍宗《ぎょうそう》さまも喜んでくださるでしょうか」

もちろんです、と世卓は笑った。

「俺は政治のことも、麒麟《きりん》のことも分からないけど、農作業のことと王さまのことなら分かります。きっと泰王《たいおう》も台輔《たいほ》の目をとても頼みにしているんだと思います」

そうだろうか、と泰麒は思う。驍宗が泰麒のような子供を頼みにしているなんてことは、およそ想像ができないのだけれども。

「俺が国の番人だとしたら、廉麟《れんりん》は俺の番人です。ひょっとしたら、それこそが麒麟のお仕事なんじゃないかな」


ひと月以上の時を経て泰麒が鴻基《こうき》に戻ったとき、やはり鴻基は真っ白な雪の中に埋もれていた。白い山野を見下ろし、禁門《きんもん》へと辿《たど》り着《つ》く。

泰麒らが乗騎を下ろすと、即座に門卒《もんばん》たちが出てきて、白い息を吐きながら整然と出迎《でむか》えてくれた。閽人《もんばん》が呼ばれ、乗騎は兵卒に受け渡され、粛々《しゅくしゅく》と門扉《もんぴ》は開かれる。

「漣《れん》とすごく違うのは、寒さだけじゃないって、改めて思っちゃった」

　泰麒が言うと、正頼《せいらい》は笑う。

「まったくですねえ」

「正頼、ほっとしてるでしょ？」

「ちょっとだけですよ」

　笑いながら禁門を抜け、そのまま内殿へと向かった。遺漏《いろう》なく帰国の報が届いていたとみえて、内殿に入れば官吏《かんり》が居並び、玉座《ぎょくざ》には王の姿がある。

　殿内の空気に、ぴりりと引《ひ》き締《し》まるものを感じながら、泰麒は玉座の前に進む。その場に跪《ひざまず》いて礼拝した。

「ただいま、戻りました」

　うなずいて、驍宗は壇上へと手招きをする。泰麒は立ちあがって玉座の傍《そば》に向かった。不思議なことに、やっと居場所に帰ったという気がした。

「漣はどうだった？」

「本当に花が咲いていました」

　そうか、と笑い、

「詳しいことは後で聞こう」

言って、驍宗《ぎょうそう》は冢宰《ちょうさい》に声をかける。

「詳細は文書にすればよい。彼らも疲れているだろうから、早々に休ませてやれ」

はい、と歯切れ良く答えて、冢宰が大任を終えた泰麒《たいき》を言祝《ことほ》ぐ。霜元《そうげん》からは諸官へ向けての簡単な報告があった。ほとんど儀礼どおりのやりとりだけで、驍宗は珠簾《みす》を下ろさせる。それが終わりの合図だった。

「疲れたろう。今日はゆっくり休むといい。部屋まで送っていこう」

軽く背中を押して泰麒を促《うなが》し、驍宗は内殿を出る。

「いいえ。ぼくは全然、疲れてなんかいないんですけど……でも、そうか、驍宗さまはお仕事ですよね」

話したいことは山ほどあったのだけど。思いながら言うと、驍宗は笑う。

「せっかく蒿里《こうり》が戻ってきたのだから、今日ぐらいは私も休んでかまわないだろう」

泰麒は嬉《うれ》しくて、舞いあがる気分がした。

「廉王《れんおう》、廉台輔《れんたいほ》はどんな方だった？」

「とっても良い方でした」

泰麒は驍宗の裾《すそ》にまとわりついて歩きながら、矢継《やつ》ぎ早《ばや》に話す。いきなり後宮《こうきゅう》に行く破目《はめ》になったこと、宮城《きゅうじょう》に畑があったこと、あるいは朝に廉麟《れんりん》が泰麒たちを起こしにやってきて、窓を開けたり洗顔の水を汲《く》んできたり、お茶を淹《い》れたりして潭翠《たんすい》たちがすっかり困惑してしまったこと。

「畑仕事を手伝わせていただいたんです。廉王は──」

言いかけた泰麒の背中を驍宗が押した。

「蒿里、こちらだ」

え、と泰麒は周囲を見る。仁重殿《じんじゅうでん》に戻るのはこの道でいいはずだ、と思いながら首をかしげて驍宗を見上げた。

驍宗は笑う。

「こちらへ」

「あ……はい」

驍宗が向かったのは、正寝《せいしん》へ続く道だった。正寝に寄っていけということだろうかと、そう察し、泰麒は深く気にも留めず、雨潦宮《うろうきゅう》の様子や重嶺《じゅうれい》の様子、あるいは途中で立ち寄った柳《りゅう》や恭《きょう》、範《はん》の話をとりとめもなく続けた。ひと月は、泰麒にとって、とても長かった。話すことはたくさんあったし、そうして話をしていると、傍《そば》にいなかったぶんの時間を埋められるような気がした。

「それで、正頼《せいらい》が──」

言いかけ、泰麒《たいき》はふと足を止めた。驍宗《ぎょうそう》に背中を押されるまま歩いてきたけれども、あまり見たことのない場所に入り込んでいたからだ。辺りを見回すと、間近に正寝《せいしん》の正殿が見えていた。正殿のすぐ西隣《にしどなり》にある建物のようだった。

「正頼《せいらい》がそれで？」

驍宗は言いながら、建物を抜ける。こぢんまりとした庭院《なかにわ》に出た。泰麒がきょとんと足を止めたのは、その正面、主楼《おもや》と思《おぼ》しき建物の戸口に、潭翠《たんすい》が立っていたからだった。禁門で別れた潭翠は、てっきり仁重殿《じんじゅうでん》に戻ったものだと思っていたのに。

どうした、と笑い含みに促《うなが》され、泰麒はあたふたと主楼に入る。入って驚いて声を上げた。そこには見慣れた世話係の女官《にょかん》や、泰麒の荷物が揃《そろ》っていたからだ。

「……どうして」

泰麒は驍宗を振《ふ》り仰《あお》いだ。漣《れん》に行く前に、正頼が、「いいことがある」と言っていたことを思い出しながら。

「ひょっとして、ぼく、ここに引っ越すんですか？」

「仁重殿が恋しくないのならな」

泰麒は嬉《うれ》しくて顔が赤らんでくるのが分かった。驍宗のいる正殿まで、あんなに近い。王宮は広く、ほんの少し話をしたいと思っても、泰麒の足では遠すぎて、ずっとままならなかったのに。

「しかも、州庁《しゅうちょう》のある広徳殿《こうとくでん》までは遠くなる」

「ぜんぜん平気です。うんと急いで行きますから」

「さて、急いでも泰麒の足で間に合うかな」

「間に合わないようなら、走っていきます」

「毎日では大変だろう？」

「だいじょうぶです。きっと健康にいいし、ぼくだってそのうち大きくなると思うし毎日走っていればきっと早く大きくなれて——、ええと、それに」

「輿《こし》は相変わらず嫌《いや》か？」

笑って言われ、泰麒は小さくうなずいた。どうしても泰麒は輿に慣れない。大人たちに担《かつ》がれるというのが、何となく申し訳なくて居心地が悪かった。

「では、蒿里《こうり》はしばらく潭翠に弟子入りしなくてはならないな」

「潭翠？」

「子馬がいる。教えてもらえ」

えっ、と泰麒は飛びあがった。

「ぼく？　馬に乗ってもいいんですか？」

驍宗《ぎょうそう》はうなずく。

「騎獣《きじゅう》のほうが乗せてもらえるから楽だろうが、宮中では騎獣への乗騎は許されないのが慣例だからな。それに蒿里《こうり》の身体《からだ》ではまだ少し大きすぎるだろう。旅でそうしていたように鞍《くら》に輿《こし》をつければいいのだろうが、それではつまらないだろう？」

泰麒《たいき》は嬉《うれ》しくてぼうっとしてしまった。

「よく長旅を辛抱《しんぼう》してくれた」

「でも……そんなに大変でもなかったし、それに楽しいことがいっぱいあって……なのにこんな御褒美《ごほうび》を貰《もら》っていいんでしょうか」

いいんだ、と笑って、驍宗は二階へと向かう。階上は玻璃《はり》の入った折り戸が巡らされた明るく暖かな部屋だった。周囲の園林《ていえん》が一望できる。

「なにもお前のためばかりというわけでもない。私が、傍《そば》に来てほしかったのだからな」

泰麒は目を見開く。咄嗟《とっさ》に感じたのは、驍宗にまた気を遣《つか》わせている、という思いだった。自分が始終寂《さび》しがり、心細がっているから。だから驍宗はこんな形で気を配ってくれたのだと思った。

「あの……でも」

喜んでいないのだとは思われたくない。けれども、そんなふうに気を配られれば負担ばかりをかけているようで心に重い。それをどう伝えればいいのか言葉を探していると、驍宗が苦笑した。

「私は性急すぎるのだそうだ」

言って驍宗は、椅子《いす》のひとつに腰を下ろし、隣《となり》の椅子を示す。泰麒は穏和《おとな》しくそこに座った。

「急ぎすぎ、果敢《かかん》すぎる、と言う者がある。それはあながち間違っていないと思う。だが、どうも私は昔から、手綱《たづな》を緩《ゆる》めることが得手でない。だから蒿里の顔が見られたほうがいいのだ」

「……ぼくの？」

「白圭宮《はっけいきゅう》に入ったばかりの頃のように、始終蒿里が、それは何だと訊《き》いてくれ、話し相手になってくれたほうがいい。そうやって重石《おもし》になってもらい、急《せ》いた気を静めてもらわないと、私はすぐに官を置き去りにして、ひとりで走ってしまうからな」

泰麒はぽかんと驍宗を見上げた。

「……どうした？」

いいえ、と泰麒は首を振る。

「とりあえず今日は、蒿里に旅の話を聞かせてもらって気を抜こう。この頃の私は気配が尖《とが》っていて、傍《そば》に寄るのは怖《こわ》くて嫌《いや》だと臥信《がしん》に言われてしまった」

「臥信？　瑞州師《ずいしゅうし》の？」

確かもともと驍宗《ぎょうそう》軍にいた人物だ。瑞州師の右軍を率《ひき》いている。

「腹を空《す》かせた虎《とら》の傍《そば》にいるような気分がするそうだ」

驍宗が苦笑し、泰麒《たいき》も思わず笑った。何となく、そうだったのか、という気がしていた。泰麒は驍宗の番人で、彼が飢《う》えてしまわないよう、見守っていればよかったのか、という気が。

「じゃあ、ぼく、驍宗さまのお腹《なか》がいっぱいになるよう、頑張りますね」

そうしてくれ、と驍宗は笑って、そして急に手を挙げた。

「ああ——お前、漣《れん》から持ち帰ってきたな」

「え？」

何のことか分からずに驍宗が示したほうを見ると、玻璃《はり》の入った窓の外、高欄《こうらん》のすぐ傍に大きな梅の木が迫っているのが見えた。ほど近い枝に、ほんの二つ——白い小さな花があった。

戴《たい》の長い冬が、ようやく終幕へ近づこうとしていた。

乗《じょう》月《げつ》

「国政を恣《ほしいまま》にすることは、天道に悖《もと》る」

男は、国権の頂点――玉座《ぎょくざ》の下にいた。金銀玉を象眼《ぞうがん》した四柱に支えられた壇上、四方の珠簾《みす》は上げられていたが、その御座《ぎょざ》は空《から》である。贅《ぜい》を極《きわ》めた玉座とその背後、飛龍《ひりゅう》を彫《ほ》りこんだ白銀の衝立《ついたて》が白々とその姿を明らかにしていた。

広大な外殿の床の上、そこには慣例に従い、諸官が綺筵《しきもの》を膝《ひざ》に当てて跪《ひざまず》き、うなだれている。空の玉座に礼を取る自分たちの虚《むな》しさを、諸官も、また玉座の下に立って諸官に向かった男も、もとよりよく分かっていた。

「そもそも我が国土は、峯王《ほうおう》のもの、たとえ御座に主上《しゅじょう》がおられずとも、我らのような一介《いっかい》の官吏《かんり》が意のままに動かして良いものではない」

言った男は、いまや芳国《ほうこく》の国権を掌握《しょうあく》しているに等しかったが、あえて壇下に席を設け、決して壇上に足を踏みこまなかった。

――この男を月渓《げっけい》という。先の峯王によって恵州《けいしゅう》州侯《しゅうこう》に任ぜられ、四年前、諸侯を纏《まと》めて峯王を討《う》った。

「朝《ちょう》の混乱を収めるためには、権限を越えた振る舞いも多少はあって已《や》むを得《え》まい。そもそも、自ら招いた混乱であれば、これを収拾するのは義務の範囲内だろう。だが、四年を経て、朝はようやく鎮《しず》まり整った。我々はこれ以後、権を越えることなく、専横に堕《だ》することなく、朝と国土の双方について可能なかぎり現状を維持し、粛々《しゅくしゅく》と新王のもとに進まねばならない」

空《から》の玉座《ぎょくざ》を正面に、広間に並んだ官吏《かんり》のうち、数名がその前にあって俯《うつむ》いていた。

「法ひとつを取っても、これを設けることも、廃することも、本来ならば主上《しゅじょう》の裁可なしに行なってよいことではない。主上は悲しむべきことに徒《いたずら》に民を苦しめるだけの酷法《こくほう》を多数残されたが、これについては、運用せずとも咎《とが》めず、と広く申し渡してある。我々に許されるのはそこまでで、酷法そのものを廃することは、将来御位《みくらい》に就《つ》かれる王に委《ゆだ》ねられるべきだろう。軽はずみに法を廃し、法を設けることは我々に許された権の範疇《はんちゅう》にない」

言って月渓は、官吏の前に跪《ひざまず》いた老齢の男を見た。

「――小庸《しょうよう》」

呼ばれて男は顔を上げ、月渓を見返した。

「同様にこれより以後、我々が定められた分《ぶん》を越えることは、厳に慎《つつし》むべきだろう。また、あえて分を越える必要があるとも思われない。主上《しゅじょう》は法において過酷《かこく》であったが、その一方で邪《よこしま》な官吏《かんり》に対してもまた過酷であった。清廉潔白《せいれんけっぱく》が行きすぎたことは確かだが、おかげで芳国《ほうこく》は、猾吏《かつり》によって国権を荒らされることを最大限免《まぬが》れた。幸い、数は減じたりとはいえ、朝廷には徳高い官吏が多数、残っている。ならばこれ以上は必要なかろう。国を治めるは、国府を預かる諸官の役目、私に与えられた責務は恵州《けいしゅう》を治めることであって、国を治めることではない。そもそも州侯《しゅうこう》にすぎない私が国政に口を差《さ》し挟《はさ》むこと自体、天道《てんどう》を踏みにじるに等しい行為だ。これ以上、私が鷹隼宮《ようしゅんきゅう》に留《とど》まることは許されないと思う。——違うだろうか」

小庸《しょうよう》は視線を落とした。

「……国には王が必要でございます」

「主上はおられない」

「百官には、主《あるじ》たるお方が必要でございます。諸官を束《たば》ね、決意をもって国政にあたり、法を整え、国土を治め、朝廷を導く方なくば、国が傾くをいかにして止められましょう」

「芳国百官の主は、峯王《ほうおう》しかおられない」

小庸は月渓《げっけい》を仰《あお》ぎ見る。

「峯王《ほうおう》はすでに御座《ぎょざ》にはあらず、なぜならほかならぬ私どもが、弑《しい》し奉《たてまつ》ったからでございます」

「──小庸」

「確かに、臣下《しんか》が王を討《う》つ以上の罪悪はなく、芳は現在、唾棄《だき》すべき逆賊《ぎゃくぞく》の国でございます。恭国供王《きょうこくきょうおう》の内々の承認はいただけても、公《おおやけ》には存在しない王朝──恵侯《けいこう》はその主《あるじ》となることを厭《いと》うておられるのですか」

「そのようなことを言っているのではない」

「──では、仲韃《ちゅうたつ》を討《う》ったことを後悔しておいでですか」

月渓は視線を逸《そ》らした。

「峯王仲韃は我らが討った。ここにある官吏《かんり》一同は、大逆《たいぎゃく》に荷担した逆臣でございます。ですが私は、それを恥じてはおりません。仲韃の設けたあまりにも過酷《かこく》な法によって、どれほどの民が失われ、苦しんだか。これを義憤《ぎふん》と呼ぶか、私怨《しえん》と呼ぶかはともかくも、仲韃はあれ以上、玉座《ぎょくざ》にいてはならなかった。──恵侯もまた、そう思われたからこそ、あえて天道に背《そむ》いて弑逆《しいぎゃく》の盟主となられたのではないのですか」

　小庸の問いに、月渓は答えない。

「天命なく玉座に就《つ》けば、確かに文字どおりの簒奪《さんだつ》でございます。玉座を盗んだと誹《そし》られることを、それほど恐れておいでですか。ならばなぜ、そもそも大逆《たいぎゃく》を決断なさったのです。王に虐《しいた》げられる民への慈悲《じひ》から兵をお挙《あ》げになったのなら、なぜその慈悲を王を失った民にも施《ほどこ》してはくださらないのですか。民から王を奪ったのだから、恵侯《けいこう》はたとえ紛《まが》い物《もの》とはいえ、民に王を施す義務がおありではないでしょうか」

返答に窮《きゅう》した月渓《げっけい》が俯《うつむ》いたとき、ひとりの下官《げかん》が入ってきた。下官は一礼して月渓の傍《そば》に寄り、微《かす》かな声で耳打ちをする。

「……慶国《けいこく》の」

月渓は目を見張って下官を見返し、いくぶん慌《あわ》てて小庸《しょうよう》らのほうへと視線を転じる。中座を伝えて、下官を伴い、小走りに外殿を退出した。

「……景王《けいおう》の親書？」

月渓は改めて下官に問い返した。下官は深く頭を下げて、これを肯定《こうてい》した。

「私にか？」

天下の条理《じょうり》を踏みにじり、王を惨殺《ざんさつ》して玉座《ぎょくざ》を奪った逆賊《ぎゃくぞく》が、慶国の正当な王から親書を受け取る謂《いわ》れがなかった。ましてや、芳《ほう》は慶国とは何の縁《よしみ》も持っていない。にもかかわらず、月渓を名指しにして親書を携《たずさ》えた使者が来ているという。

下官も困惑しているのだろう、どこか心許《こころもと》ない表情でうなずいた。月渓もまた困惑した思いで、ともかくも別殿に使者を迎《むか》えるよう申しつけた。

官服もそのまま、月渓は別殿へと赴《おもむ》き、釈然としない気分で下座に控《ひか》えて使者一行の到着を待った。下官に導かれ、現れた使者もまた簡素な官服、随従《ずいじゅう》ともども文官のしつらえだったが、禁軍将軍を名乗った。

「公事ではございません。景王より内々の沙汰《さた》があって、参りました」

言って将軍は、上座を辞退する。

「私は、青辛《せいしん》と申します。我が主上《しゅじょう》より、恵侯への親書がこれに」

月渓に対面した男はそう言って、一通の書状を差し出した。月渓は慶の将軍と親書を見比べる。

「……御無礼《ごぶれい》を承知でお尋《たず》ねするが、これは私に下されたものに相違ないのだろうか」

月渓が問うと、青は不思議そうな表情で顔を上げた。

「恵侯にお届けするよう、承っておりますが」

「私個人に？　小国にあててではなく？」

月渓が重ねて問うと、青はわずかに怪訝《けげん》そうな表情を浮かべた。

「貴国を統《す》べておられるのは、恵侯だと伺《うかが》いました。ですから、その双方の意味だとお取りくだされば」

月渓《げっけい》は軽く息を吐く。

「……では、私がそれをお受けするわけにはいかないようだ」

言って、月渓は下官《げかん》に小庸《しょうよう》を呼ぶよう申しつけた。

「どうぞお楽に。ただいま、冢宰《ちょうさい》が参ります」

はあ、と頷《うなず》いた青《せい》は、対応に困っているようだった。月渓は軽く笑う。

「私は恵州侯《けいしゅうこう》にすぎません。恵侯、とお呼びになる以上、将軍も重々御承知では」

「はい……それは、そうです」

そう答えたものの、青はひどく困っている様子だった。——無理もない、と月渓は思う。王を失った朝廷にも、朝《ちょう》を統《す》べる主《あるじ》が要る。単に王が天命を失い、玉座《ぎょくざ》から退《しりぞ》いたのであれば、残された朝臣が仮朝《かちょう》を開いて仮王《かおう》を立てるのが通例だった。冢宰がいれば、冢宰が百官の主として玉座に就《つ》く。言葉の上だけではなく、実際に冢宰が壇上に登って玉座に座る。王が玉座に着席するための儀礼はすべて省略されるが、真実、そこに座るものだった。言葉の上での「玉座」はともかく、現実に存在する玉座は、王の座る場所ではない。それは国を導く施政者の就く席なのである。

王が天命を失ったわけでなければ、偽王《ぎおう》が立つ。いまだ天命尽きていない王が倒れるのは、玉座《ぎょくざ》に野心ある者が王を討《う》ったときだ。――中には月渓らのような例もあるだろう。必ずしも簒奪《さんだつ》を目論《もくろ》んだわけではなく、ただ道を失った王を取り除こうとして大逆《たいぎゃく》が行なわれた例も多いに違いない。だが、その場合にも普通は大逆を目論んだ者が玉座を埋める。そもそも大逆という行為は、王を討って自らが玉座に就《つ》くという、そういうものだ。道義を失った王に成り代わり、自らが玉座に就こうとする者があればこそ、大逆は行なわれる。

では、と青は心許《こころもと》なげな声を上げた。

「恵侯が仮王として立たれたわけではないのですね」

月渓は眉《まゆ》をひそめた。思いのほか、青の言葉は胸に痛かった。

「仮王の立つ道理がない。小国のこれは仮朝《かちょう》ではありません」

大逆によって玉座を埋めた国主には天命がない。天命ある王があるべき場所を天命のない者が埋める。ゆえにこれは偽王《ぎおう》と呼ばれ、偽王率いる朝は偽朝《ぎちょう》と呼ばれる。

「強《し》いて言うなら、偽朝と呼ぶべきでしょう。誰ひとり、主上《しゅじょう》に成り代わりたいと思ったわけではないが」

はあ、とうなずいて、将軍は何事かを言いかけ、そして慌《あわ》てたように口を噤《つぐ》んだ。

「いかがなされた？　口を噤まれることはない。伺《うかが》わせてください」

「あの……では、お言葉に甘えさせていただくのですが。私は、現在の芳《ほう》の国主は恵侯《けいこう》であると聞き及んでおりました。主上《しゅじょう》もそのように思われていらっしゃいます。主上よりお預かりいたしました親書は、芳国国主である恵侯に向けてのもので、冢宰《ちょうさい》にお渡ししてよいものかどうか、私には判断がつきません。その……こういう事態は想像していなかったので」

月渓《げっけい》は微《かす》かに失笑した。

「王を討《う》った以上、玉座《ぎょくざ》までも奪って当然だと？」

青《せい》は狼狽《ろうばい》したように身じろぎをした。

「いえ、――あの、そんな」

「確かに私は、諸官を煽動《せんどう》して峯王《ほうおう》を討ったが、だからといって、そのうえ玉座《ぎょくざ》を望むほど恥知らずではない。自身の罪深さなど、もとより承知している。大罪ある身で御座《ぎょざ》を汚《けが》すわけにはいかないことも、分かっている」

言ったそこに、小庸《しょうよう》が小走りにやってくるのが見えた。

「冢宰が参じたようだ。……私は失礼を申しあげる」

一礼して退《さが》った月渓は、堂の入り口で小庸とすれ違った。呼ばれて駆《か》けつけてきた小庸は、硬い表情で出ていく月渓と、困惑したように佇《たたず》んでいる慶《けい》からの客人を見比べる。気まずい空気を嗅《か》ぎ取《と》ったが、退出していく月渓の後ろ姿は、問いかける隙《すき》を与えなかった。

「——芳国冢宰でございます。遠路はるばるのお越し、まことにいたみいります」

小庸はとりあえず礼を取ったが、対する相手のほうは、いまだに月渓が出ていった戸口のほうが気になるようだった。随行する下官《げかん》たちも浮き足立っている。

「あの……何か？」

「申し訳ありません。……私のせいで恵侯は御気分を害されてしまったようです」

小庸が首を傾げると、官服に身を包んだ男は、改めてその場に膝《ひざ》をつき、頭《こうべ》を垂れて跪《き》拝《はい》する。

「失礼をいたしました。私は慶国禁軍に将を拝命しております、青辛《せいしん》と申します」

「よくぞお越しになりました。——何か失礼があったのでしょうか」

いいえ、と青は笑う。

「私が失礼をしてしまったのです。加えて、私は冢宰にも失礼を申し上げなくてはなりません。実は主上より親書を預かってきたのですが、恵侯に、ということだったのです。ですが、ただいま恵侯から伺《うかが》ったところでは、朝《ちょう》を率いておられるのは冢宰だとか。ならばこの親書は冢宰にお渡しするべきなのでしょうが、恵侯に対するお願いも含まれておりますので、冢宰《ちょうさい》にお渡ししたものかどうか、判断に困っております」

ああ、と小庸《しょうよう》は息を吐き、軽く頭を振った。

「……とにかく、お楽になさってください。随行の方々も、お休みになられますよう。――これ」

小庸は下官《げかん》を呼び、随行を別所で休ませ、もてなすように命じる。将軍に対しては殿堂《たてもの》の奥、新緑が影を落としている庭院《なかにわ》を示した。

「どうぞ。芳《ほう》も良い季節になりました。お座りになってください。いま、何か持ってこさせましょう」

はあ、とうなずく将軍を、庭院へと誘う。石案《つくえ》を置いた庭院には、柔らかな風が吹いている。

「……将軍には失礼をしてしまったようです」

「いえ、むしろ私のほうが」

「将軍が恵侯《けいこう》を訪ねていらしたのは、当然のことでございます。正当な新王をお迎《むか》えになったばかりの貴殿には御不快でしょうが――我々は恵侯を主《あるじ》として、峯王《ほうおう》を討《う》ったのですから」

「……峯王は、ずいぶんと民に対して厳しい方だったと」

小庸はうなずいた。

「見苦しい言い訳になることを承知で申しあげれば、主上《しゅじょう》の登極《とうきょく》以来、芳では六十万の民が些細《ささい》な罪によって裁《さば》かれ、命を落としました」

「――六十万」

国土は屍《しかばね》で埋め尽くされたと言っていい。民の数人に一人が殺された計算になる。

「主上は罪を憎《にく》まれた。どんなに些細な罪であっても、お許しにはならなかった。物を盗んでも死罪、田畑を放《ほう》り出《だ》して芝居《しばい》を見ても死罪――芳はそういう国だったのです」

青《せい》はうなずいた。おそらくは、すでに聞いていたのだろう。

「ついに恵侯が諸侯諸官に呼びかけて起《た》たれ、我々は主上を弑《しい》し申しあげました。恵侯は弑逆《しいぎゃく》の盟主であられた。その恵侯が主上から国を引き継ぐ――慶《けい》のお方がそう思われるのは当然のことです。ほかならぬ私どもも、そうなるものだと思っていたのですから」

四年前、すでに仲韃《ちゅうたつ》の奉ずる道は道にあらず、という月渓《げっけい》の呼びかけに応じて、余州《よしゅう》八侯《はっこう》と小庸ら国官は起った。仲韃と王后《おうこう》佳花《かか》を弑し、峯麟《ほうりん》をも討《う》ち取《と》って彼らは仲韃の王朝に幕を引いたのだった。

災いは取り除かれた。だが、仲韃は王だった。王が失われれば、国は傾く。仲韃の圧政と小庸らの起こした乱によって朝廷は破綻《はたん》していた。何とかそれを立て直し、空位の時代の受難に備えなくてはならない。——もとより、弑逆《しいぎゃく》に連座した者たちは、自らがそれを行なうつもりだった。王を討《う》ち取って国を傾けた以上、それを救済するのは彼らの責務だ。

にもかかわらず、弑逆の盟主であった月渓《げっけい》は、最低限の事後処理を終えると、その後の処置を半数に減った国官に委《ゆだ》ねて、恵州《けいしゅう》に退去してしまったのだった。

「……恵侯《けいこう》には、国を引き継ぐおつもりなど、毛頭なかったのです。恵侯は単に、王の虐殺《ぎゃくさつ》を止めるために起《た》ったのであって、王に成り代わり、芳《ほう》を治めるために起たれたのではなかった」

「ですが、芳の朝廷を指導しているのは、恵侯だと聞き及んだのですが」

「そのとおりです。仮にも大逆《たいぎゃく》を犯した罪人が国を治めるわけにはいかない、と恵侯は仰《おっしゃ》るのですが、実際問題として、恵侯がおられなければ芳は立ち行かないのです。我々にとって、恵侯は盟主という名の主《あるじ》ですから。すでに主を戴《いただ》いてしまった以上、恵侯が朝《ちょう》を指揮《しき》してくださらなければ、朝は纏《まと》まって動くことができません」

先王を討ったのちの混乱のただなか、小庸《しょうよう》らは月渓に置き捨てられて茫然自失《ぼうぜんじしつ》した。月渓は彼らにとって唯一の盟主だった。月渓が諸侯諸官に呼びかけ、大逆を果たさんと集った有志を組織し、行動を指示した。その主を突然失い、朝は甚《はなは》だ混乱した。誰かが国を継がなくてはならないが、誰がその任に就《つ》けばいいのか。無数の意見と思惑《おもわく》が錯綜《さくそう》し対立し、小庸らは一歩も身動きならなくなった。

小庸らは窮状《きゅうじょう》を訴え、月渓の帰還を請《こ》うた。帰還を請うべきだ、という声だけが、朝《ちょう》に残された者たちの唯一の合意点だった。悲鳴混じりの要請に応じ、月渓はようやく王宮に戻った。以来、四年、月渓の指導のもと、芳は進んできた。

「ですが、恵侯は国府にいかなる地位もお求めにはなりませんでした。我々がお勧《すす》めしても、拒《こば》まれるのです。国を治めるのは国官の務めであり、自分はただ、それを助けるだけだ、と申されて。実際、恵侯は今も恵州州侯《しゅうこう》でいらっしゃいます。常には恵州城におられ、国政の節目節目、あるいは我らが求めた折にのみ鷹隼宮《ようしゅんきゅう》にいらっしゃる。それでも月日の半分は王宮でお過ごしの勘定になりますが、——それももう」

小庸は言葉に詰まった。慶《けい》からやってきた客人、芳とは何の縁《ゆかり》もなく、ましてや小庸自身とは何の誼《よしみ》もない使者の前で、自分が感情に押し流されようとしているのが分かった。それを押《お》し止《とど》めるためには、ただ口を引き結んでいるしかなかった。

「……もう？　失礼でなければお聞かせください。私は主上《しゅじょう》から親書を託されて参りました。これを誰かにお渡ししなければ、戻ることができません」

柔らかく言われ、小庸は自身の両膝《りょうひざ》を摑《つか》んだ。

「──恵侯《けいこう》は恵州《けいしゅう》にお戻りです。こちらを完全に引き払ってしまわれるのです」

「それでは、皆様、お困りでは」

「もちろんです。恵侯以外に、芳《ほう》を率いていける方はおられない。なのに恵侯は、私にそれをせよと仰《おっしゃ》る」

四年を経て、ようやく混乱は収まった。しかるべき者がしかるべき地位に就《つ》き、朝廷はとりあえず体裁を整えた。民を救済するための道も敷《し》かれた。そのほとんどは、とうに動き出している。まるで区切りをつけるように、それまで一度も口にしたことのない冢宰《ちょうさい》の必要を月渓《げっけい》は切り出した。小庸《しょうよう》らは喜んで賛同した。これまでも、月渓は事実上の冢宰だった。空位の王朝における冢宰──そう表現するのが最も正しい。それが名実共に冢宰になるという意味だと諸官は考えたのだが、月渓が挙げたのは小庸の名だった。

「恵侯は、私に冢宰をお命じになりました。恵侯を差し置いて、どうして私などが冢宰になれましょう。官とて、決して同意などいたしません。ですが、私どもは驚きつつも喜んで恵侯の命に従いました。我々は、ついに恵侯が玉座《ぎょくざ》に就く決意をしてくださったのだと勘違いしてしまったのです」

それまでも、小庸らは再三、月渓に仮王《かおう》として空位の玉座を埋めてほしいと要請してきた。芳の隣国──恭《きょう》の国主である供王《きょうおう》もまた、そう勧《すす》めた。だが、月渓は常にそれを一《いっ》蹴《しゅう》してきた。やっとのことで気を変えてくれたのだと、そう——。

「冢宰が国を治めるのであれば、恵侯こそが冢宰であるべきです。にもかかわらず、私ごときを冢宰に推挙《すいきょ》なされた以上、恵侯は冢宰の上——御位《みくらい》にお就《つ》きになるのだと、私たちはそう思い込んでしまいました。恵侯もそれを否定はなされなかった。なのに、今日になって突然、宮 城《きゅうじょう》を引き払って恵州に戻ると仰《おっしゃ》る！」

月渓は分かっていたはずだ。小庸らが月渓の申し出を誤解してしまったことを。にもかかわらず、月渓はただの一度も、それを訂正しようとはしなかった。今になって思えば、月渓は承知していたのだ。そういう誤解をしなければ、決して官が小庸の冢宰就任に同意などするはずがないことを。だからあえて、誤解を解こうとはしなかった。——いや、ひょっとしたら、最初から誤解させようとしたのかもしれない。

「自分は州《しゅう》侯《こう》であって国官ではない、州侯の務めは州を治めることであって国を治めることではない、混乱を収めるために権を踏み越えることは已《や》むを得《え》ないが、混乱が収まった以上、州侯の自分が権を踏み越えて国を治めることは許されない、と——いまさらになって！」

固く膝《ひざ》を摑《つか》んだ手の甲に、失意の涙が落ちた。小庸は、自身が決して月渓の跡を埋めることなど、できはしないことを知っている。仲《ちゅう》韃《たつ》を弑《しい》し虐《ぎゃく》殺《さつ》を止めた月渓に対する官と民の信頼は篤《あつ》い。いまさらここで、月渓《げっけい》が州侯《しゅうこう》の地位に退《しりぞ》き、小庸《しょうよう》が冢宰《ちょうさい》として立っても、官も民も束《たば》ねきれるものではない。王が失われ、国はこれからひたすら傾いていくというのに。

月渓ならば助けてくれるだろう、という期待が、月渓に対する依存であることは、小庸も否定しない。小庸らが仲韃《ちゅうたつ》を討《う》ったその年、峯麟失道《ほうりんしつどう》に焦《あせ》った仲韃は実に三十万もの民を刑場に引き出して虐殺《ぎゃくさつ》した。それでも、小庸らは起《た》つことができなかった。民を哀れみ、国を憂《うれ》えても、仲韃討つべし、と声を上げることはできなかったのだ。それを口にし、行動に移したのは月渓がただひとりだった。その月渓に対し、信を置き、期待して何が悪い。官は月渓が、大逆《たいぎゃく》のときのように自分たちを導いてくれるものだと思っている。民は、どんなに国が傾いても月渓が救ってくれるのだと思っている。にもかかわらず、月渓は、それらの信と期待を踏みにじり、捨て去ろうとしているのだ。

小庸には、なぜ自分がここまで苦しく、悔《くや》しいのか分からない。振り返ってみれば、争乱の直後、月渓が恵州城《けいしゅうじょう》に退去した時点で、月渓の意図は明らかだった。希《こいねが》って宮城《きゅうじょう》に引き戻したときにも、月渓は国にどんな地位を得るつもりもない、助言をするだけだ、と言明している。月渓が恵州侯を降りることはなかったし、誰かを自らの代わりに恵州侯にしようという話が出たこともなかった。振り返ってみれば月渓が徹頭徹尾、恵州侯としての立場を貫こうとしていたことは確かだった。あれほど断固として意図を明らかにしていたにもかかわらず、小庸らは、それをうかうかと見過ごしてきた。期待したのは、月渓の意図を受け止めようとしなかった小庸らの落ち度だ。――頭では、そう理解できる。なのに。

小庸の胸には、裏切られた、見捨てられたという思いしかない。恨《うら》めしく思う自分の怒りが理不尽《りふじん》なものだと分かっていても。そう感じるのは小庸だけではないはずだ。事実、この日の朝議で月渓にそれを言い渡され、議場は凍《こお》りついた。下官がやってきて月渓が外殿を退出すると、堂内は嘆《なげ》く声と罵《ののし》る声で騒然とした。

月渓は外殿に戻ったのだろうか。残った官は、何としても月渓を引き留めようとすることだろう。月渓は、その声に、少しは心を動かしただろうか――。

小庸は思い、そしてはっと顔を上げた。狼狽《ろうばい》して顔を向けた先では、慶《けい》の将軍が静かな貌《かお》で庭院《なかにわ》を見ている。

「……申し訳ない。とんだ失礼を」

小庸が慌《あわ》てて言うと、青《せい》は振り返り、笑む。

「何が、ですか？」

いや、と言葉を濁《にご》す小庸に、将軍はうなずいた。

「どうやら、大変なところにお邪魔《じゃま》してしまったようです。お騒がせをしてしまって申し訳ありません」

「とんでもございません。こちらこそ――」

「これは、やはり冢宰《ちょうさい》にお渡しするべきでしょう。主上《しゅじょう》は、恵侯《けいこう》が芳《ほう》を治めておいでだと思っていらっしゃるので、冢宰がお読みになれば御不快な箇所もあるかもしれませんが、お許しいただければ幸いです」

差し出された書状に、小庸《しょうよう》は狼狽《ろうばい》した。

「しかし――」

「冢宰がお受け取りになったうえで、恵侯にお渡しになるのも御自由です。主上は、それでかまわないと仰《おっしゃ》るでしょう」

小庸は逡巡《しゅんじゅん》した末に、将軍の差し出した書状を受け取った。

「……確かに」

押し頂いた小庸に、それから、と青《せい》は続ける。

「憚《はばか》りながら、こちらに、いま一通の書状がございます。これまた、冢宰には御不快を与える書状やもしれませんが、お受け取りいただけますでしょうか」

「……失礼ですが、それは？」

「慶国下官《けいこくげかん》からぜひにと。やはり恵侯に当ててのものではございますが、これも冢宰にお預けするのが筋《すじ》のようです。——僭越《せんえつ》を承知で申しあげれば、おそらくは主上からの親書も、ぜひとも下官からの書状をお受け取りになり、お読みいただきたいとのお言葉であろうと存じます」

小庸はぽかんとした。そもそも芳の国官が景王《けいおう》から書簡を受け取る謂《いわ》れがないのはもちろん、ましてやその下官《げかん》から書簡を受け取る謂れがあろうはずがない。

「青将軍、——私は」

言いさした小庸を、青は笑んで止《とど》める。

「下官を孫昭《そんしょう》と申します」

小庸は一瞬、その名が誰を示すものなのかを把握《はあく》できなかった。それは誰だ、と問い返そうとして、刹那《せつな》、それがほかならぬ自分たちが王宮から追放した先の峯王《ほうおう》が一女、公主《こうしゅ》祥瓊《しょうけい》の名であることを思い出した。小庸は驚いて、思わず腰を浮かせる。

「——祥瓊さまが、慶国に」

はい、と将軍の笑みは、事情を了解しているふうだった。

「一切合切《いっさいがっさい》、冢宰にお預けいたしました。とんだ御無礼をいたしましたが、無事、役目を果たすことができて、嬉《うれ》しく存じます」

青《せい》は立って、深く一礼する。小庸《しょうよう》は二つの書状を両の掌《てのひら》で固く捕《と》らえた。

「将軍は、急いで慶《けい》へお戻りでしょうか」

「私に命じられました用件は、非公式に鷹隼宮《ようしゅんきゅう》をお訪ねして、親書をお届けすることだけですから、役目は終わりました。ただ、同行した下官《げかん》は、この機会に貴国の様子を見聞せよと命じられておりますから、しばらくは城下に滞在しております」

「お急ぎでないなら、お待ちください。ぜひとも——ぜひとも恵侯《けいこう》にお会いになっていらしてください」

「しかし……」

「祥瓊《しょうけい》さまを最も気にかけておられたのは恵侯なのです。お連れしますから、なにとぞ」

将軍の承諾を受け、小庸は慌《あわ》てて下官を呼んだ。


朝議はすでに散会していた。月渓《げっけい》は官邸《かんてい》に戻ろうとしていて、自分を捜す下官に会った。小庸がぜひとも来てくれと言っているという。いまさら他国の使者に会う必要があるとも思われなかったが、慶の使者に対しあまり無礼な振る舞いもできない。特に、先ほど会った際の振る舞いは、我ながら礼を失していたと思われたので、仕方なく踵《きびす》を返した。

殿堂《でんどう》に入ると、使者と小庸は庭院《なかにわ》にいた。小庸は月渓を見るなり立ち上がり、意外な名前を口にした。

「恵侯——祥瓊さまが」

思いもよらぬ名前を出されて、月渓は驚いた。

「祥瓊さまが慶におられると」

我知らず、月渓は足を速めていた。小庸の傍《そば》へと急ぎ、それはどういうことだ、と問おうとして、思《おも》い留《とど》まった。改めて使者に一礼する。

「先ほどは失礼を申しあげた」

「とんでもありません。こちらこそ、事情も存じあげず、非礼を申しました」

いいえ、と月渓は答え、

「——それで、祥瓊さまが慶におられるというのは」

月渓が、その場の二人を見比べると、小庸が書状を差し出す。

「祥瓊さまから——と」

いや、と月渓は手を振って、それを受け取る意思のないことを伝えた。冢宰《ちょうさい》が決まった以上、月渓がそれを受け取るわけにはいかない。代わりに慶の将軍へと向き直った。

「公主《こうしゅ》は恭国《きょうこく》にお預けした。恭国を出奔《しゅっぽん》なされたとはお聞きしていたが」

「はい。現在は慶国に。女史《じょし》を勤めております」

女史《じょし》、と月渓《げっけい》は呟《つぶや》く。王宮にあって、王の近辺に仕えて執務《しつむ》の手助けをする、最下級の文官である。

正確には、と青の声《せい》は穏《おだ》やかだった。

「主上《しゅじょう》御自ら女史にお召しあげにはなりましたものの、いまだ慶《けい》の民ではございません。祥瓊《しょうけい》の戸籍《こせき》がまだ芳《ほう》にございますのでしたら、離籍をお許しいただきたく、こうして伺《うかが》った次第です」

祥瓊、という声の親しげな調子に、月渓は青を見る。

「青将軍は、祥瓊さまをご存じか」

はい、と青はにこやかに笑った。

「恥ずかしながら、慶はまだ新王登極《とうきょく》より日も浅く、いまだ内乱が絶えません。その内乱の折、祥瓊には助けてもらいました」

「祥瓊さまが、将軍をか」

「はい。主上におかれましても、その節の功をお認めになって、ぜひとも女史へと。すでに慶の仙籍《せんせき》に入ってはおりますが、貴国や恭《きょう》とのかねあいもあり、戸籍の所在も明らかでないために、官吏《かんり》として正式に登用できずにおります」

月渓は息を吐いた。仲韃《ちゅうたつ》が掌中《しょうちゅう》の珠《たま》のように慈《いつく》しんでいた娘。仲韃によって虐殺《ぎゃくさつ》される民の悲鳴も届かない王宮の深奥《しんおう》で、あらゆるものを与えられ、守られていた。仲韃を討《う》ち取《と》ったのち、仙籍を剝奪《はくだつ》して恵州《けいしゅう》の寒村に預けたが、そこで素性《すじょう》が周囲に知れた。仲韃に対する恨《うら》みは深く、公主《こうしゅ》と分かれば報復せずにいられない。仕方なく身柄を保護し、恭へと送り出したのだが、その処遇を怨《うら》んで恭を出奔《しゅっぽん》したと聞いていた。

「恭を逃げ出すにあたり、こともあろうに供王《きょうおう》の御物《ぎょぶつ》を盗んでいったという噂《うわさ》を聞いたが、将軍は本当のところをご存じだろうか」

「……本当のようです。ですから、供王のお許しをいただかねば、正式に官として召しあげるわけにはいかないのです」

「景王《けいおう》は、それをご存じでも、祥瓊さまを朝《ちょう》に迎《むか》えられようとしておられるのか？」

月渓は、祥瓊が逃げ出したと聞いたとき、やはり、と深く落胆した。祥瓊は、自身の置かれた立場、本人が自覚するとしないとにかかわらず、否応《いやおう》なく課せられていた責任を、ついに理解できなかったのだと、そう思った。その祥瓊が、内乱を収めるために手を貸し、その功をもって景王に迎えられる。どうしても、月渓の知る祥瓊と、それが結びつかなかった。

将軍は、そんな月渓の困惑を見透《みす》かしたように笑う。

「人は変わることができるんです——幸いなことに」

そうか、と月渓《げっけい》は答えた。その傍《かたわ》ら、小庸《しょうよう》は依然として書状を差し出している。月渓はそれを受け取ろうとして——やはり思《おも》い留《とど》まった。

「それが、芳《ほう》の主《あるじ》に向けた手紙なら、私が受け取るわけにはいかない」

しかし、と言いかけた小庸を制したのは、青《せい》のほうだった。

「冢宰《ちょうさい》がお納めください。そうするべきだと判断して、私は冢宰にお渡ししたのですから」

はあ、と無念そうにうなずいて、小庸はようやく手を下げた。それを見やり、月渓は将軍を振り返る。

「将軍は、しばらくこちらに滞在なさるのだろうか」

「蒲蘇《ほそ》にはおります。私の用はすみましたが、同行した者たちは別の役目がありますから」

「では、掌客《しょうきゃく》の——」

王宮に部屋を用意させたほうが、と小庸に声をかけようとした月渓を、青は軽く止めた。

「いえ。主上《しゅじょう》から、芳は大事の折なのだから、いささかも国庫に御迷惑をかけることがないようにと、命じられておりますから」

そうか、と月渓は呟《つぶや》いた。だが、非公式のものとはいえ、一国からの使者を王都の舎館《やど》に留め置いたのでは、あまりにも無礼にすぎよう。とはいえ、峯王亡《ほうおうな》きいま、広大な王宮のほとんどは閉めてある。内乱の痕跡《こんせき》を拭《ぬぐ》い、整えたのち、政務に関係のない建物は一度たりとも使用してない。一国の王から遣《つか》わされた使者なら、賓客《ひんきゃく》をもてなす掌客殿《しょうきゃくでん》に迎《むか》えるのが礼儀だが、長く閉め切った建物のこと、至急整えても間に合わない。

「では――失礼でなければ、私個人の賓客として、官邸においで願えないだろうか。そもそも将軍は、私を訪ねてこられた。景王《けいおう》からの親書を私が受け取るわけにはいかないが、このままお帰しするには忍びない。……もっとも、大したおもてなしはできないが」

「ですが……」

ぜひ、と月渓が重ねて言うと、将軍は軽く笑む。

「では、お言葉に甘えて私だけ。随行の者たちは所用もありますので、蒲蘇に滞在することをお許しください」

月渓は、鷹隼宮《ようしゅんきゅう》にやってきたとき滞在するため、燕朝《えんちょう》の一郭《いっかく》に官邸を借り受けていた。雲海にほど近い官邸は、最低限の小さなもので、しかも同行する下官《げかん》は最小限だから、手狭《てぜま》なくせに閑散《かんさん》としていた。

「殺風景なところで申し訳ないが」

夕暮れの中、案内した青《せい》にそう言ったが、これは謙遜《けんそん》などではなかった。大門から花庁《かちょう》まで、通り抜けたあたりには備えつけの家具があるだけで、書画の一幅もない。使いをやって客人のあることを告げておいたので、さすがに花庁には花などを生け、灯火を点《とも》し、酒杯や茶器を揃えてあったが、寒々としたありさまは嫌《いや》でも目に入っただろう。

「冢宰《ちょうさい》から、恵侯《けいこう》はこちらを引き払われるとお聞きしましたが、もう準備をなさっているのですか？」

園林《ていえん》に面する露台《ろだい》に席を勧《すす》めながら、ええ、と月渓《げっけい》はうなずいた。

「もともと仮住まいですから、あまり私物を持ちこんではいなかったのですが」

「恵州《けいしゅう》とこちらを往復なさっていたとか。ずいぶんと大変だったのでは」

いいえ、と月渓は苦笑しながら茶を淹《い》れる。露台には潮の匂《にお》いを含んだ夕風が立っていた。薄藍《うすあい》に染まった空に、花庁の甍宇《やね》を掠《かす》めて丸く月が昇ろうとしている。

「騎獣《きじゅう》を使って雲海の上を越えてくれば、さほどの距離ではありません。留守《るす》を守る州《しゅう》宰《さい》や州六官のほうが大変でしたでしょう」

「……それでも、国を統《す》べる気にはなれなかったのですね」

茶杯《ゆのみ》に湯を注ぐ手が止まった。

「当然です。天命を踏みにじった者が、天命によって下される座に就《つ》けようはずがない」

「それを仰《おつしや》るのなら、現在、芳《ほう》を治めておられる方々も同様なのでは。恵侯《けいこう》が位を拒《こば》んで朝《ちょう》をお去りになるのなら、冢宰《ちょうさい》をはじめとする方々も朝を立ち去らねばなりません。しかしながら、それでは国が成り立ちませんでしょう」

言った青《せい》に、月渓《げつけい》は苦く笑む。

「将軍も私に簒奪者《さんだつしゃ》になれと仰る?」

「簒奪と言えばそうなのかもしれませんが。……本当に出すぎたことだとは思うんですが、冢宰がお困りのようだったので。冢宰は、自分では国を束ねられない、と仰っておれましたが、そう考えられるのも無理はないという気がしました。確かに恵侯が罪を理由に朝を退《しりぞ》けば、残った官は罪を省みない不逞《ふてい》の輩《やから》ということになってしまいます。同じ罪を抱《かか》える官はともかく、それでは民が納得しませんでしょう」

そうか、と苦笑しながら、月渓は茶杯《ゆのみ》を差し出した。

「そういうふうに考えたことはなかったが、そうなのかもしれません。だからといって、官が大挙して朝を去るわけにはいかない。——だからこそ、首魁《しゅかい》の私がすべての罪を引き受ける。そもそも首魁というものは、そういうものでしょう」

「……そうですが」

青は呟《つぶや》いて、軽く首をかしげた。

「恵侯のお言葉はもっともですが——でも、どうも得心がいかないな。そう、そもそも大《たい》逆《ぎゃく》だから罪だ、という仰《おっしゃ》りように違和感があります」

「大逆は罪でない？　将軍はそれを景王《けいおう》に対しても言えましょうか」

とんでもない、と青は手を振る。

「罪でないとは言いませんが。ただ、先の峯王《ほうおう》は……」

月渓はうなずく。

「主上《しゅじょう》は確かに多くの民を法に背《そむ》いたとして虐殺《ぎゃくさつ》なさった。どんな些細《ささい》な罪にも残虐《ざんぎゃく》な刑罰《けいばつ》が科せられ、最終的には死を賜《たまわ》る。事情は一切、考慮されない。罪を割り引かれるということは、およそなかった。……だが、一方に罪があるからといって、それを殺してよいということにはなりますまい」

「それは、そうなのですが」

「主上は——理想に対して頑《かたく》なな方だったのです。自らは生命を賭《と》してでも正義に忠実であろうとしたから、民にもそれを求めた。どんなに些細でも、罪を犯した以上、生命を奪われる覚悟があって当然だと、頭から思いこんでおられたように思う……」

言って月渓《げっけい》は切なく笑う。

「私は主上《しゅじょう》が登極《とうきょく》なさる前から官の末席におりましたが、空位の当時、腐敗しきった朝《ちょう》の中にあって、あの方だけは眩《まぶ》しいほど潔白であられた。目の前に剣を突きつけられても、罪に与《くみ》するぐらいなら死を選ぶ――そういう方で」

「それは……すごいですね」

「あの方の信を得る、ということは、罪がない、ということと同義だった。心ある者にとって、あの方の信を得る以上の誉《ほま》れはなかった――」

その仲韃《ちゅうたつ》が登極《とうきょく》したとき、仲韃を尊崇《そんすう》する者たちは快哉《かいさい》を上げた。仲韃は正義によって整えられた世を目指した。天道《てんどう》に即した法によって国に枷《かせ》を塡《は》めることで、天道に即した国を造ろうとした。

「一分《いちぶ》の汚《けが》れもない国を造ろうとなさった。些細《ささい》な汚れも許されなかった――そして悲しむべきことに、主上が念頭に置いておられた正義とは、形のことだったのです」

「……形、ですか」

「ええ。主上がそういう方であったにもかかわらず、邪《よこしま》な官もおりました。主上は例えば、その者が自分に対して見せる態度、聞かせる言葉が正義に適《かな》っていれば、それでその者は潔白だと思いこんでしまうところがおありだった。自身が表も裏もなく潔白な方だったので、表が潔白ならば裏もそうに違いない、と思いこんでしまわれるような人の好《よ》いところがおありだったのです」

その最たるものが、仲韃の妻――王后《おうこう》の佳花《かか》だろう。仲韃に見せる顔は何の汚《けが》れもなく美しかったが、その内実はどす黒かった。

「主上は芳《ほう》を白く整然とした国に整えようとなさったし、次第にいっかな汚れの消えない世に苛立《いらだ》つようになられた。法は過酷《かこく》になり、罰《ばつ》は苛烈《かれつ》になった。特に台輔《たいほ》が不調になられてからは、国を立て直そうと本当に躍起《やっき》になられた」

「法と罰によって立て直そうと――？」

そうです、とうなずいて、月渓は苦く笑う。

「それでも主上は最後まで、失道《しつどう》によって自身が位を失うこと、生命を失うことには拘《こだわ》っておられなかった。そういう意味では、自身の信じる正義に私心なく忠実な方だった」

だが――国土は死が席巻《せっけん》した。なまじ仲韃に保身を図《はか》る気がなく、正義に殉《じゅん》ずる覚悟だったことが事態をいっそう悪化させた。すさまじいばかりの虐殺《ぎゃくさつ》が起こった。

「このままでは、芳の民は死に絶えてしまうように思われた。誇張ではなく、この勢いで事態が悪化すれば、民のほとんどが殺される勘定《かんじょう》になる、というありさまだったのです。

誰かがそれを止めねばならなかった――」

だから、玉座《ぎょくざ》を望んだわけではない。仲韃《ちゅうたつ》に成り代わりたいと思ったことは、月渓《げっけい》自身、ただの一度もなかった。ああするしか、仲韃を止める方法がなかった、それだけだ。

「……主上《しゅじょう》を――最悪の方法で――お止めした以上、自分の役目は終わったように思う。本来ならば、大逆《たいぎゃく》の罪人として裁かれる――あるいは、仙籍《せんせき》を返上するのが筋《すじ》だろうが、私がそれをすれば将軍の言われたとおり、荷担した者のすべてもそれに倣《なら》わなければならない。だから、せめて州城に退去する。それがそんなに変でしょうか」

月渓がそう言うと、慶《けい》の将軍はまじまじと月渓を見る。

「……何か？」

「いえ。峯王《ほうおう》のことは冢宰《ちょうさい》からもお聞きしたのですが、なんだか少しばかり、受ける印象が違うな、と思って」

「違う？」

「ええ。冢宰からお聞きしたときには、なんて酷《ひど》い王だろうという気しか、しなかったのですが。恵侯《けいこう》が仰る《おっしゃ》のを伺《うかが》っていると、そうとばかりも言えないような」

言って、青《せい》はひとり納得したようにうなずいた。

「――そう、恵侯は峯王を悪だと言い捨てるような仰りようをなさらない。それだけ罪悪感を感じておられるからなのですか？」

「それは……もちろん」

答えながらも、意外なことを言われた、という気が月溪にはした。罪を犯したという自覚はあるが、それは「罪悪感」という言葉とは、どこかそぐわないような気がした。だが、否定すれば自分でも、どこかしら嘘《うそ》があるような気がする。戸惑《とまど》っていると、青はしみじみとした声を漏《も》らした。

「大逆《たいぎゃく》という行為は、それほど重いものなんですね……」

言って、軽く笑む。

「私は何しろ根が単純にできていますから、民のためだと言えばそれでいいような気がしてしまうんです。民を虐《しいた》げるだけの王など討《う》ってしまえばいい。王は民を助けるためにいるわけでしょう。私たち兵卒《へいそつ》が戦うためにいるように。戦う能力を失った兵卒は軍を辞《や》める。本人に辞める気がなければ辞めさせる——そういうものです。王もそれと一緒だろうという気がしてしまうんです。もっとも王の場合は、自ら辞めるわけにはいかないのですが」

「私は小心者なのです」

「そういう意味ではありません。——私は、もともと慶国麦州《けいこくばくしゅう》の出身でして。実は私は半獣《はんじゅう》なのですけどね」

月渓《げっけい》は唐突な告白に瞬《またた》いた。

「将軍が――？」

「はい。慶《けい》では、先王の時代、半獣は官吏《かんり》になれなかったんです。もちろん将軍になど、なれません。兵卒として軍に入ることはできますが、位を得ることはできなかったんです。ただ、私は麦州師《ばくしゅうし》の将軍に任じられておりましたが」

「位を得ることができないのに？」

「麦侯《ばくこう》が、かまわないと言ってくださったんですよ。先王はなにぶんにも政治向きには興味をお持ちでなかったし、国府の役人は私腹を肥《こ》やすのに忙しい。諸州にまで目が及ぶことはあるまい、だからかまうものか、と」

言って青《せい》は笑う。

「ちょっと戸籍を弄《いじ》って、半獣という記載のところだけ破っておけばいい、どうせ調べはしないだろう、と言うんです。国府に目をつけられたら、知らぬ存ぜぬ人違いだ勘違《かんちが》いだで通すだけ、それでのっぴきならなくなったら小金を握《にぎ》らせればすむことだから、と」

「しかし……それは」

「はい。堂々の法令無視で。確信犯ですからね、質《たち》が悪い。まったく、なんて人だと思っていたんですけどね、ただ——その麦侯でさえ、先王を討《う》つことは嫌《いや》がりました。それだけはできない、と言うんです」

　青は表情を硬くした。

「……迷っておられたとは思う。特に、先王が女を国から追放せよと仰《おつしや》って。それでもみんな、なんとか国に留《とど》まろうとするわけですけど、それを見つけたら捕《つか》まえて殺せという話になったときには、本当に迷っておられるようだった。——麦州《ばくしゆう》は青海《せいかい》に面していましてね、国を出ようという女たちが港に集まっていました。もちろん、誰ひとり本当に国を出たかったわけではありません。残れば殺されることになるから、仕方なく国の外を目指していた。それを麦侯が憐《あわ》れまれて、船が出ないとか、船の数が足りないとか適当なことを言って、みんな国から出る意思はあるのだけど出られない、船に乗る順番を待っているだけなんだ、という体裁《ていさい》を作ったわけです。そういう体裁にして港町で保護した。なんとかそれで通ったからよかったですけど、そこにまで手出しされたら、さすがに麦侯も決断せざるを得なかったかもしれないです」

　言ってから、青は自身でも自らの言に違和感を覚えたかのように首を傾けた。

「いや……そうなったら考えねばならない、とは言っておられたけど、必ず討《う》つと仰ったことは一度もなかったな。そうですね、今から考えると、保護した女たちを殺されて、それで本当に麦侯《ばっこう》が決断なさったかどうかは疑問です。恵侯《けいこう》のお話を伺《うかが》っていると、ひょっとしたらそれだけはなさらなかったのじゃないかという気がします」

「……そうか」

「そのときにも思ったんです。弑逆《しいぎゃく》というのは、そんなに重いことなのか、と。麦侯には、民を救う意思がおありでした。けれども自分が玉座《ぎょくざ》に就《つ》こう、王になろうなどというお考えはなかった。欲がないとできないことなのか、と思ったのを覚えています」

言って青《せい》は、月渓《げっけい》に笑《え》む。

「……なのに恵侯は、決断なさったんですね」

月渓は返答すべき言葉を失った。

「私はきっと、麦侯に討《う》てと言われれば、あっさり先王を討ちにいったでしょう。――そうですね、それでも確かに、麦侯の命《めい》を待たず独断で討ちにいこうとは思えませんでした。民が可哀想《かわいそう》だ、討ってしまえ、とは思っていましたが、麦侯が討つべきなのだと思いこんでいましたから。だから下命さえあれば、迷わず従ったと思います。そして、討ったあともそれを罪だと感じたり、自分を責めたりはしなかったでしょうね。それは、命じた麦侯が罪を負ってくれるから、というばかりではなく、私は麦侯や恵侯ほど利口でないから、罪の重さが分からないからなんです、たぶん」

「そういうことでは……」

青は首を横に振る。

「そういうことなんです。――そして、そのほうが罪は重い。そういう気がします。よく、そんなつもりじゃなかった、とか、そんな大事だとは思わなかった、と私たちは言うわけですけど、罪の重さを知らずにいること自体、それがひとつの罪なんじゃないかな。罪の重さを分からないで罪を犯すことは、二重の罪悪なのかもしれません。その重さを充分に分かっておられて、それでもなお決断なさったからには、よほどの思いがおありだったんでしょう」

言って青は、率直な好意のこもった眼差《まなざ》しを月渓に向けた。

「それだけ民のことを思われたのでしょう？　ならば、そういう方こそ、玉座《ぎょくざ》に座るべきだ」

月渓は思わず席を蹴《け》って立ち上がっていた。

「それは……違う」

「違う？」

「これはそんな美談にすべきことではない。私は天命ある王を討《う》った。台輔《たいほ》が御不調であったとはいえ、主上《しゅじょう》のありようからして天命を取り戻す望みが少なかったとはいえ、その可能性は皆無ではなかった。なのに私は、結果も見ずに為《ため》にならぬと断じて、主上《しゅじょう》を弑《しい》した」

青《せい》は困ったように月渓《げっけい》を見上げている。

「これは単なる大逆《たいぎゃく》であって、褒《ほ》められるようなことではない。諸官も将軍も——供王《きょうおう》までもが、私に玉座《ぎょくざ》に就《つ》けと言うが、あれに座れば私は本当にあの方から位を盗むことになってしまう。位がほしかったわけではない、望んで討《う》ったわけではない。ほかに術《すべ》が——」

月渓はふっと言葉に詰まった。自分でも、激するままに吐いた言葉の、どこかが捻《ねじ》れている、という気がした。

青は動じる様子もなく首を傾けた。

「恵侯《けいこう》のなされたことは、単なる大逆なのですか？　それとも、ほかに術がなかったから行なった仕方のないことだったのですか？」

まったくだ、と月渓は座りながら顔を覆《おお》った。

「申し訳ない……取り乱したようだ」

いえ、と柔らかく言った青は、しばしを措《お》いて、そうか、と呟《つぶや》く。顔を上げた月渓に、彼は痛ましいものを見るような視線を投げかけた。

「恵侯は、峯王《ほうおう》を敬愛しておられたのですね」

今から思えば――と月渓は四年前を振り返る。彼は、仲韃《ちゅうたつ》の転落を、あれ以上見ていたくなかったのだ。なぜそんな、自らに泥《どろ》を塗《ぬ》るようなことをする、自らを玉座《ぎょくざ》と誉《ほま》れから追い落とすようなまねをするのだ、と叫びたかった。

仲韃が民を虐《しいた》げていることは動かしがたい事実だった。法は過酷《かこく》すぎ、罰《ばつ》は残虐《ざんぎゃく》にすぎた。このままではいずれ天命を失うのではないか――月渓はそれを危惧《きぐ》せざるを得なかったし、事実、台輔《たいほ》は病んだ。かなうことなら仲韃に道を改めて欲しかったが、仲韃はさらに法と罰を重くした。

「このままでは、芳《ほう》の民は死に絶えてしまうと思った……」

露台《ろだい》の先、小さな園林《ていえん》の向こうには雲海が月光に輝いている。その下――はるか下界には芳の国土が広がっている。そこにはかつて、無数の骸《むくろ》が敷《し》きつめられ、花の香の代わりに死臭が、風音の代わりに挽歌《ばんか》が満ちていた。

なんという無慈悲《むじひ》な王だ、と憤《いきどお》ったことは偽《いつわ》りのない事実だった。積み重ねられていく民の骸に、月渓《げっけい》は怒った。その行為には憎悪《ぞうお》すら感じていたが――そう、確かに月渓は、仲韃自身を憎《にく》むことができなかったのだ。依然として、月渓にとって仲韃は、清廉潔白の官吏《かんり》だった。腐敗《ふはい》を極めた王朝の中で、決然として清《きよ》かった孤高の存在。

「……私はたぶん、主上《しゅじょう》にかつてのような存在に戻ってほしかったのだと思う。それが私の期待だったが、主上はそれを裏切り続けた。いっそ、あの方が権に驕《おご》り、腐敗してくだされればよかったのに、と思うことがある。そうすれば、もはや主上に期待を抱くこともなかっただろう。だが、あの方は無欲で無私であることにかけては、些《いささ》かの変わりもなかった……」

「だから、恵侯《けいこう》にとって大逆《たいぎゃく》は、ほかに術のない大罪だったんですね」

青《せい》の言葉に、月渓《げっけい》はうなずく。

「民のために、というのは、たぶん私にとって言い訳にすぎないのだと思う。決意をさせたのは、憎《にく》みたくない相手を憎まねばならない苦しみだったように思う。義憤《ぎふん》ではない。私怨《しえん》だ。だから、これは単なる罪であって、どんな美名に守られる値打ちもない……」

「けれども、そこまで峯王《ほうおう》を憎まずにいられなかったのは、民を哀れめばこそではないのですか？　民が哀れで、憎まざるを得ない——そういうことだったのでは」

月渓は首を横に振った。

「それは違うと思う。……いや、まったく民のことが念頭になかったのではないが。罪と呼べないほどの罪で刑場に引き出されていく民を見るのは辛《つら》かった。だが、もっと応《こた》えたのは、引き出されていく民、その親しい者たちが主上を怨《うら》むことだった。彼らの怨みはあまりにも当然のもので、それがいたたまれないほど辛かった……」

「峯王《ほうおう》が憎《にく》まれることが苦しかった？」

「そう──だから、私は民や官が信じてくれるほど、民の味方などではない」

「でもそれは、民のために、ということと同義なのではないのですか？」

青の言に、月渓は虚《きょ》を衝《つ》かれた。

「だって、恵侯は峯王に、民に良くしてやってほしかったのでしょう？　慈悲《じひ》をもって賢《けん》治《ち》を恵み、民は幸福になり、満たされた民は峯王を慕《した》う。それを望んでおられた」

「……それは、そうだが」

「民と一緒に峯王を褒《ほ》め称《たた》えたかったのではないのですか。つまりは、それだけ恵侯は民の側におられた。民の安寧《あんねい》が自身の安寧であり、民の幸福が自身の幸福だった、ということでしょう。恵侯にとって良い王とは、民のためになる王だった。峯王にそうあってほしかったということなのでは？」

青は言って、言葉を失った月渓に微笑《ほほえ》む。

「では、それは民のため、と同義です」

月渓はしばらく返答に困り、そして俯《うつむ》いた。

「……だが、私が御位《みくらい》に就《つ》けば、主上《しゅじょう》から位を盗むことになってしまう」

仲韃《ちゅうたつ》を諫《いさ》めることができなかった。為《な》す術《すべ》もなく主《あるじ》に道を踏み誤らせ、ついにそれを正すことができずに私怨《しえん》から討《う》った。このうえさらに、主のものを——彼の唯一にして最大のものを盗むのか。

「文字どおりの簒奪《さんだつ》だ。もはや、どんな言い訳も許されない……」

「言い訳？　誰に対する言い訳なのですか？」

青《せい》に問われ、月渓《げっけい》は言葉に詰まった。

「私には、恵侯《けいこう》が言い訳すべき相手を間違えてらっしゃるように見えます」

言ってから、青は慌《あわ》てたように身を竦《すく》めた。

「失礼を。——出すぎたことばかり言っていますね」

いや、と月渓は首を振る。軽く額《ひたい》を押さえた。

「将軍の仰《おつしや》ることは正しい。そう——確かに私は、主上に対して言い訳をしたいのだ。決して悪心《あくしん》で討《う》ったのではない、と。憎《にく》かったのでも軽んじたのでも、ましてや位を盗もうと思ったわけでもない、と詫《わ》びたい。だが、確かにそれは相手を違《たが》えているのだろう……」

言い訳をするなら、天に対して、民に対してであるべきなのかもしれない。天意を踏みにじったこと、その咎《とが》によって芳《ほう》から天の恩寵《おんちょう》を奪ったことを詫《わ》びるべきだとは思う。

——頭ではそう理解できるのだが。

「どれほど詫び、言い訳をしたところで、主上は私をお許しにはなるまい。それが分かっていても、私はせめて自分に対して申し開きがしたい。そう——言い訳とは、自分自身に対してするものなのかもしれない。このうえ位を盗めば、その言い訳のしようすらなくなる。祥瓊《しょうけい》さまとて、決してお許しにはなるまい」

むしろ公主《こうしゅ》は、嗤《わら》うだろう。かつて祥瓊は、月渓に対し、簒奪者《さんだつしゃ》だ、と言い放った。王を妬《ねた》み、王のものを盗もうとしたと断じた。やはり、と言うだろう。やはりそういうことだったのではないか、と。

青は不思議そうに首を傾げる。

「祥瓊が許さない？　なぜです？」

「当然だろう？」

「祥瓊が恵侯を許すか否《いな》か、それが意味のあることとも思えませんが、恵侯が気になると仰《おっしゃ》るのなら、私が恵侯を訪ねてきたことを思い出していただきたいのですが。祥瓊は恵侯が芳《ほう》の国主だと言っていました。自分が芳にいた時分には、仮王《かおう》として立たれたわけではなかったけれども、今頃は御位《みくらい》にお就《つ》きだろう、と。だからこそ主上は、恵侯に当てて親書を認《したた》められたのです。恵侯《けいこう》がおられる以上、芳が荒れ果てているということもあるまいと、そう祥瓊《しょうけい》が言ったから、相手をしてくださる余裕がおありだろうと言って私を芳《ほう》に遣《つか》わされた」

月渓《げっけい》は驚いて青《せい》を凝視《ぎょうし》する。

「だからこそ、芳を見てこい、と主上《しゅじょう》は仰《おっしゃ》ったのです。恵侯が芳を支えるために何をなさっているか学ぶために見聞してくるように、と」

言葉もない月渓に青は微笑《ほほえ》む。

「恵侯が、崇敬する峯王《ほうおう》を討《う》った御自分をとても厭《いと》うておられることは、よく分かります。確かに罪は罪なのでしょう。ですが、罪を遠ざけるのも道、罪を悔《く》いて正《ただ》すことも道でございましょう」

言って、青は園林《ていえん》の上に朧《おぼろ》に昇った月を仰《あお》いだ。

「陽《ひ》が落ち、深い闇《やみ》が道を塞《ふさ》いでも、月が昇って照らしてくれるものです」

暈《かさ》をまとった月の光は淡《あわ》い。どこか冷たく陰鬱《いんうつ》な色を帯びていて、真昼の陽光とは比べるべくもなかった。だが——確かに、たとえこれだけの明かりであっても、夜道を往《い》く者の助けにはなる。

視野の端《はし》で、そうだ、と青が声を上げた。

「月陰《げついん》の朝《ちょう》というのはどうでしょう」

意味を取りかねて瞬《またた》く月渓に、青は笑う。

「仮朝《かちょう》と偽朝《ぎちょう》と、二つしか呼び名がないのは不便です。王が玉座《ぎょくざ》にある朝を日陽《にちよう》の朝だとすれば、王のいない朝は月陰の朝じゃないかな。月に乗じて暁《あかつき》を待つ――」

なるほど、と月渓は微《かす》かに笑った。

渓谷には、静かに靄《もや》が流れている。雲烟《うんえん》から顔を出した大小の峰、切れ切れに覗《のぞ》いた渓流は流れ下って小さな亭《あずまや》に辿《たど》り着《つ》き、そこで淵《ふち》を造る。

月渓は、ひとり書房の書卓《しょたく》に向かい、箱の中から現れたその景観に見入る。両《りょう》掌《てのひら》に載《の》るほどの硯《すずり》だった。石は舜国《しゅんこく》に名高い彰明《しょうめい》の産、翠《みどり》を帯びたその石には、靄を思わせる斑紋《はんもん》が流れている。縁に彫《ほ》りこまれた雲烟に沈む渓谷、佇《たたず》む小亭、小亭が覗きこむ淵――墨池《ぼくち》の底には月が沈んでいる。墨《すみ》を擦《す》る墨堂《ぼくどう》にも斑紋が描く靄が漂《ただよ》う。その裏側――硯背《けんぱい》には功を褒《ほ》める詩《ことば》が彫ってあったが、それもろとも、硯はまっぷたつに割れていた。

月渓《げっけい》は硯《すずり》を裂《さ》いた亀裂《きれつ》を見つめる。耳には、それを割ったときの切ないまでに美しい音色が残っていた。

この硯は峯王仲韃《ほうおうちゅうたつ》から贈られた。月渓が恵州侯《けいしゅうこう》に任ぜられた折に賜《たまわ》ったものだった。十数年後、その恵州で月渓は硯を割った。割れば硯は、もはや用をなさず、こうして破片を取っておいたところで、その見栄《みば》えまでが損《そこ》なわれる。失われてしまうに等しく、それを取り戻す術《すべ》は存在しない。それを承知で割ったのは、宮城《きゅうじょう》の門前で罪人百名余が処刑されたと、知らせを受けたときだった。ほとんどの罪人が、課役《かえき》を休んだ、農地を離れた——などの怠惰《たいだ》の罪によって裁《さば》かれた。病にあった、親しい者に不幸があったなどの個々の事情は、一切斟酌《しんしゃく》されなかった。罪から遠ざかるためには、まず罪を憎《にく》むことだとして、王都の住人は門前に集められ、罪人たちに石を投げるよう強要された。罪人のすべてが死ぬまで投石を強《し》いられたのだった。罪人の遺体はその場で首を落とされ、そこに曝《さら》されることになった。

それを聞き、月渓は怒りに任せて硯を割った。澄んだ高い音色を聞きながら、月渓は引き返すことのできない道に踏みこむ決意をしたのだった。

挙兵じたいは後悔しない。だが、そうせざるを得なかったことに対する悔《く》いがあった。そこまで王朝が傾く前に、どうして仲韃を止めることができなかったか。恵州を任されるほどに重用されて、その恩義ある王のために大逆《たいぎゃく》をもってしか報《むく》いることのできなかった己《おのれ》が憎《にく》い。仲韃は間違いなくこの芳国《ほうこく》の王だった。芳の玉座《ぎょくざ》は仲韃のものだ。王が道を失うを止められずに不忠をなし、大義をかざして弑逆《しいぎゃく》をなした自分が、仲韃のものを掠《かす》め盗《と》ることは許されない——そう思ってきた。

弑逆《しいぎゃく》はこれ以上はない大罪、割れた硯《すずり》はその象徴だった。硯が元の形に戻ることがないように、天意を踏みにじった月渓の罪が消えてなくなることもない。民のため、国のためと言い訳をしたところで、それが破壊にすぎず、醜悪《しゅうあく》な罪悪にすぎないことは、硯に残る無惨《むざん》な亀裂《きれつ》を見れば明らかだった。

亀裂に見入っていると、微《かす》かな足音がする。書房《しょさい》の入り口に小庸《しょうよう》が姿を現した。

「……私をお捜しだったとか。府第《やくしょ》から戻ると、官邸に使いがあったということなので」

小庸はそう言いながら、書房の中に踏みこんだ。灯火に照らされた書房からは、私物の一切が取り払われ、片隅《かたすみ》に纏《まと》めあげられている。すでに官邸を引き払う準備をしているのだと、月渓の決意を見た思いで、ひどく憂鬱《ゆううつ》な気分になった。

振り返った書房の主《あるじ》は、静かに笑う。

「それでわざわざ来てくれたのか。すまなかったな」

いいえ、と呟《つぶや》いた小庸は、月渓の手の中に目を留めた。

「──それは」

「主上《しゅじょう》から賜《たまわ》ったものだ」

ああ、と小庸《しょうよう》は声を上げた。

「私も天官長《てんかんちょう》に命じられた折に、硯《すずり》をいただきました」

「それは、──いまは？」

月渓《げっけい》に問われ、小庸は複雑な気分で笑う。

「ございますよ。何度も捨ててしまおうと思ったのですが、できなかったのです」

私もだ、と月渓は答え、硯を納めた箱に蓋《ふた》をし、丁寧《ていねい》に書卓《つくえ》に載《の》せた。

「主上が臣下に何かを下されるときは、必ず文房四宝《ぶんぼうしほう》のどれかだったな」

「左様でございましたね……」

思い返すと、奇妙に懐《なつ》かしかった。思わずしんみりとしてしまった小庸を見やり、月渓は酒杯を引き寄せた。

「──小庸、付き合わないか？」

「何か御用だったのでは」

これが用だ、と月渓は言って小庸に酒杯を差し出す。

「では、ありがたくいただきますが──青将軍《せいしょうぐん》は？」

「お休みになられた。ひとしきり話をしたあと、疲れたので休ませてもらいたい、と言って夕餉《ゆうげ》も召しあがらず臥室《しんしつ》に退《さが》られた。……とんだ気遣《きづか》いをさせてしまったようだ」

小庸は首をかしげる。青が早々に寝たことと、「気遣い」の関係がよく分からなかった。怪訝《けげん》に思った小庸に気づいてか気づかずにか、月渓は穏《おだ》やかな貌《かお》で手にした酒杯を見つめた。

「主上は御酒《ごしゅ》を嗜《たしな》まれることもなかったし、高価な御物《ぎょぶつ》を集められることもなかった。我々に何かを下されるときにも、玉や金銀などであることは、まずなかったな」

「……そうですね。彰明産《しょうめいさん》の硯《すずり》は、玉に比べ、決して安いということはないのですが」

答えて、小庸は微《かす》かに笑った。

「そう、禁軍の将軍が、やはり硯をいただいて呆《あき》れていたことがあります。特に将軍は、彰明産の硯がいかほどの値かご存じなかったので。ご存じであっても、武官に高価な硯では、いっそう呆れただけのことかもしれませんが」

まったくだ、と笑い含みに言いながら、月渓は小庸の杯に酒を注ぐ。

「……硯や墨《すみ》だけでなく、高価な筆や紙をいただいたこともあったな。主上が贅沢《ぜいたく》をなされるのは、文具と書物ぐらいで、身を飾ることにも身辺を飾ることにも興味がおありでなかったから。……后妃《こうひ》はそうではなかったようだが」

そうですね、と小庸《しょうよう》は頷《うなず》く。仲韃《ちゅうたつ》が華美を嫌ったので、王后《おうこう》の佳花《かか》も質素なふうを装《よそお》ってはいた。だが、佳花の身につけていたものは、なまじの品よりもはるかに高価だった。

「主上《しゅじょう》は、后妃《こうひ》が召しておられるものがいかほどのものか、ご存じなかったでしょう。そうでなければ后妃こそが、真っ先にお叱《しか》りをいただいたところです。華美でないから質素にしておられるのだろうと、そう思っておられたのでしょうね」

月渓《げっけい》はうなずく。

「主上はそういう人の好《よ》いところがおありだった……」

小庸は怪訝《けげん》に思って月渓を見た。月渓は仲韃を懐《なつ》かしんでいるように見える。──そう、惜《お》しんでいるように。訝《いぶか》しむ小庸に気づいたのか、月渓は視線を上げてふっと笑んだ。

「小庸にとっては、主上はいまや憎《にく》いだけの王か？」

小庸は胸を衝《つ》かれた。唐突に、かつて──仲韃が登極《とうきょく》したばかりの頃が思い出された。

「私はいまも、主上御自身を憎いとは思えない……。兵を挙《あ》げたこと、それじたいは後悔しないが、そうするしかなかったことが悔しい」

「……私もそう思います。実を言えば、いまもとても無念です」

「お前もか？」

「強《し》いて考えないようには、しておりますが。主上のお顔を思い出すと、いたたまれないのです。そういうときに思い出すのは、良いときのことばかりなので……」

懐《なつ》かしく思うし、いまだに慕《した》わしくも思う。だからこそ、仲韃から下された硯《すずり》を捨てることはできなかった。何度も怒りに任せ、捨ててしまおうと思ったが。

小庸が正直にそう言うと、月渓は自嘲《じちょう》するように笑う。

「妙なものだな。……私は、后妃を主上ほどには憎《にく》いと思わなかった。后妃が譏言《ざんげん》で、ありもしない罪を捏造《ねつぞう》していたことは知っていたが、許せぬ、と思ったことはない。悪辣《あくらつ》であったという意味では、后妃のほうが数倍、悪辣だったと思う。だが、主上が無慈悲《むじひ》をなされるほどには腹が立たなかった」

「そうですか？　私は許せない、というふうに思っておりましたが。后妃は主上に罪を唆《そそのか》しておられた。それを腹立たしく思いましたよ。実を言えば、恵侯《けいこう》が公主《こうしゅ》を恵州《けいしゅう》に迎《むか》えられたのも、手緩《てぬる》いと思っておりました。後宮《こうきゅう》の深部で外界と切り離されていた公主に積極的な罪はない、と仰る恵侯《おっしゃ》のお言葉には納得しましたが、心情としては憎《にく》く思っておりましたから。それはたぶん、なぜ主上を止めてくださらなかったのか、という——八つ当たりのようなものだったのでしょうが」

「……八つ当たりか」

「だと思います。――そうですね、私も主上《しゅじょう》をお止めしたかった。良い王になっていただきたかったのです。ですが、主上は自らを汚すようなまねばかりをなさった。お止めしたかったが、私にはそれができませんでした。罰《ばつ》が重すぎるのでは、罪を論《あげつら》いすぎるのでは、と申しあげれば、私がすべての罪を許すかのようにお受け取りになる。邪悪に堕《だ》したと仰《おっしゃ》るのです」

「私もそう言われたことがあるな……」

小庸《しょうよう》はうなずく。ついさっき、懐《なつ》かしく思い出されたことが嘘《うそ》のように、苦いものが胸の中にこみあげてきた。

「心ある官だと目をかけていたお前さえそうなら、民の堕落《だらく》はそれ以上だろうと仰って、余計に法を厳しくなされるのです。諫言《かんげん》は、すればするだけ事態を悪化させるだけのことのように思えました。私にはとても、それ以上、お諫《いさ》めすることができなかった。ですから、私以外の誰かがそれをしてくれないだろうか、と祈らずにはいられなかったのです」

「だから、八つ当たりか。――后妃《こうひ》と公主《こうしゅ》にそれを期待した」

ええ、と小庸はうなずいた。

「実際のところ、后妃や公主が諫言なさっても、結果は変わらなかったのでしょうし、身近なお方であるだけに、いっそう悪い結果になる可能性もございました。きっとそうなったのでしょう、台輔《たいほ》が主上を諫《いさ》めれば、諫めるだけ法は過酷《かこく》になりました。台輔の失道《しつどう》は、最大の諫言《かんげん》だとも申せましょう。しかしながら、台輔の失道さえ、主上をお止めすることはできませんでした」

「そうだったな……」

「八つ当たりだと分かっておりましたが、私は后妃や公主をお恨《うら》み申しあげましたよ。そうですね――ですが、確かに憎《にく》むことが苦しくはなかった。主上を憎むことは、このうえない苦痛でした。苦痛のあまり、なぜ私にこんな思いをさせる、といっそう憎く思いました。主上が民に慈悲《じひ》を施《ほどこ》してさえくだされば、憎まずにすむのに、と。より強い憎しみがより深い苦痛を招く。その苦痛がまた憎悪《ぞうお》になるというふうで。……そうですね、確かにそれに比べれば、后妃や公主に対する憎しみなど、どれほどのことでもございませんでした」

「まったくだ……」

月渓《げっけい》の声は、どこか痛々しい響きをしていた。その声音《こわね》に、小庸はようやく、月渓が頑《かたく》なに国権を拒《こば》もうとするのがなぜなのかを理解した。

「……恵侯《けいこう》は、とてもお辛《つら》かったのですね」

仲韃《ちゅうたつ》を討《う》たねばならなかったこと、討ってしまったこと。だからこのうえ、仲韃のものを盗み、さらなる不忠を重ねることができない。

「恵侯《けいこう》のお気持ちが、いまになって少しだけ分かったような気がします。――ですが、どうか私たちの気持ちも御理解ください。私たちにとって、恵侯は決して止められない主《しゅ》上《じょう》を止めてくださった唯一《ゆいいつ》の方です。諸官《しょかん》にとっても民にとっても、果てしない苦痛を終わらせてくれ、救ってくださった方なのです。恵侯が恵州《けいしゅう》にお戻りになってしまうと聞いて、諸官は嘆き悲しんでおります。泣きながら――怒る」

月渓《げっけい》は息を呑《の》んだようにして小庸《しょうよう》を見た。

「お願いですから、私たちに同じ苦しみをお与えにならないでください」

言って立ち上がり、小庸は懐《ふところ》から二通の書状を取り出した。

「どうか、これを」

「……小庸」

「私はすでに拝読いたしました。青《せい》将軍は、私が受け取り、そのあとで恵侯にお渡ししてもかまわない、と仰《おっしゃ》ってくださっています。どうか取ってお読みください。これは私がいただいて良いものではありません。恵侯のお手にこそ、渡るべきものです」

どうか、と重ねて言って、小庸はそれを書卓《つくえ》の上、蓋《ふた》を閉ざした箱の横合いに載《の》せた。身動きできない月渓を残し、小庸は一礼すると書房《しょさい》を出ていった。

二つの書状と取り残され、長く迷ったすえに、月渓はそれを開いた。

景王《けいおう》からは、簡単な前置きのあと、祥瓊《しょうけい》の現状を説明したうえで、祥瓊からの手紙を受け取り、読んでやってほしい、思うところもあるだろうが、遺恨《いこん》を捨てて配慮をしてもらえると嬉《うれ》しい、とあった。慶《けい》もまだ波乱の中、芳《ほう》のために割《さ》く余剰《よじょう》の国力を持たないが、心から芳の安逸《あんいつ》を願っている、と。

——一国の統治は、天命の後《うし》ろ盾《だて》があっても困難が多く、国土と戸籍《こせき》を預かる不安は、いかにしても去らない。ましてや王のいない国土と戸籍を預かる困苦はどれほどだろう。若輩《じゃくはい》の自分にはかける言葉もなく、有益な助力もできないが、慶の微力でもなにがしかの役に立つことがあれば、使者に申しつけてもらいたい。

「……労《ねぎら》ってくださるのか……」

責める口調ではない。皮肉でもなかった。真摯《しんし》な書簡は、どこかしら月渓に温《あたた》かかった。御名はそこだけ筆跡が違う。本文は誰かが筆写したのであろう、几帳《きちょう》面《めん》な達筆で、対する御名はどこかたどたどしい筆致だったが、新王の若さを象徴しているようで好ましかった。

わずかに慰《なぐさ》められた気分で、月渓は次いで、祥瓊からの厚い書簡を開いた。

そこには彼女の悔恨《かいこん》が、あまりにも率直に綴《つづ》られていた。公主《こうしゅ》としてありながら、父王を諌《いさ》めることのできなかった悔《く》い、それは自身が公主としての責務を心得ていなかった不明によるもの、そのために王が討《う》たれ、父母に対しては不孝をなし、民に対しては無用の嘆《なげ》きを与え、月渓《げっけい》らには大罪に踏みこむ苦痛を与えた。さらにはその咎《とが》によって公主の座を追われ、本来ならば父母に従って鬼籍《きせき》に入るところを月渓に救われたにもかかわらず、その恩を顧《かえり》みず、私怨《しえん》にとらわれ、引き渡された恭国《きょうこく》においても短慮を起こして月渓の温情を無にしたこと、心底、申し訳なく存ずる……。

「そうか……お分かりくだされたか」

——なるほど、人は変わることがあるのだ、慶《けい》の将軍が言ったとおりに。

人を諌めることは難しい。仲韃《ちゅうたつ》への諫言《かんげん》はことごとく無になった。それどころか、そうやって不信を表明することが、いたずらに仲韃を暴虐《ぼうぎゃく》へと追いこんでいきはしなかったか。だが、諫言が無意味だとは思いたくはなかった。諌めるための言葉には、諌める相手への期待と情愛が語るまでもなく含まれている。

手紙にはさらに、恭国を出奔《しゅっぽん》するにあたって罪を犯したこと、これを贖《あがな》うことなく、景王朝《けいおうちょう》の末席を汚すわけにはいかないこと。自分はまず、供王《きょうおう》の許《もと》に罰《ばつ》を受けにいく。そうなれば、自分はどうなるか分からない。対面して述べたいこともあるが、だから書状を託した、と結んであった。この書簡を月渓が手に入れる頃には、堯天《ぎょうてん》を発《た》っているだろう、とも。

「……恭へ」

驚いて呟《つぶや》き、月渓はその書簡を幾度か目で読み、そして立ち上がって書房《しょさい》の外に声をかけた。

「――誰ぞ」

仮にも王宮の中で、王の御物《ぎょぶつ》に手をつけた。それは解釈のしようによっては王の玉体に手をかけたに等しい。単なる窃盗《せっとう》とはわけが違う。王に対する造反だと断じられれば、大《たい》逆《ぎゃく》に匹敵《ひってき》する罪だと判じられることもあり得た。実際にどう判じられるかは、王と秋《しゅう》官《かん》の気分しだいと言ってもいい。「だから書状を託した」というのは、それを承知してのことだろうが、いくら罪を悔《く》いても、それによって自らを正し景王《けいおう》の信任を得たとしても、終生を牢《ろう》の中に閉じこめられ、懲役《ちょうえき》に費《つい》やすのでは意味がない。

「誰か、これへ」

声を上げると、回廊《かいろう》の向こうから下官《げかん》が駆《か》けつけてきた。官吏《かんり》をひとり呼ぶよう、そう申しつけようとして月渓はわずかに躊躇《ちゅうちょ》した。

――自分は恵州侯《けいしゅうこう》にすぎない。国官に対して命を下す権限など持たない。

そう、自分自身がそれを拒《こば》んだのだ。

月渓《げっけい》はこのとき、改めて自分が拒んだものの大きさに気づいた。その権がなければ、誰のために何をしてやることもできない。どれほど哀れに思っても、救ってやることはできないのだ、と。州侯《しゅうこう》としての自身はある。だが、月渓の権が届くのは恵州《けいしゅう》のみ、ならば月渓の手で救ってやれるのも恵州の民だけ、それも国の方針に逆らいとおすことなどできない。事実、仲韃《ちゅうたつ》の布《し》いた酷法《こくほう》は、恵州においても法だった。月渓の一存で廃することはできず、存在を無視することも許されなかった。可能な限り、罪に当たらずとして処置はしたものの、それでも恵州の民が仲韃の虐殺《ぎゃくさつ》を免《のが》れきったわけではない。ましてや、恵州の外においては、ただの一人も月渓の手で救ってやることはできなかった。

——言い訳をする相手を間違っている。

確かにそうだ。詫《わ》びる相手、気にかける相手を完全に違《たが》えている。

唐突な沈黙を訝《いぶか》しんだのだろう、下官《げかん》は何か、と尋《たず》ねる。

その目を見返し、月渓は小さくうなずいた。

「司会《しかい》をこれに。供王《きょうおう》に親書を差しあげる。草案を用意せよと伝えよ」

はい、と歯切れよく答えて、下官は叩頭《こうとう》する。

月渓は退出する下官の背に呟《つぶや》いた。

「……ぜひとも、祥瓊《しょうけい》さまの減刑を」

月渓はそのまま、園林《ていえん》を抜けて花庁《かちょう》を訪ねた。疲れたから休む、と言っていたはずの客人は、やはり灯を点《とも》して、書面に向かっていた。

「……まだお休みでなかったのか？」

回廊《かいろう》から窓を叩くと、青《せい》は筆を置いて顔を上げ、そして照れたように笑う。

「はあ。……休むつもりだったのですが、妙に目が冴《さ》えてしまって」

言いながら、青《せい》は扉《とびら》を開ける。それに促《うなが》されて花庁《かちょう》に踏みこみ、月渓はおもむろにその使者を跪拝《きはい》した。

「……恵侯《けいこう》？」

「景王《けいおう》からの親書は、確かに拝受いたしました」

言って顔を上げると、青は心得たように笑んで、さらりと居住まいを正す。

「突然まかり越した非礼をお許しいただき、快く親書をお収めくださいましたことを、心より御礼申し上げます」

「祥瓊さまからの便りも確かに。よろしければ、祥瓊さまには返信を差し上げたい。青将軍にお頼みしても、失礼にはあたらないだろうか」

「もしも御不快に思《おぼ》しめすのでなければ、畏《おそ》れながら景王《けいおう》にも——」

「もちろんでございます」

「主上《しゅじょう》はたいそうお喜びになりますでしょう」

月渓《げっけい》は一礼して立ち上がる。改めて青《せい》を見た。

慶《けい》の新王はまだ若い娘だと聞いた。それ以上の噂《うわさ》は伝わってはこないが、使者の品性から は新王の品性が見え、青の言葉の端々からは新王に対する信任が見える。

「青将軍は良い方でいらっしゃる。景王もさぞ良い方であらせられるのだろう」

青はにこりと笑う。

「私はさておき、主上はたいへん良い方ですよ」

そうか、と月渓はうなずいた。

「ときに、将軍はお休みになられないのであれば、御酒《ごしゅ》などいかがだろう。夕餉《ゆうげ》もお摂《と》りにならなかったので、せめて夜食なりとも御用意したいが」

青は破顔する。

「喜んでいただきます」

うなずいて、月渓は下官を呼び、酒肴《しゅこう》を命じる。そうして青を振り返った。

「もしも慶の皆様が、黴《かび》くさい褥《しとね》でもお許しくださるのなら、やはり掌客殿《しょうきゃくでん》にお移り願いたい。なにぶん、四年ほど閉め切っているので居心地が良いとも思えないが」

「いえ、それればかりは」

「他国の賓客《ひんきゃく》をお迎《むか》えすることは、この先、滅多《めった》にないことだと思われる。せめて今回ばかりは、随行の皆様ともども国賓として滞在いただき、冢宰《ちょうさい》以下の六官にもお引き合わせしたい。官も慶の勅使《ちょくし》とお会いできれば励みになろう」

芳《ほう》は王を失《な》くしたゆえに、孤立した王朝だ。慶が朝《ちょう》として認めてくれるというだけで、官はどれほど安らぐだろう。

「……ですが」

「それに、私は住まいを移そうと思う。王宮の北のほうへ」

月渓が言うと、青はちらりと笑ってからうなずいた。

「そういうことでしたら、喜んでお言葉に甘えさせていただきます」


月渓から供王《きょうおう》に送られた親書は、翼伝《つばさづた》えに使者が運んだ。その使者が戻るまでに三日ばかり、戻った使者は肩を落として内殿を訪ねてきた。

——閉めてあった内殿を開けさせ、月渓《げっけい》はごくわずかの私物とともにそこに移った。官には不明を詫《わ》び、恵州侯《けいしゅうこう》を任じたいと求めた。官は喜んで賛同してくれた。明後日には、正式に位に就《つ》く。

「——いかがだった」

月渓は使者を迎《むか》え、書きかけた書簡《しょかん》を押しやって立ち上がった。月渓の問いに、使者に立てた官吏《かんり》は深々と叩頭《こうとう》する。

「それが……あの。供王《きょうおう》におかれましては、減刑は断じてならず、と。供王より直々《じきじき》にお言葉をいただきましたが、大層なお怒りでございました」

「さもあろう……」

「なんでも、景王《けいおう》からも御親書があり、これまた公主《こうしゅ》の減刑をお望みだったとか」

だが、供王は、月渓、景王に対して、国事への干渉《かんしょう》にあたる、と立腹していたらしい。

「恭《きょう》の罪人を裁くは、恭の秋官《しゅうかん》、ひいては供王の権、断じて他国よりの干渉に屈して法を曲《ま》げるようなことはせぬ、と」

そうか、と月渓はやるせなく息を吐いた。減刑を願った自分の行為が僭越《せんえつ》にすぎることは、充分に了解していた。供王の立腹も予想はしていた。それでも情として、祥瓊《しょうけい》のために何かをしてやりたかった。できることなら——助けてやりたかった。

それは、不忠をもってしか報《むく》いることのできなかった仲韃《ちゅうたつ》に、せめても娘に良くしてやることで報いたかったのかもしれず、あるいは、同じく罪を抱《かか》えた者に対する同情だったのかもしれない。犯した罪が消え去ることはないが、本人の自覚と悔《く》いによって許されることもあるのだと思っていたかったのかも。

官吏は月渓の落胆を受けたかのように、さらに深く頭《こうべ》を垂れる。

「慶国《けいこく》も芳《ほう》も、今は国の行く末を決める大事の折、にもかかわらず一介《いっかい》の女子の、しかも明らかに罪ある者の行く末を、道理を曲げてまで案じている場合ではあるまい、とそれは厳しいお叱《しか》りをいただきました」

「そうか。……すまなかったな」

使者は黙ってうなずくように頭を下げ、言葉を続ける。

「公主の罰《ばつ》は国外追放、以後一切、恭国への入国はまかりならず、恭国にあるを発見されれば、委細かまわず——その」

月渓は目を見開き、そうして言いよどんだ使者に先を促《うなが》した。

「どうした？」

「叩《たた》き出《だ》す、……だそうです」

困惑したように口を閉ざした使者を見つめ、月渓は微《かす》かに笑んだ。

「そう、仰《おっしゃ》ってくださったか……」

「お役に立てず、申し訳ございません」

さらに深く首を垂れた使者を、月渓《げっけい》は労《ねぎら》う。

「そうではない。供王《きょうおう》は祥瓊《しょうけい》さまに、陳謝には及ばず、と言ってくださったのだ」

「しかし」

「どこへなりとも行け、と」

干渉《かんしょう》は許さぬ、と言うのだから、謝辞など受けつけてはくれないだろう。景王《けいおう》、月渓の嘆願を容《い》れての温情ではなく、あくまでも刑罰だと言ってのけるところが、王の矜持《きょうじ》というものかもしれなかったし、干渉であるという叱責《しっせき》は、あるいは雑事にとらわれず、自国のことに専念せよとの諫言《かんげん》なのかもしれなかった。——おそらくは後者なのだと思う。峯王《ほうおう》を弑《しい》した月渓を、責めることなく、むしろ非難を恐れず国権を掌握《しょうあく》せよ、国の荒廃《こうはい》を止《とど》める一柱になれ、と叱咤《しった》してくれたのも供王だった。

「供王には、陰よりお礼申し上げよう……」

言って、改めて使者を労《ねぎら》い、退《さが》らせてから月渓は書卓《つくえ》に向かう。中途で筆を置いた書簡《しょかん》に目を通し、苦笑した。

筆の赴《おもむ》くまま書《か》き綴《つづ》ったそれは、改めて見返してみると、大逆《たいぎゃく》に至った自身の心境について、くどくどと申し開きをするものでしかなかった。月渓は我ながら失笑して、それを裂《さ》いて丸める。

「……いまに至っても、主上《しゅじょう》に詫《わ》びるか……」

祥瓊《しょうけい》の理解がほしいのは、仲韃《ちゅうたつ》の理解がほしいからだ。祥瓊に報《むく》いることができれば、仲韃に対する償《つぐな》いになるかのように感じているのと同様に、祥瓊に心情が届けば仲韃にも届くかのように感じている。だが、祥瓊にしてみれば、父に向かっての言葉などほしくはあるまい。何かを詫《わ》びるなら、仲韃に対してではなく、祥瓊に対してでなくてはならない。

月渓は自身に溜息《ためいき》をついて、窓を見やる。急峻《きゅうしゅん》な山の斜面に建つ内殿、その窓の向こうには、鷹隼宮《ようしゅんきゅう》の官府とそこに波を打ち寄せる雲海が見えていた。雲海が暗く濁《にご》っているかのように見えるのは、下界に厚い雲が垂れ込めているからだ。春だというのに、下界では例年になく雨が多い。

そう――確かに、国を去った公主《こうしゅ》の先行きを思案してやる余力は、すでに芳《ほう》にはないのだ。国を挙げて荒廃《こうはい》を押し止《とど》めようとしても、王を失《な》くした国土には、蟻《あり》の一穴を窺《うかが》うようにして、じりじりと荒廃が忍び寄っている。

芳はこれから止めようもなく傾く。すでに傾き始めている。これという産物もなく、民の暮らしは林業と牧畜によって成り立っている。だが、今年は雨が多い。日照《にっしょう》が足りず萴《まぐさ》の芽が伸びない。飼い葉が足りずに家畜が痩《や》せれば、民は即座に食い詰める。夏の旱《ひでり》、冬の大雪、天は天命を踏みにじった王朝を決して見逃しはすまい。

月渓《げっけい》が王を弑《しい》し、奪った咎《とが》によって、これから芳の民は苦難を舐《な》める。月渓には、せめても民に王を返す義務がある。国を支える決意と、民を守る意志を持った施政者を。

「祥瓊《しょうけい》さまを見習いたいものだな……」

彼女が自身の罪を背負って供王《きょうおう》の前に行く勇気を持ち得るのだから、自分ばかりが臆病《おくびょう》でいるわけにもいくまい。祥瓊のように自分もまた、この罪を背負って、新たなる峯王《ほうおう》の前に進まねばならない。

では、月渓が祥瓊に詫《わ》びるべきことは、ひとつしかない。

「あなたの父上のものを盗む。どうか許していただきたい……」

明日には東の国へ向けて発つ青《せい》に、祥瓊の旅は無為になる、と教えてやろう。どこかで出会うことが可能ならば、そのように伝えてほしい、と。祥瓊に対しては、これが最後の思案、それであの公主のことは忘れる。

国土には、祥瓊以上に救済を待つ人々がひしめいているのだから。

書《しょ》簡《かん》

その王宮は、高く張り出した断崖《だんがい》の縁《ふち》から、下界を覗《のぞ》きこむようにして雲海の上に浮かんでいた。

——慶国《けいこく》首都、堯天山《ぎようてんざん》。頂上に金波宮《きんぱきゆう》を戴《いただ》く山の九合目、雲海の下方に、小さな高窓がある。白い岸壁に穿《うが》たれたその小窓が開いて、一羽の鳥が北西の方角に向かって飛び立っていった。

鳳凰《ほうおう》にも似た色鮮《あざ》やかなその鳥は、一路雲海の下、関弓《かんきゆう》を目指す。慶の国土を横切り、高岫山《こつきよう》を越え、三日をかけて雁国《えんこく》首都、関弓山の麓《ふもと》へと辿《たど》り着《つ》いた。

関弓山の麓には、広大な市街が広がっている。鳥は街の上空を横切ると、巨大な山の基底部、市街よりもほんの少し小高い場所に連なる甍宇《いらか》の群を掠《かす》め、その奥、山腹に穿たれた窓のひとつを目指して舞い降りていった。

窓の中は、岩盤を削《けず》って作られた部屋だった。関弓山は山そのものが、王宮の一部であり国府の一部だが、この部屋はさしたる広さもなく、簡素な構えの部屋だった。鑿《のみ》で岩から削《けず》り出《だ》しただけの壁と床、そこには、細工はかなり良いものの、古びて飴色《あめいろ》になった書卓《つくえ》と椅子《いす》だけが据《す》えられている。岩壁を抉《えぐ》って設《しつら》えられた書棚《しょだな》と牀榻《しょうとう》、牀榻を覆《おお》った帳《とばり》に夕陽《ゆうひ》が落ちて、埃《ほこり》に灼《や》けた錦《にしき》をいっそう古びた色に見せていた。

鳥は開いた窓の玻璃《はり》を、嘴《くちばし》で叩《たた》く。その音に、部屋の中で書卓に向かっていた人影が頭を上げた。――いや、灰茶《はいちゃ》の毛並みに椅子の端《はし》から垂れた尻尾《しっぽ》、人ではなく鼠《ねずみ》だ。彼は窓を振り返り、そこに鳥の姿を見つけて銀色の鬚《ひげ》をそよがせた。

「――よう」

彼が声をかけると、鳥は開いたままの窓から、堆《うずたか》く書籍の積まれた書卓まで飛んできて、その縁に留《と》まった。彼は首を傾《かし》げた鳥の頭を撫《な》でてやった。すると鳥は凜《りん》とした女の声で語り始める。

「お久しぶり。元気だろうか？」

彼は笑ってうなずいた。そうしたところで、この声の主に見えはしないのだけれども。

――私は、と鳥は語る。

私は元気です。なんとか、やってる。

……やっぱり、鳥に向かって喋《しゃべ》るのは、独《ひと》り言《ごと》みたいで照《て》れるね。こちらの人は、そんなふうに思わないいんだろうか。

それはともかく——ええと、私はようやく金波宮《きんぱきゅう》に慣れてきたところです。少なくとも正寝《せいしん》から外殿まで、人に道を訊《き》かなくても辿《たど》り着《つ》けるようになったよ。自分のいる場所くらいは分かるようになったかな。楽俊《らくしゅん》の勧《すす》めに従って、探検をしたのが良かったみたい。二日がかりの大事業になって、道案内してもらった景麒《けいき》には、すっかり迷惑がられてしまったけれども。

そうやって二日がかりで歩いても、全部じゃないんだから、王宮は広いな。何しろ、私が寝起きする正寝だけでも、数えてみたら三十二、建物があったよ。おまけに短い橋——本当に宙に浮いた橋があって、それを越えた奥のほうには、後宮《こうきゅう》なんて場所まであるから笑ってしまう。さすがに後宮は未探検。後宮と、東宮《とうぐう》かな。それと、府第《やくしょ》。本当に自分に関係のあるところだけで、くまなく一巡りしたら二日。——こんなに広い建物を、私ひとりでどうやって使えばいいんだろう?

遊ばせておくのももったいないし、下宿人を置いて国庫の足《た》しにしたらどうかとか、荒民《なんみん》の施設にしたらどうかとか、あるいは国立の病院にしたらどうかとか思うのだけど、景麒に言ったら一蹴《いっしゅう》されてしまった。そんなことをしてはいけないんだって。いっそ取《と》り

壊《こわ》してしまえば維持費もかからないんじゃ、と思うのだけど、そういうこともしてはいけないんだそうです。慶《けい》は貧しいのだし、貧乏国の王にはそれなりの住まいってものがあるのじゃないかという気がするんだけど、景麒《けいき》に言わせると、国には威儀《いぎ》というものが必要なんだそうだ。たくさんの着物や装飾品が、歴代の王から伝わっているんだけども、そういうものだって、全部売ってしまえば国庫の足しになるのにね。

私にはどうも、国の威儀だとか、王の威信なんてことが分からない。

この間も、部屋を掃除してくれる奚《げじょ》にありがとう、と声をかけたら、景麒に叱《しか》られてしまった。あまり気安いと侮《あなど》られる、と言うのだけど、そんなものなのかな。――そうそう、手帳も禁止されてしまったよ。何しろ、何もかもが初めて見聞きすることばかりだから、とてもじゃないけど何かに書き留めておかないと、覚えていられない。なので手帳を持って歩いて、習ったことは全部、書いておくようにしていたんだけど、これも景麒に叱られてしまった。そういう姿を見ると、官が不安になるって。要は、王様は偉そうにしていないと、だめだって話なのかな。仕方ないから、知らないことを聞くたびに、大急ぎで物陰に行って、隠れて書きつけておくんだけど、それもちょっと間抜けな話だよね。

そんなふうで、景麒には始終がみがみ言われてます。麒麟《きりん》って、あんなに口喧《くちやかま》しいものなんだろうか。性向は仁《じん》――なんて言うけれども、実際に会った麒麟は景麒と延麒《えんき》だけだから、どうも怪《あや》しい気がしてしまうな。おかげで、ときどき派手に喧嘩《けんか》をして周囲の官をハラハラさせてます。

そうだな――でも、実を言えば、あまり優しくされると思いあがってしまいそうな気がするから、景麒ぐらいが私にはちょうどいいのかも。それでなくても、大勢の人間が頭を下げてくれるわけだからね。うん、わりと上手《うま》くやれてるんじゃないかな。ただ、あの堅苦しいところさえなかったら、もっと上手くやっていけそうな気がするんだけど。

景麒以外の官とは、喧嘩することなくやっています。ただ、こっちの場合は、衝突するほど互いに慣れていないってだけのことかもしれないね。いまは何も分からないので、六官がこうと言えば、そうなのかと思うしかないけれども、もう少しいろんなことが分かってくると、衝突することになるのかもしれないな。

身の周《まわ》りの世話をしてくれる女官《にょかん》とは、わりと上手くいってる。無駄話もできるようになったしね。そう言うと、景麒は側近と癒着《ゆちゃく》するのはよくない、と渋《しぶ》い顔をするのだけど、朝晩顔を合わす人に素《そ》っ気《け》なくはできないから。

玉葉《ぎょくよう》という人がいてね、いい人で、私はとても気に入ってる。いまは私の世話をしてくれているのだけど、もともとは春官《しゅんかん》で、学校関係の仕事をしていたらしい。――ああ、こういうとき、ぽんと官職の名前が出てこないのは、情けないいな。ええと、学校を整備する官吏《かんり》の下官《げかん》だったんだって。それで、こちらの学校や、蓬萊《ほうらい》の学校のことを話したりする。そのうち彼女には、春官《しゅんかん》に戻ってもらえるといいな。話をしていると、そう思える。下官を辞《や》めたのもべつに落ち度があったわけじゃなく、予王《よおう》の追放令で慶国《けいこく》を出されたというだけのことだから。慶を出てから、あちこちを転々としたみたい。いい機会だから、あちこちの学校を見学してみようって思ったんだって。——そういう、とても前向きな人なんだ。

——そういえば、前にも巧《こう》で玉葉《ぎょくよう》という女の子に会ったけど、こちらにはよくある名前なのかな？　女官《にょかん》の玉葉は、いろんな国の話をしてくれる。彼女の話を聞くと、一度旅をしたいと思うな。逃げ回《まわ》るんじゃなく、ちゃんといろんなことを見聞できるような旅。慶のあちこちを見て回って、いろんな国を訪ねて。

けれども、残念ながらいまのところは、巧国の様子を見にいくのが精いっぱいというところです。

——これは楽俊《らくしゅん》も聞いたかもしれないけれど、とうとう塙麟《こうりん》が亡《な》くなったそうです。先日蓬山《ほうざん》に塙果《こうか》が実ったという話を聞きました。塙王《こうおう》も御危篤《ごきとく》だとか。これから巧国は荒れるんだろうね。楽俊も心配でしょう。私にできるかぎりのことは、させてもらうから。と言ったって、できることなんて知れているわけだけど。とりあえずいまのところは、目に見えて酷《ひど》いというほどのことはなさそうだから、そこは安心してください。

――そう、行ってみたんだ、巧に。

巧がいよいよ危ない、という話を聞いて、景麒《けいき》を拝み倒してこっそり巧に行かせてもらった。本当はそれどころじゃないし、だから、たった二日のことだったんだけど、巧の様子がとても気になったし――どういうわけか、もう一度行ってみないと、いろんなことに踏ん切りがつかないような気がしていたんだ。往復の間に慶《けい》の様子も見られるし、と思って。

そのときの感じでは、まだ目に見えるほどの変化はないようでした。街の人たちも、心配そうではあったけど、以前と変わりはないようだったし。収穫期に入った農地が綺麗《きれい》だった。途中に通った慶のほうが寂《さび》しいありさまだったな。慶もせめて、早くあのくらいになれるといいのだけど。

途中、楽俊のお母さんを訪ねたよ。お元気そうでした。

突然行ったのに、とても歓迎してくれて、また蒸《む》しパンをごちそうしてもらいました。何もご存じない、という感じだったけど、楽俊は何も知らせてないのかな。そんなはずはないよね、関弓《かんきゅう》から手紙を書いていたもの。お母さんが、久々に知り合いが訪ねてきた、というふうな態度だったので、私も結局、王さま業のことは何も言いませんでした。楽俊と雁《えん》に行ったときの話をして、雁で楽俊《らくしゅん》がどんなふうだか、それだけを話してきたんだけど。お母さんは、お変わりはないそうです。周辺にも災害があったり妖魔《ようま》が出ることもなくて、今年は昨年より小麦の出来も良かったから、賃金も弾《はず》んでもらえたとか。塙麟《こうりん》が亡《な》くなられたことはご存じだったけど、身ひとつだからどうにでもなるって、笑ってらっしゃいました。むしろ楽俊がちゃんと食べているか、生活できているか、大学には馴染《なじ》めているか、そっちのほうが心配そうだったよ。――とにかく、久々に平伏《へいふく》しない人に会えて楽しかった。本当にいい方だね。パンもおいしかったよ。

楽俊のお母さんのところに寄って、槙県《しんけん》のあたりをひと回りしたのだけど。最初に流れ着いた里も遠目に見てみた。なんだか懐《なつ》かしかったな。懐かしいと思える自分に、不思議な感じがした。――嫌《いや》な感じはしなかった。いろいろと思い出して、自己嫌悪には駆《か》られたけどね。行ってみてよかったとは思うな。ここに至った自分に納得できたから。励みにもなったしね。巧《こう》を見たあとに慶《けい》を通って帰ると、率直に頑張らなきゃ、って思えて。せめて収穫期のこの時期、荒れたままの田畑がある、なんてことはないようにしないと。

――頑張るって、口で言うのは簡単なんだけどね。その前にしなくてはいけないこと、学ばなくてはいけないことが山積みで、正直言って、ときどき途方《とほう》に暮れてしまうな。本当に、寿命が長くて助かったと思う。そうでなければ、国を運営していくために知っておかねばならないことを覚えるだけで、お婆《ばあ》さんになってしまいそうだから。

国のことについては、そんなふうで、報告できることがありません。先日、国鎮《くにしず》めの儀式をやったぐらいかな。これをやると、妖魔《ようま》が出なくなるというのだけど、実際にはどうだろう。巧への行き帰りに見ただけでは分からないし。意外に王宮の中までは、民の様子が聞こえてこないね。もっと気軽に街に降りてみることができるといいんだけど。案外、王様は不自由です。ほかの王様は延王《えんおう》しか知らないから、そういう気がするのかもしれないけど。他の国の王様は、どうやって民の様子を知っているのかな。街に降りてみることができないなら、せめて民がどうしているのか、国のどこで何があったのか分かるような仕組みを作りたいと思うのだけど。

——何もかもこれからかな。なにしろまだ官職の名前も職分も、主立《おもだ》った官吏《かんり》の顔と名前も、満足に覚えられないようなありさまだし。こうして口に出していると、こんなで本当に王が務《つと》まるのか、ものすごく不安になるな。まだ仕方ない、焦《あせ》ることはないって、景《けい》麒《き》はそう言ってくれるんだけど。……たまには景麒も慰《なぐさ》めたり励ましたりしてくれます。本当に、たまに、だけどね。

ああ、そうか。

延び延びになっていた即位の儀式が、ようやく来月に決まりました。儀式のための礼儀作法を覚えるのが大変です。楽俊《らくしゅん》に来てもらえるといいんだけど。……大学があるから無理かな。景麒《けいき》が、招待すれば、と言ってくれたのでそのように手配したけれども、私情で楽俊の勉強の邪魔《じゃま》をするのも申し訳ないので、無理はしなくていいからね。

ええと、それで、即位に際して改元《かいげん》をするのが決まりだって、元号《げんごう》を決めさせられました。そう言われたときから、楽俊の名前から一字貰《もら》おうと思ってたんだ。私は楽俊に会ってなかったら、絶対に山の中で死んでいたと思う。ちょっと私情に走った命名だけど、いわば国にとっても恩人だから許されるかな、と思って。景麒も反対しなかったしね。そういうわけで、景麒とも相談のうえ、赤楽《せきらく》ということになりました。

ああ、楽俊の渋《しぶ》い顔が見えるようだな。

――なんか、自分のことばかり喋《しゃべ》ってるな。楽俊はどうですか？

実を言うと、ついさっきまで雁《えん》にいる慶《けい》の民のことを相談するのに、六太《ろくた》くんが来てたんだ。それで楽俊の入試の成績を聞いちゃった。一番だったんだって？　それともこれは楽俊も知らないことなのかな。――とにかく、おめでとう。私もとても嬉《うれ》しい。鼻が高いな。

それにしても、雁の大学って、どんなところなんだろう。なんだか、とんでもないことを教えていそうな気がするんだけど。

六太くんは楽俊を雁に引き抜こうかな、と言ってたよ。雁国に就職させるぐらいなら慶に欲しいと言ったのだけど。やっぱり楽俊は巧《こう》に帰るのかな。とにかく頑張ってください。

次はもっと実りのある報告ができるといいな、と思う。一国を立て直すことが、そう簡単にできることとも思えないけどね。

——ああ？

——いま、景麒が呼びにきました。楽俊によろしく、とのことです。

じゃあ、私はまた景麒に扱《しご》かれてくるね。

とにかく耳慣れない言葉ばかりなんで、いっそのこと全部用語を変えてやろうかな、なんて自棄《やけ》になることがあるな。そうして、景麒に手帳を持って歩かせるんだ。手帳を首からぶら下げて始終書きつけをしてる景麒って、愛嬌《あいきょう》があっていいと思うんだけど。

ああ、景麒が睨《にら》んでる。勉強しにいってきます。

——それじゃ、また。

ぴたり、と鳴きやんで、鳥は首をかしげて楽俊を見た。

「……陽子《ようこ》も元気そうだなあ」

鳥に向かって呟《つぶや》くと、青い鳥はただ首を逆の方向に傾ける。

「ちょっとは王様らしくなった感じだよ」

答えるように、鳥は、きゅるると鳴く。それに笑って、楽俊《らくしゅん》は棚《たな》の上の壺《つぼ》を取り、中から銀の粒を出して与えてやった。

銀しか食べない鳥だ。鳥の名前は楽俊も知らない。本来なら貴人の伝言に使われる鳥で、楽俊などに馴染《なじ》みのある鳥ではないのだ。青い文《あや》のある羽、長い尾羽《おばね》は濃い青に白の斑《まだら》、嘴《くちばし》と脚だけが赤い。その赤い嘴で砂粒ほどの銀をついばみ、鳥は歌うように鳴く。それを見守っていたときだった。扉《とびら》を叩《たた》く音がした。鳥は驚いたように書卓《つくえ》を飛び立ち、窓から飛び出していってしまった。

楽俊が返事をするより早く、扉が開いた。関弓山《かんきゅうざん》の山腹に穿《うが》たれたここは、雁国《えんこく》大学の学寮になっている。大学の府第《やくしょ》があり、教師や府吏《しょくいん》と共に過半数の学生が住んでいる。扉から顔を出したのも、同じく大学に学ぶ鳴賢《めいけん》だった。

「文張《ぶんちょう》、届け物」

鳴賢はそう言って、書籍を抱《かか》えて入ってきた。

「だから、その文張ってえのは……」

まあまあ、と鳴賢は言って書籍を書卓の上に置いた。

「文張にって言って、蜘枕《ちゅちん》から託《ことづ》かってきたんだから」

鳴賢がそう言うと、灰茶《はいちゃ》の鼠《ねずみ》は鬚《ひげ》を垂《た》れて複雑そうに軽く溜息《ためいき》をつく。鳴賢はその様子を見て笑った。「文張」とは、「文章の張」の意味だ。ある師が楽俊の文章を褒《ほ》めた。それが学生の間に伝わって、いつの間にかそういう呼び名がついている。

「褒め言葉なんだから受け取っておけば。——そりゃ、僻《ひが》みや揶揄《やゆ》が含まれていることは否定しないけどさ」

「別に嫌《いや》だってわけじゃねえけど……」

「だったらいいじゃないか。蜘枕よりましだろ」

そう言って鳴賢は笑った。鳴賢の記憶によれば、蜘枕は確かもともとの字《あざな》を進達《しんたつ》といったと思う。ただし、そちらの字を使う者は、教師の中にもいない。勉学に熱中して寝食を忘れ、ある日、友人が部屋を訪ねてみると、枕《まくら》に蜘蛛《くも》の糸が張っていたという。その逸話から献上された字だ。——なべて、大学内で流布《るふ》する呼び名はそういうものだ。かくいう鳴賢も別字だった。鳴賢は十九で大学に入った。十九での入学は破格で、そのあたりからついた呼び名だったが、たぶん、頭でっかち、小賢《こざか》しい、のような含みもあったのだと思う。なにぶんにも本人なので正確なところは分からないが。

「——そんで、これはいつ返せばいいって？」

「ああ。お前にやるってよ」

鳴賢《めいけん》は言って、勝手に部屋の隅《すみ》から踏み台を引き出して座りこむ。楽俊《らくしゅん》は驚いたように鳴賢を振り返った。

「おいら、貸してくれって言ったんだけど」

「うん。いいんだ、蛛枕《ちゅちん》はもう要らないんだってさ」

え、と楽俊が声を上げる。鳴賢は苦笑した。

「辞《や》めるんだってさ。――あいつ、今年も允許《いんきょ》を貰《もら》えなかったから」

八年だしな、と鳴賢は呟《つぶや》いた。

学生はだいたい数年で卒業していく。卒業するためには、定められた教科でそれぞれの教師から允許を貰わなくてはならず、允許が揃《そろ》わない限り卒業はできない。留《とど》まっているうちに学資が尽《つ》きて辞めていく者も多かった。

「蛛枕は女房も子供もいるからなあ」

「そっか……」

楽俊は蛛枕から譲られた書籍を複雑そうに見た。なにしろ大学の学生数は三百程度、国じゅうからたったそれだけが選抜される。一度や二度、試験を受けたぐらいでは入学できず、三十、四十になってからやっと入学する者も多かった。学生のうちの何割かは、入学するまでにすでに妻子を持ち、学費や生活費を妻の働きに頼っている。確か蛛枕も、そろそろ四十の声を聞こうかという頃合のはずだ。入学する年齢も、卒業する年齢も決められてはいないから、学生の年齢も二十代から四十代と幅広い。

「明日は我が身かな。俺も今年、允許《いんきょ》をひとつも取れなかったからなあ」

鳴賢は二十六、破格の早さで入学し、「鳴賢」と呼び名を献上されたものの、三年で見事に脱落した。講義についていけなくなったのだ。一年目はいきなり六つの允許を受け、逸材だと騒がれたが、二年、三年と経《た》つうちにそれも減り、一昨年はひとつ、昨年はとうとう允許を貰《もら》えなかった。三年間、ひとつも允許を貰えなければ、除籍になってしまう。だから蛛枕のように、問題の三年目が来る前に自主的に辞めていく者も多い。除籍になるよりそのほうが、外部への通りがいいからだ。自ら辞めれば、学資が尽きた、実家が心配だ、妻子の苦労を見かねたと、まだしも言い訳のしようもある。大学に行った経歴をよすがに職の探しようもあり、復学の道も残されている。

「今から頑張ればいいだろ」

楽俊に言われ、鳴賢は窓の外に目をやって「まあな」と顔をしかめた。頑張れば何とかなる、そう思えるのは最初のうちだけだ。寝食を削《けず》って遮二無二《しゃにむに》勉強したぐらいで、卒業できるほど大学は甘くない。大学を出れば、無条件に官吏《かんり》——それも国官でかなりの地位

──への登用があるから当然だろう。一年も経てば、この鼠《ねずみ》も大学の厳しさが分かるようになる──そう鳴賢《めいけん》は思い、ふと、ちんまり椅子《いす》に座っている楽俊《らくしゅん》を振り返った。

「……なあ、お前、少学《しょうがく》に行ってないって本当？」

「うん。巧《こう》じゃ少学に半獣《はんじゅう》は入れねえから」

「そうか──巧は特別、半獣に厳しい国だって噂《うわさ》だからなあ」

雁《えん》ならば、半獣だからといって学校に入ることができない、などということはない。楽俊のように試験に合格しさえすれば、大学にだって入れるし、無事に卒業でき、本人がそれを望みさえすれば官吏《かんり》として登用もされる。──だが、そうでない国は多いのだ。

「巧じゃ、半獣は戸籍《こせき》に入れてもらえない、ってのは本当なのか？」

「いんや。ちゃんと戸籍には載《の》る。半獣って但《ただ》し書《が》きがつくし、成人になっても正丁《せいてい》の印はつかないけど」

「だって、それじゃあ戸籍があっても給田《きゅうでん》が受けられないじゃないか」

うん、と楽俊はうなずいた。

「受けられねえんだ。田圃《たんぼ》は貰《もら》えないし、職にも就《つ》けない」

「職に？　まさか」

本当だ、とまるで何でもないことのように楽俊は笑った。鳴賢は少なからず驚いた。戸籍を持たない荒民《なんみん》や浮民《ふみん》でさえ、職を得ることはできる。賃金は最低限、時には家生《かせい》として奴隷《どれい》同然の仕打ちを受けることもあるが、それでも職を得られない、ということはない。

「半獣《はんじゆう》を雇《やと》うと、そのぶん税が課《か》かるんだ。だから、雇う奴《やつ》なんていないよ」

「じゃあ──巧の半獣はどうやって食っていくんだ？」

「親に養ってもらうしかないなあ」

「親が死んだら？」

「いちおう、里家《りけ》においてくれるけど。下働きとしてだけどな」

「……驚いたな。そんな国があったのか」

言って、鳴賢は巧が危ないという噂《うわさ》を思い出した。宰輔《さいほ》である麒麟《きりん》が斃《たお》れたと聞いた。そういう国だから、続かなかった──そういうことだろうか。

「でも、上庠《じようしよう》までは行けたんだ？」

「本当は行けないんだけどな。特別に、隅《すみ》っこにいて話を聞いてるぶんにはいいってことにしてくれたんだ」

「じゃあ、そのあとは？　塾か？」

「いんや。うち、貧乏だからな。塾に入るような金なんてなかったし。雁と違って、巧は学資の援助なんかしてくれないからなあ」

鳴賢《めいけん》はぽかんとした。

「少学《しょうがく》にも——塾にも行かず？」

鳴賢が問い返すと、目の前の鼠《ねずみ》は、うん、とうなずく。

「……じゃあ、どうやって勉強してたんだ？」

鳴賢は心底、驚いていた。大学へは普通、少学を卒業してから入るものだ。そもそも大学に入るには、少学の学頭の推挙《すいきょ》か、それに匹敵《ひってき》する人物の推挙が要《い》る。その少学に入るには上庠《じょうしょう》からの推挙が必要、推挙されるにはまず優秀な成績を取って選士《せんし》にならなければならない。上庠に入るあたりから、塾通いは欠かせない。さもなければ鳴賢の場合のように、家に教師が雇《やと》われているかだ。

「試験の前、ひと月ぐらい、先生についていたけど」

「それじゃ足りないだろ」

学校というものは、上の学校に行くための準備をする場所ではない。上庠には上庠が目標とする水準があり、それは少学に入るために必要とされる程度には足りない。この格差は学生が自力で埋めなくてはならないのだ。確かに雁では選士になりさえすれば、塾費を国が補《おぎな》ってくれるし、公立の少塾《しょうじゅく》もある。それがなければ、家がそれなりに裕福でない者は、塾に通えないということになるのだろうが。

「……本はあったからなあ」

「本って」

書籍はそれなりに高価だ。塾に通う余裕がなくて、本を買う余裕があるというのも妙な話だった。

「父ちゃんの残してくれた本がいっぱいあったんだよ。母ちゃん、どんなに困っても本だけは手放そうとしなかったから。だから、何回も読んで写して、頭に入れちまう。そうするとその本は売ってもかまわないだろ」

言ってから、楽俊《らくしゅん》はふっくりと笑った。

「そだな。父ちゃんが先生みたいなもんかなあ。父ちゃんは、おいらが小さい頃に死んじまったんだけども、いっぱい書きつけが残っていたから」

言って、楽俊は書卓《つくえ》の上を示す。鳴賢が立ち上がって覗《のぞ》きこむと、ひどく手擦《てず》れのした本が広げられていた。おそらくは書きつけを纏《まと》めて素人《しろうと》が綴《と》じたのだろう、粗末な体裁《ていさい》だったが、手跡《しゅせき》は見事だった。内容は礼儀について、とりとめなく思うところを書き綴《つづ》ったもののようだったが、文字だけでなく文章もまた見事だった。

「なるほどな。……お前、これを手本にしたから、文章が巧《うま》いんだなあ」

「父ちゃんに比べると、ぜんぜん下手だよ。――うん、これはすごく勉強になったな。父ちゃんの残した書きつけだけは、一冊も手放さないできたし」

そう言って笑う楽俊《らくしゅん》の傍《そば》の書棚《しょだな》には、本と同じ表紙を使った帙《ちつ》が、五つばかり並んでいた。どれも七、八冊は本が入ろうかという大きさだったから、四十冊近くの分量があることになる。――いや、と鳴賢《めいけん》は心中《しんちゅう》で訂正した。帙のひとつは書卓《つくえ》の上で開かれているから、五十冊近くある。

「これはすごいな。お前んちの父さん、教師かなんか?」

ざっと見たところ、書きつけられた内容もかなり高度だ。

「いんや。若い頃、ちょっとだけ県かどっかの役人だったことはあるみたいだけど」

「へぇえ」

「これがあったし、本もあったし。それに、勉強よりほかにすることもなかったからなあ。せめて自分ちの田圃《たんぼ》がありゃあ、米を作るぐらいのことはできたんだろうけど、おいらは土地も家も貰《もら》えないし、母ちゃんは生活のためと、おいらの学資にするために、何もかも手放しちまったし」

そうか、と鳴賢は、暢気《のんき》そうに笑う鼠《ねずみ》を見返した。

「……大変なんだな、半獣《はんじゅう》をやるのって」

「半獣《はんじゅう》でなくても、こんなもんだろ」

　笑う楽俊に、かもな、と鳴賢は複雑な気分で笑い返した。——だが、「文張《ぶんちょう》」という字《あざな》は半分以上が揶揄《やゆ》だ。半獣のくせに、という冷ややかな笑いが、奥底に隠されている。楽俊が蛛枕《ちゅちん》に本を借りなければならなかったのも、大学の図書府《としょふ》が講義に必要な本を貸し出すのを嫌《いや》がったせいだ。楽俊に限って、必ず期日までに図書を損《そこ》なうことなく返却すると念書を書かされる。そこにあるのが、一部の学生が言うように、「書物を囓《かじ》る」と思われているせいなのか、あるいは「売り払う」と思われているせいなのかは鳴賢にも分からない。前者ならば、鼠《ねずみ》の外見からの連想をもとにした噴飯《ふんぱん》ものの偏見にすぎないし、後者ならば、国を脱出してきた荒民《なんみん》に等しい身の上に対する偏見にすぎない。

　蛛枕が書籍を譲ってくれてよかった——そう思うと同時に、鳴賢は、自分や蛛枕や、結局のところ大学から落伍《らくご》しそうな連中だけが、楽俊の周囲に集まっているのだ、という事実にもまた目を向けざるを得ない。着々と允許《いんきょ》を溜《た》めこんでいる連中は、楽俊を仲間だとは認識しない。教師もまた例外ではない。とある教師が、人の恰好《かっこう》をしなければ講堂に入《い》れない、と言い放ったことを、鳴賢は知っている。

　だが、この半獣の学生は俊英《しゅんえい》だ。特に法令に関しては、教師も舌を巻いている——そういう噂《うわさ》がすでに学生の間に広まっていた。

だからこそ、鳴賢《めいけん》は心配になる。入学したときに俊英《しゅんえい》だと言われる者ほど、のちに伸び悩んで脱落することが多い。鳴賢自身のように。たぶん、大学に入ることだけを目的に学び、そのせいで知識の幅が狭《せば》まるのだ。それで大学に入っても、基盤となる知識の広がりと厚みに欠けるために躓《つまず》いてしまう。入学すると同時に目的を見失ってしまう者も多かった。底意地の悪い連中は、その事例を持ち出して、楽俊《らくしゅん》が脱落するのを待っている。

「雁《えん》に来て、がっかりしたろ」

鳴賢が言うと、楽俊はきょとんと目を見開いた。

「なんでだ？」

「いや、……巧《こう》と大差ないとか、思わないか？」

「大差あるだろ？　だって巧じゃ、絶対に大学なんて入れねえもん」

「そりゃあ、そうだけど」

楽俊は嬉《うれ》しそうに目を細める。

「巧と雁じゃ、全然違う。本当に、まるきり違うんだ」

「……そうか」

うん、と鼠《ねずみ》は笑う。本音なのだろう、と鳴賢は思う。楽俊は否応《いやおう》なく正直だ——鬚《ひげ》と尻尾《しっぽ》が嘘《うそ》を拒《こば》む。

「じゃあ、無事卒業できるように、頑張ることだな。……ただし、お前、前途多難かも」

「嫌《いや》なことを言うなあ」

「一番で入学して、卒業した奴はいない」

「というのは、単なる伝説だって、豊《ほう》老師が言ってたぞ」

だといいがなあ、と鳴賢は大仰《おおぎょう》に溜息《ためいき》をついて、楽俊を指した。

「なあ、お前、それって巧と大差ある国に来て解放感に浸《ひた》ってるってことか？」

「は？」

「いっつもその恰好《かっこう》でいるからさ」

ああ、と楽俊は灰茶《はいちゃ》の毛並みを見下ろす。

「べつに雁に来たからってわけじゃねえ。おいら、昔からずっとこうなんだ」

「半獣《はんじゅう》は差別される国で？」

「だって見掛けを変えても、戸籍《こせき》に半獣って書かれちまってるもん。それに、うちは貧乏だったからな。この恰好だと着るもんが要《い》らないんだ」

なるほどな、と鳴賢は失笑する。

「でも、それ、ちょっと考えないと、本当に前途多難だぞ。きっとお前、人間の形に慣れてないからだよ、弓射が下手なの」

弓射は、儀礼の際にも行なわれるもので、礼節のうちだ。大学では必須だし、求められるのは礼節であって的に命中させることではないが、それでもそれなりの腕は要求されるし、射る前後の立ち居振る舞いまでが問われる。

「ああ……うん」

「馬もそうだろ。できるだけ人の恰好《かっこう》でいて慣れとかないと、弓射と馬の允許《いんきょ》が出ないぞ」

「やっぱ、そうかなあ」

楽俊《らくしゅん》は情けなさそうに鬚《ひげ》を垂れた。

「……そうじゃねえかという気は、実はおいらもしてたんだよなあ」

とにかく弓射や馬術のとき、やたらあちこちにぶつかっているのを見かける。どうも自分の身体《からだ》を把握《はあく》しそこねているようだ、と鳴賢《めいけん》などは思っていた。実際、と鳴賢は腰を下ろした踏み台を見る。楽俊は、鼠《ねずみ》でいるときには、窓を開けるにも踏み台が要るのだ。それだけの背丈しかない。人であるときと鼠でいるときでは体格に差がある。それを本人もうまく呑《の》みこめないでいる。

「とにかく慣れることだぜ。弓と馬はこなさないと、卒業できない」

「……うん」

「ま、ちっと踏ん張って、伝説を覆《くつがえ》せよ」

鳴賢がにっと笑うと、楽俊もまた同様に笑う。

「鳴賢もな。――二十《はたち》前に入学して、卒業した奴《やつ》はいない、という話もあるってなあ？」

ち、と鳴賢は舌打ちをして立ち上がる。

「それこそ単なる伝説だ。くそう、覆してやるぜ、俺は」

勢い込んで戸口に向かい、振り返りざま、部屋の主に指を突きつけた。

「今晩、飯のあとでな」

指を突きつけられたほうは、きょとんと目を見開いた。

「飯の後――って何だっけ？」

「虚《うつ》け者《もの》。弓の練習に決まってるだろうが」

言って、鳴賢は笑い、部屋を出ていく。楽俊は、鳴賢を引き留めかけて、そしてやめた。かりこりと頭を掻《か》く。

「……人の面倒を見てる場合じゃねえだろうに」

ひとりごちると、きゅる、と声がした。振り返ると、窓から青い鳥が覗《のぞ》いている。

「びっくりしたか？　ごめんな」

声をかけると、首を傾《かし》げ、そして再び書卓《つくえ》へと飛んできた。楽俊は改めて壺《つぼ》の中から銀の粒を出して鳥に与える。高価な銀をついばむ鳥を眺《なが》め、楽俊《らくしゅん》はしみじみと声を漏《も》らした。

「おいらは運がいい……何もかも陽子のおかげだなあ」

巧《こう》が半獣《はんじゅう》には辛《つら》い国だったことは確かだ。楽俊が巧から雁《えん》に来たのも、荒民《なんみん》が荒れた国を見捨てて逃げ出すように、逃げ出してきたようなものだった。雁では半獣でも学校に行けると聞いた。職を得られる、官吏《かんり》にだってなれる。人並に戸籍《こせき》を得ることができれば、給田《きゅうでん》だって受けられる。一人前の人間として扱ってもらえるのだ、と。だから雁に憧《あこが》れてきた。

「……まあ、そう理想どおりってわけにもいかなかったけど」

実際に来てみれば、いろいろなことがある。きっと、こんなものなのだろう。

「でも、鳴賢《めいけん》みたいに良くしてくれる奴《やつ》もいるよ。良くしてくれる先生もいる。大学に入れただけでも、おいらにしたら儲《もう》けもんだしな。……問題は、ちゃんとついていけて、ちゃんと卒業できるか、だけど」

呟《つぶや》いて、楽俊は、ぽてりと書卓《つくえ》の上に顎《あご》を載《の》せる。

「学費が続くかって問題もあったなあ……」

いつかは雁に行こうと小金を貯《た》めてはいたが、卒業するまでの学資には到底、足りない。

「とりあえず今年は、何もかも免除してもらえたけど、成績が下がるとそれまでだしなあ」

きちんと卒業できるのか。それまで雁に留《とど》まっていられるか。卒業できたとして、それからどうなるのか。

それでも巧にいた頃に比べれば雲泥《うんでい》の差だ。母親が、最後に残っていたものを擲《なげう》って上庠《じょうしょう》に入れてくれたものの、そこから先の道は、楽俊には存在しなかった。巧にいる限り何の先行きもないと決まっていた。来年の自分、その先の自分——思い煩《わずら》う必要などなかった。思い煩うことさえ、できなかった。

「うん……本当に、雁と巧じゃ、まるきり違う」

これはすごいことなんだぞ、と青い鳥の喉元《のどもと》を撫《な》でてやった。鳥は再び嘴《くちばし》を開く。懐《なつ》かしい声で、同じ言葉を繰り返した。

慶国《けいこく》の王になってしまった彼女。こうして便りはもらっても、楽俊にとって陽子はもう別世界の住人だ。実際、神籍《しんせき》に入ってしまった陽子は、別れたときのまま永遠に歳《とし》を取ることがない。下界の住人でしかない楽俊とは、その年齢からして離れていくばかりだ。いまは登極《とうきょく》したばかり、朝《ちょう》にも親しい者がおらず、頼みにする者も景麒《けいき》だけだから、こうして楽俊《らくしゅん》を気にかけてくれるが、そのうち、それどころではなくなるのだろう、と思う。――そうでなくては困る。陽子の肩には慶《けい》の行く末と何百万もの民が載《の》っているのだから。

「たかだか道で拾っただけのことなのになあ」

行き倒れているのを拾った。べつに褒《ほ》められるようなことではない、と楽俊は思う。当たり前の人間なら、倒れ伏した者を見捨ててはおくまい。拾って連れ帰り、看病するぐらいのことは、誰でもする。したぶんに見合った以上のものは、与えてもらった。陽子に出会わなくても、いずれ楽俊は雁《えん》に来ただろう。だが、何の伝手《つて》もない人間が、ただ雁にやってきたからといって、先行きを切り開くことができるほど、世の中は甘くないだろう、と思う。幸いにして、楽俊は陽子のおかげで破格《はかく》の伝手を得た。誰にも言えないことだが――この雁の王だ。

延王《えんおう》の配慮があって、少学《しょうがく》に行ってもいないのに大学の受験が許された。受験まで居《い》候《そうろう》できる場所を探してくれた。好きなだけ書物を読めるよう取り計らってくれ、わずかの間とはいえ試験の準備のために教師もつけてくれた。だからこそ、現在がある。

ここから先は、自分で切り開いていかねばならない。それができるだけの基盤は与えてもらった。切り開く術《すべ》さえなかった頃のことを思えば信じ難いほどの幸運。

それを噛《か》みしめながら、声に聞き入り、「特別にな」と声をかけて、楽俊はもうひとつぶ、青い鳥に銀を与える。

こうして与えている銀も、特別に延王から賜《たまわ》ったものだ。楽俊がたったひとつ、延王の好意に甘えているものだった。なにしろ仮にも銀だから、たとえ屑《くず》とはいえ、楽俊に手が出るはずもない。

鳥は嬉《うれ》しげに餌《えさ》をついばんで、きゅるる、と鳴く。手を出して、自分の頭の上に乗せてやった。その身体《からだ》に留まっているとき、鳥は言葉を覚えてくれる。そのように調教されているのか、それともそもそもそういう性質なのか、これもやはり楽俊は知らない。

「よう。陽子。——元気そうだな」

緋色《ひいろ》の髪に、翠《みどり》の瞳《ひとみ》。楽俊の知る陽子は、それ以外に身を飾るものを持たない。きっといまごろは高価な絹の衣装に包まれ、玉《ぎょく》で飾られているのだろうが、楽俊にはそんな陽子を想像できなかった。

「おいらも元気にやってる——」

鳥は三日をかけて国を渡る。銀ひとつぶで一国を飛び続けることができた。関弓《かんきゅう》から堯天《ぎょうてん》へ翼伝《つばさづた》えに言葉は行き交う。陸路を経由して手紙を送れば、ふた月がかかる距離である。

堯天山の高窓に飛び込んだ鳥を、窓辺に詰めていた官が捕《と》らえた。鳥は籠《かご》に収められ、しずしずと堯天山の上、雲海《うんかい》の上にある金波宮《きんぱきゅう》へと運ばれる。この鳥は雲海を自力で越えることができない。雲海の下から放たれた鳥は、雲海の下へと辿《たど》り着《つ》くしかない。籠は外宮《がいぐう》から内宮《ないぐう》の官へと送られる。さらに官の手から手へと引き渡され、燕寝《えんしん》の中心、彼らの王の居宮である正寝《せいしん》に至る。就寝前、書きつけを広げていた王の傍《かたわ》らに放された。

陽子は鳥を、書卓《つくえ》の脇《わき》にある棚《たな》の上に留まらせた。そっと翼を撫《な》でてやる。鳥は語る。この世界で最初に得た友人の言葉を。――彼の声で。

――おいらも元気にやってる。なんとか大学にも慣れてきた。寮も居心地が良くなってきたな。授業はしんどいけど、ま、なんとか凌《しの》いでる。そんなに妙な授業でもないぞ。風変わりな授業も、ないわけじゃないけどな。雁《えん》の飯は旨《うま》いな、うん。

そうか、母ちゃんに会ったのか。平伏《へいふく》しなかったとは面目《めんぼく》ねえ。ちゃんと伝えておいたんだけどなあ。まあ、あの人はそういう人だから。無礼千万な話だが、勘弁《かんべん》してくれな。陽子がそれで怒るとは思っちゃいねえけど。

しかし、平伏《へいふく》しなかったってことは、景台輔《けいたいほ》は一緒じゃなかったんだな？　まさかひとりでふらふら出歩いたんじゃないだろうな。駄目だぞ、ちゃんと護衛ぐらいつけてなきゃ。

まあ、巧《こう》に行ってみたいって気持ちは分かるけどな。踏ん切りがついたんなら良かった。巧がどういう状態だか、おいらもちょっと気になってはいたんで、様子を聞けてありがたい。母ちゃん自身はしっかり者だし、普通に暮らすぶんには心配もねえんだけど、やっぱ災害や妖魔《ようま》は気になるな。とりあえずまだ異常がないようなら良かった。ちょっと安心した。訪ねてくれてありがとうな。

うん、塙《こう》台輔が亡《な》くなったって話は、延《えん》台輔に聞いたよ。

あの人はちょくちょく大学に遊びにくる。延王《えんおう》もだ。――いったいいつ、仕事をしてるんだろうな。もっとも、雁の官吏《かんり》は有能で有名なんで、あまりすることがねえのかもしれねえけど。

さすがにお忍《しの》びなんで、夜に窓から文字どおり忍びこんでくるんだ。窓を叩《たた》かれて外を見てみたら、宙に人間が浮いてる。何度やられても心臓に悪いな、あれは。

あ、でも、成績の話は何も言ってなかったな。それは別口から最近、聞いたよ。やっぱおいらって優秀だったんだなあ、と我ながら感心してる。いや、試験のときに、調子いい感じはしてたんだけどな。でも、雁《えん》の大学じゃ一番で入学してちゃんと卒業した奴《やつ》はいないって伝説があるんだってさ。なんか、そういう変な伝説がいっぱいあるんだ。大学って面白いな。

まあ、伝説によれば卒業できるかどうか怪《あや》しいようだし、そんなことは延台輔《えんたいほ》もご存じだろう。雁には切れ者の役人が多いし、だから役人に欲しいってのはお世《せ》辞《じ》なんだろうけど、分かっていてもそう言われると、やっぱ嬉《うれ》しいな。ここは頑張ってちゃんと卒業しねえとなあ。その先のことは、無事に伝説を覆《くつがえ》してから考えることにするよ。

そうだなあ、巧《こう》はこれから荒れるだろうし、役に立ちたい気もするけど、おいらが卒業する頃には、巧じゃ役人の登用はねえかもなあ。空位の時代に出くわすなんて思ってもみなかったな。塙王《こうおう》は、いろいろと問題のある方ではあったと思うけど、やっぱいなくなると、大変なんだろうなあ。

うん、王様ってのは、国に必要不可欠なもんだ。なんてことを言うと、陽子は気が重いかもしれないけど。あんま勝手に出歩いちゃ駄目だぞ。いくら腕に覚えがあるからって、妖魔《ようま》が出没してるようなところに行くのはどうだかな。本当に、自分の身体《からだ》は大事にしろよ。陽子がいるか、いないか、これはすごく重大なことなんだからな。
――って、小言《こごと》じみたことを言うと、景台輔《けいたいほ》みたいだって言われるかな。でも、景台輔の言うことにも一理あると思うぞ。陽子の住んでたとこには、王様なんていなかったんだから分からないのも無理はねえけど。国の威儀《いぎ》や王の威信《いしん》は大事だ。偉そうにするのに抵抗があるのはいいことだけど、王様ってのはある程度、偉そうでないと、民だって蹤《つ》いていく気がめげるし、官だって命令に従う気が失《う》せる。こっちには身分ってもんがあって、これを軽視するのは揉《も》め事《ごと》の元だ。王様は偉そうで当然、偉《えら》そうに振る舞ったぶんだけ、重い責任を持つ。身分には、身分に応じた権利と義務がくっついてるもんなんだ。偉そうでない王様は、責任を軽んじているように見える。責任を果たすのを避けようとしてるみたいに受け取られてしまいがちだ。だから、適度に偉そうにしてろよ。適度でいいけどな。

まあ、王様も身分もなかったんじゃ、言われたぐらいじゃぴんとこないか。そのうち、おいおい分かると思う。それまで景台輔にがみがみ言われているんだな。景台輔の言うことに耳を傾けておけば間違いないよ。王様が幸福になる道は、良い王様になることだと思う。巧から雁に来ると、本当に心底、そう思うんだ。でもって良い王様ってのは、民のためになる王様のことだ。景台輔の言うことで、民のためにならないことはないよ。だから、しっかり聞いとく値打ちがある。

景台輔《けいたいほ》と上手《うま》くいってるみたいで、良かったな。官吏《かんり》と揉《も》め事《ごと》がないのもいいことだ。慣れてないってのはあるんだろうけど、とりあえず、上手くやっていければ、それに越したことはないからなあ。身近にも、いい人がいるみたいだし。

——ああ、玉葉《ぎょくよう》ってのは、蓬山《ほうざん》の女神様の名前だ。蓬山の女仙《にょせん》を束《たば》ねる神様だってさ。綺麗《きれい》な人だってことになってるぞ。それで器量良《きりようよ》しの女の子は、たいがい玉葉って呼ばれるな。不遜《ふそん》になるんで、名前にはつけない。ほとんど字《あざな》だ。おいらの母ちゃんの妹も玉葉っていったんだってさ。母ちゃんが父ちゃんと会う前に、死んじまったから、おいらは会ったこと、ないんだけども。

陽子がいい王さまになりゃ、きっと慶国《けいこく》に陽子って名前の女の子が増えるんだろうな。考えると、なんかおかしいな。

うん。字って、結構、重なるんだよな。他人が勝手に呼び始めて、それが通称になって、そのほうが通りがよくなって、結局本式の字になることも多いし。通り名って、意外に独創性がなかったりするから、似たものになるんだ。そう、それでびっくりしたんだよ。大学で、いつの間にか通り名がついててさ。それが父ちゃんと同じなんだ。悪い気はしないけど、ちょっぴり照れくさいな。

名前といやあ。——赤楽《せきらく》にするだって？　おいらは知らねえぞ、なーんにも聞いてねえからな。元号《げんごう》ってのは、王朝の刷新《さっしん》に際して、王が万民の幸福と国家の安康《あんこう》を願って、新時代を高らかに謳《うた》うためにつける厳粛《げんしゅく》なもんだ。私情に走ってつまんない命名をするんじゃねえぞ。もう、絶対に、これだけは忠告しとくからな。

……えーと、ま、そういうわけだ。何を喋《しゃべ》るつもりだったか、忘れちまったい。

学校はいいとこだ。先生も話の分かる人が多いし、寮生も気のいい奴《やつ》が多い。寮の設備もいいし、蔵書は豊かだし、先生もたくさん住んでるんで、いつでも質問に行けるのがいい。飯も旨《うま》いし——ってこれは、前にも言ったか。

延王《えんおう》がいろいろ気にしてくれて、王宮に居候《いそうろう》しろだの、家を持たせてやるだの、断るのに難儀《なんぎ》してるくらいだ。

ありがたいんだが、やっぱりなあ。他の学生や先生の手前ってもんもあるからな。それでなくても、おいらはいわば陽子のおまけで、随従《ずいじゅう》みたいなもんだったからな。それであんなに気にかけてもらったんじゃあ、申し訳なくて仕方がない。機会があったら、あの方にそれとなくそう言っておいてくれ。

——って、よく考えると、おいらもたいがい不遜《ふそん》なことを言ってるな。王さまなんて、雲の上も上の上の人なんだが、どうも陽子のおかげで、慣れちまってるのかな。いかんなあ。……ま、いいか。

そんなわけで、おいらは快適に暮らさせてもらってる。先生が奨学金《しょうがくきん》の推薦《すいせん》をしてくれたんで、学費も寮費も要らなくなった。このまま巧国《こうこく》が荒れるようなら、母ちゃんを呼んでやろうかと思ってる。どうせ他人に雇《やと》われて生活するんなら、どこで働いても同じだからな。実は先生が寮の賄《まかな》いに雇ってもいいと言ってくれてるんだ。いろんな人が良くしてくれて、本当にありがたい。陽子に会って以来、なんだか運が上向いてきた感じだな。ほんとに感謝してる。ありがとうな。

即位の儀が決まったって話は、延台輔《えんたいほ》から聞いた。何だったら連れていってやる、って言ってくれているんで、ちゃっかりお言葉に甘えようかと思ってる。陽子の王さまぶりをちょっくら見てみたいからな。知り合いが王さまになるなんて、めったにあることじゃねえし。

——そんなわけで、旅行に行くぶん、はりきって勉強しとかないとな。せいぜい頑張るよ。陽子も頑張ってくれな。

それじゃあ、またな。


鳥は、黙る。陽子が指の先でつつくと、同じ言葉をもう一度語った。

　——懐《なつ》かしい声だ。ふたりで旅をしてからいくらも経《た》っていないけれども、たくさんのことがあって、ずいぶんと昔のことに思える。

　灰茶《はいちゃ》のふかふかした毛並みと、リズムをとる尻尾《しっぽ》。さやさやと揺《ゆ》れる銀色の鬚《ひげ》。くすりと笑ったところに、かちんと小さな物音がした。驚いて振り返ると、いつの間にか女官《にょかん》が一人いて、卓子《つくえ》の上に茶器を広げている。

「玉葉《ぎょくよう》——」

　彼女は顔を上げ、笑う。

「声をおかけしたのですが、お耳に入らなかったようなので」

「ああ、ごめん」

「楽俊《らくしゅん》どのからですか？　お元気そうですね。——ごめんなさい、聞こえてしまいました」

　いいよ、と陽子は笑って、鳥に銀の粒を与える。

「私が気がつかなかったんだから。——玉葉は器量良しの女の子につく字《あざな》だってさ」

　玉葉は声を上げて笑う。

「そんなことを言っていただいたら、私、楽俊殿にお目にかかるわけにはいきませんね。いずれお会いできるかと思って楽しみにしていたのに、がっかりだわ」

「でも、玉葉《ぎよくよう》は器量良しだって言われたろう?」

「娘時分には、そう言ってくれる人もいましたけどね」

彼女は老いた顔に華やいだ笑みを浮かべる。

「——少し、休憩なさいませんか?」

する、と陽子は言って、席を立った。榻《ながいす》に移って大きく伸びをする。

「足と腰が怠《だる》いや。座ってばっかりだから」

「根《こん》を詰められるからですよ」

「ちっとも官名が頭に入らないんだ」

「一遍《いっぺん》に覚えられるものじゃございませんよ」

「玉葉も時間がかかった?」

かかりましたとも、と玉葉はうなずく。

「いまでも全部は覚えていないと思いますよ。結局、人を覚えられないと、官名も覚えられないんです。人の顔を覚えてしまうと、どの役職で、誰の下で働いていて、使っている下官は誰なのか、どんな仕事をしているのか、何となく覚えられるんですけどね」

「そういうものかもなあ」

言って陽子は溜息《ためいき》をつく。

「早く官の顔も覚えたいんだけどね。官は私が府第《やくしょ》に立ち入るのを嫌《いや》がるからな……」

　ある程度以上の官は、朝議で会うから覚えるが、その下の者になると、そもそも面会する機会そのものがない。府第まで出向けば会うことができるが、どの官府の長も、陽子が府第に立ち入ることを好まない。

「……王は府第へはお出ましにならないものですからね」

「うん、みんなそう言うよ。前例がございません、と言うんだ。でも、単純に邪魔《じゃま》をするなと言ってるように聞こえるな……」

　そうですか、とだけ玉葉は答えた。――本当のところは、どの官吏《かんり》も、自分の懐《ふところ》を探られたくないのだと、彼女は知っている。それぞれが王に見せたくはないものを官府に抱《かか》えこんでいるのだ。慶《けい》は波乱の国だ。先王の在位は短く、それ以前にも頻繁《ひんぱん》に王が交代している。官吏の多くは先王の時代のみならず、それ以前から朝廷にいる。中には三代の王朝を経験している官吏もいた。官吏は専横《せんおう》に慣れている――王がいようといまいと、自分の官府を我が物として支配することを、当然のことだと思っている。

　ああ、そうだ、と陽子は声を上げた。

「ごめん、玉葉。やっぱり春官長《しゅんかんちょう》から断られてしまった。玉葉を春官に入れる件」

「まあ――本当に、そんなことを仰《おっしゃ》ったんですか？」

「だって玉葉《ぎょくよう》は、本当に学制に詳しいじゃないか。だから、どこかそういう関係の官に——せめて下官《げかん》としてでも入れられないか、訊《き》いてみたんだ。そしたら、笑われてしまった」

言って陽子は、重い溜息《ためいき》を落とした。

「まず笑うんだよな、みんな。ずいぶんと女官《にょかん》がお気に召したようですが、私情で官位を動かすことはできないんですよ、って。まるで子供に教え諭《さと》すみたいな調子で、真面目に取り合ってもくれない」

「私は、主上《しゅじょう》のお側《そば》に仕えるお役目が気に入っていますよ」

「私だって玉葉がいてくれれば嬉《うれ》しいけどね。でも、適材適所って言うだろ」

「でしたら、私が側仕《そばづか》えの適材になればいいのでしょう？　これまでとは畑の違うお役目ですけど、そのぶん新しいことがたくさんあって、私は楽しんでおりますよ」

「玉葉は前向きだな……」

「根が野次馬《やじうま》なんでございます」

なるほど、と陽子は苦笑した。

「……でも、楽俊《らくしゅん》殿には揉《も》め事《ごと》もなく、と仰《おっしゃ》ったのですね」

玉葉が言うと、陽子はまじまじと玉葉を見る。

「お許しくださいまし。聞くつもりではなかったのですが、聞こえてしまったのです」

「うん、それはいいけど。――揉《も》め事《ごと》は起こしてないよ。まだ、正面から官と衝突したことはないからね。どの官も、私の言うことなんてまともに取り合ってはくれないし」

「そう、正直に仰《おっしゃ》ればいいのでは」

「べつに嘘《うそ》はついてない。官とは和気藹々《わきあいあい》とやっている、なんてことも言ってないし。そう言えば嘘になってしまうけどね」

でも、と言いかけて、玉葉は言葉を呑《の》んだ。――慶国《けいこく》の王は孤立《こりつ》している。朝廷を勝手に分割し、それぞれの縄張《なわば》りを私物化している官吏《かんり》たち。彼らは新王を恐れることすらしない。頭から舐《な》めてかかり、玉座《ぎょくざ》に付属の飾り物のように扱おうとしている。

「官が冷たい、揉め事を起こすこともできないほど、端《はな》から相手にしてもらえてない。――そんなことを楽俊に言っても仕方ないだろう？」

「ですが……お友達でいらっしゃるのでしょう？　お友達だからこそ、弱みは見せられないのかもしれませんけれど、もう少し正直におなりでもよろしいのでは」

そうだなあ、と陽子は天井を仰《あお》いだ。

「そうかもしれない。正直でないのは、確かかもな。正直に言うなら、官は相手にしてくれません、完全に爪弾《つまはじ》きです、と言うべきなのかも。……でも、それはしたくないんだ。

べつに弱みを見せたくないわけじゃないけどね。そりゃあ、あまり不甲斐《ふがい》ないところや、情けないところは見てほしくないよ。嫌われたり軽蔑《けいべつ》されたりはしたくないから。でも、楽俊《らくしゅん》は嫌ったり軽蔑したりする前に、ちゃんと助言《じょげん》や諫言《かんげん》をくれる人だし……」

「心配をかけたくない？」

「それもあるかな。──うん、確かに心配はかけたくないと思ってるよ。でも、そういうのじゃないんだ。そうだな、きっと背伸びをしたいんだと思う」

玉葉《ぎょくよう》は瞬《またた》いた。

「背伸び……ですか？　お友達なのに？」

「だからって、べつに体裁を取《と》り繕《つくろ》いたいわけじゃないんだけどね」

陽子は言って笑い、茶杯《ゆのみ》を手に取った。少しの間、複雑そうな貌《かお》で口を噤《つぐ》んでいる。

「……楽俊が、何もかも上手《うま》くいってる、なんてことはないと思う」

玉葉が首を傾けると、陽子は顔を上げて笑う。

「上手くいってる、って言ってきてはいるけどね。でも、それが本当かというと、そんなことはないと思うんだ。巧《こう》にお母さんだって残してきてる。巧が荒れようかというのに、心配でないはずがない。こっちには電話だってないし、簡単に様子を訊《き》くわけにもいかない。元気にしているのか、無事でいるのか、それすら分からないのに、安穏《あんのん》と大学生活を送るなんてことができるんだろうか？」

「それは……確かに心配なさっていると思いますけど」

「私が様子を知らせて、それで安心したって言ってはいるけど、本当に安心なんてできるはずはないよ。まあ、お母さんは、どうやら雁《えん》に呼び寄せるようだけどね。呼び寄せたあとだって大変じゃないかな。結局は国を捨てて逃げてきた荒民《なんみん》だってことになるわけだし。たとえお母さんがいなくても、生まれて育った国のことだもの、荒れたって聞けば複雑だと思うよ。そういうものじゃないかな」

「そうでしょうね――ええ、私もそうでした」

「だろう？　大学そのものだって大変だと思う。楽俊は決して充分な教育を受けたわけではなくて、ほとんど独学のようだったし」

「でも、成績は良かったと延台輔《えんたいほ》が」

「そうなんだけど。でも、ずっと独学だったってことは、学校そのものに馴染《なじ》みがあまりない、ということなんじゃないのかな。同級生や教師との人間関係だってある。雁はあんなに立派な国だし、きっと大学そのものの水準も高いんだと思うんだ。巧の上庠《じょうしょう》しか知らない学生が、いきなり雁の大学に放《ほう》りこまれて、戸惑《とまど》わないでいられるかな」

「それは……そうですね」

「知らない国で、知らない街で、ぜんぜん違う環境で生活するのは大変なことだ。それに、楽俊《らくしゅん》は半獣《はんじゅう》だし」

「雁《えん》は巧《こう》や慶《けい》とは違いますよ」

「制度のうえではね」

陽子はうなずく。雁では半獣でも大学に入ることができる。職に就《つ》くこともできるし、官吏《かんり》として登用されることもできる。だが、最初に雁の玄英宮《げんえいきゅう》を訪ねたとき、玄英宮の天官《てんかん》は、楽俊に衣服を差し出した。

「制度の上で平等だからといって、気持ちの上でもそうだとは限らないんじゃないかな。玄英宮の天官が、楽俊に大人物《おとなもの》の衣服を差し出して着ろ、と言ったのは、そんな恰好《かっこう》でいるな、ということなんだと思う。無礼なことなのかもしれないし、不作法なことなのかもしれない。いずれにしても、鼠《ねずみ》のまま王宮の中をうろうろするわけにはいかない、ってことだろう」

「ええ……それは、確かに」

「だったら、大学でも同じじゃないかな。仮にも国じゅうの精鋭が集まる最高学府なんだから。大学を卒業すれば国官だろう？　国の威儀《いぎ》に直結した国官養成機関じゃないか。鼠のままうろうろすることを決して歓迎はしないと思うな。たとえ偏見《へんけん》や蔑視《べっし》がなくても、楽俊はあの恰好《かっこう》だと子供に見えてしまうし……やっぱり大変だと思うんだ。いろいろとね」

「かもしれません」

「でも、楽俊はそんなこと、一言だって言ってない。——感じてないわけじゃないと思う。誰だって理不尽な扱いを受ければ、思うことはいっぱいあるはずだよ。人間なんて、結局のところ殴《なぐ》られれば痛い、擽《くすぐ》られれば笑っちゃう生き物なんだから。そうじゃない人間なんて、いないと思う」

辛《つら》いこと、悔《くや》しいことなどあって当然だ、と思う。だが、楽俊はそれをいちいち言葉にして他者の同情を求めたりしない。

「平気だってことはない——絶対に。慣《な》れてるってこともないと思う。辛いことに慣れる人間なんて、やっぱりいないと思うから。訊《き》けば、慣れっこだから平気だ、と言うのかもしれないけど、平気なはずなんてないよ。辛く感じないいんじゃない、辛い気分を乗り越える方法を知っているだけのことだと思う」

「そうですね」

そういうのって、と陽子は頬杖《ほおづえ》をついた。

「すごいな、と思うんだ」

言って陽子は、玉葉《ぎょくよう》に笑う。

「玉葉もね。国を理不尽に追い出されて苦しくない民はいないと思う。だけど、いい機会だからいろんな学校を見てこようって——玉葉はそう言える。辛《つら》いことを乗り越えて、自分を前に押し出すことができるなんてすごいよね」

「私は、根が楽天家なんですよ」

かもね、と陽子は笑った。

「でも、私は玉葉が前向きでいるのを見ると、すごいなって思う。楽俊《らくしゅん》が上手《うま》くやってる、と聞くと、そうか、じゃあ私も頑張らないとな、と思えるんだ。本当に順風満帆《まんぱん》なはずなんてないって分かってるからこそ、それでも平気だって言って、しゃんと背筋を伸ばしている様子を見ていると、私もしゃんとしよう、元気を出して頑張ろうって気になる」

玉葉は微笑《ほほえ》んだ。

「元気がうつってしまうんですね」

「そうみたい。だから前向きになれるんだよね。確かに官とは上手くいってないけど、べつに揉《も》め事《ごと》を起こしてるわけじゃないから、まだ最悪の状態にはほど遠いよな、って思えるんだ。だいじょうぶだ——少なくともだいじょうぶだよ、って言えるくらいには問題ない。だからだいじょうぶだって言うし、そう言ってると自分でも乗り越えられるような気がするんだ」

「……分かります」

「きっとこれって空元気《からげんき》なんだけど、空元気だっていいだろう？　べつにそう振る舞うことを強制されてて無理をしてるわけじゃないんだし。強がりだろうと背伸びだろうと、元気でいたいんだから」

そうですね、と言ってから、玉葉は笑う。

「でも、楽俊殿は主上《しゅじょう》の空元気なんてお見通しなのじゃないかしら」

「そんなの、分かってるよ。お互いにそうなんだ。——だから、それでいいんだよ」

なるほど、そうですね、と玉葉は微笑《わら》った。陽子も笑い返したところに、別の女官《にょかん》が駆《か》けこんできた。

「お休みのところ、失礼いたします」

「どうした」

「台輔《たいほ》が、火急《かきゅう》に奏上《そうじょう》申しあげたいことがおありとの」

平伏《へいふく》した女官を見やって、玉葉は立ち上がる。

「いま、お召し物をお持ちします」

陽子はうなずいて、平伏したままの女官を振り返った。

「いま、行く」

この夜分に景麒《けいき》が来るぐらいなのだから、また何か起こったのだろう。偽王《ぎおう》の残党が騒動を起こしたか、あるいは諸官諸侯《しょかんしょこう》に不穏《ふおん》な動きでもあるのか。いずれにしても、明日を待てず、他の官吏《かんり》も介さないということであれば、よほどの大事であることは間違いない。――眉根《まゆね》を寄せて考え込んでいると、旗袍《うわぎ》が目の前に差し出された。

「何があったか、聞く前に悩むのは無駄な骨折りというものでございますよ」

「ああ――うん」

「こういうときこそ空元気《からげんき》を出して、しゃんとしていらっしゃいまし」

そうだな、と旗袍に袖《そで》を通しながら陽子は笑った。

慶《けい》は安寧《あんねい》にほど遠い。問題は山積《さんせき》している。右も左も分からないから、ひたすらがむしゃらに課せられたものをこなしていくしかなかった。それでも決して辛《つら》くはないはずだ。支えてくれ、見守ってくれる幾つもの手があるから。

「行ってくる。お茶をありがとう」

「お戻りになったら、甘い物を用意しておきましょう。きっとお疲れでしょうから」

「うん、頼む」

言い置いて出ていく陽子を鳥が見ていた。

華宵
かしょ

1

「華胥《かしょ》の夢を見せてあげよう」と、その男は言った。

わずか八歳にしかならない采麟《さいりん》を抱《かか》えあげ、揖寧《ゆうねい》、長閑宮《ちょうかんきゅう》から見える下界を示した。西陽《にしび》が射《さ》していた。登極《とうきょく》したばかりの若い王の横顔は、赤銅色《しゃくどういろ》に染まった雲海の照り返しで輝いて見えた。新王、砥尚《ししょう》の示した先には扶王《ふおう》の無軌道《むきどう》によって荒れた国土しかなかったけれども、采麟は主《あるじ》の言葉を些《いささ》かも疑わなかった。彼が夢を見せてくれると言うのだから、きっとそうなるに違いない。

才州国《さいしゅうこく》には宝重《ほうちょう》がある。華胥華朶《かしょかだ》がそれだった。宝玉《ほうぎょく》でできた桃の枝、それを枕辺《まくらべ》に差して眠れば花開き、華胥の夢を見せてくれるという。昔、黄帝《こうてい》が治世に迷った折、夢で華胥氏の国に遊び、そこに理想の世を見て道を悟《さと》った——そのように、不思議な花朶《えだ》は国のあるべき姿を夢の形で見せてくれるのだと伝えられる。砥尚は華胥の夢を見せてくれる、と言った。この世に華胥の国を造って采麟に与えてくれるのだ。

その証《あかし》に、と砥尚は采麟の手に、翡翠《ひすい》の一枝を握《にぎ》らせた。

「これを貴女《あなた》に差しあげよう。夜毎《よごと》に現《うつつ》が夢に近づいていくのを確かめられるだろう」

采麟はうなずいてその宝重《ほうちょう》を抱きしめた。采麟にとって砥尚は大きく、希望と確信に満ちて気高く見えた。采麟を抱《かか》えあげた強い腕、凛《りん》とした横顔。意志をこめた双眸《そうぼう》は、洋々とした未来を見据《みす》えていた。誇《ほこ》らしさで胸がいっぱいになった。輝かしい昼と穏《おだ》やかな夜の狭間《はざま》、そこに永遠に留《とど》まっていたかった。

——華胥の夢を見せてあげよう。

抱いた花朶《えだ》に頬《ほお》を寄せた。狂おしいほど切ないのは、なぜだろう。目を閉じれば、今も黄金色の岸辺に佇《たたず》む自分と砥尚の姿が鮮《あざ》やかに見える。記憶の中にあってさえ眩《まぶ》しくて、間断なく涙が零《こぼ》れた。

——華胥の夢を……。

光に滲《にじ》んで何も見えない。けれども約束したのだから。

「何も心配しなくていいの。……そうでしょう、朱夏《しゅか》？」

采麟《さいりん》に問われ、朱夏《しゆか》は苦労して笑《え》みを作った。

贅《ぜい》を尽くした牀榻《ねま》の中だった。錦《にしき》の衾褥《ふとん》に埋もれて身を起こした少女は、病的に白い顔を傾けて朱夏を見ている。縋《すが》るような目をして、瞬《まばた》きすらない。削《そ》げた頬《ほお》には、枯《か》れた枝が掻《か》いた傷痕《きずあと》が幾筋も残されていた。

「……さようでございますとも、台輔《たいほ》」

安堵《あんど》したように少女は微笑《わら》い、枝に頬ずりをする。一条、また痛ましい傷が生じた。

白い頬を掻き切ったのは、何のものとも知れない枯れ枝だった。宝玉《ほうぎょく》でできたものが枯れたわけでは、勿論《もちろん》ない。華胥華朶《かしょかだ》は采麟から王弟、駲行《じゅんこう》に下賜《かし》されたのだ。駲行が希《こいねが》い、采麟から下されて、黄帝《こうてい》と同じく治世に迷う兄王に献じた。

（なのにそれさえ、忘れておられる……）

朱夏は膝《ひざ》の上で握《にぎ》り合《あ》わせた自分の手に視線を落とした。両手は細かく震えている。

不調だとは聞いていた。それを理由に衆目に触れることが減り、ついには半月絶えたままになった。不穏《ふおん》な風説が流れた。――本来、麒麟《きりん》である宰輔《さいほ》が深刻な不調に陥《おちい》ることなどあり得ない。にもかかわらず、これほどの永《なが》きにわたって病床にあるとすれば、その病の名はただひとつしかない、と。

麒麟は王を選ぶ。選んだ王が道義を失い、民を苦しめ国土を枯らせば、その責めは王を選んだ麒麟《きりん》が負う。麒麟を介して王を選んだ天は、麒麟の生命を奪うことによって王を玉座《ぎよくざ》から追放するのだ。王が道を失ったがための病、ゆえにこれを失道《しつどう》という。

宰輔の失道は王朝の終焉《しゆうえん》を意味した。采麟の不調が実のところ何によるものなのか、諸官はそれを知ろうと奔走《ほんそう》した。だがしかし官には、居宮に籠《こ》もったまま出てこない采麟の様子を窺《うかが》う術《すべ》がない。見舞いをと近従に申し入れても許されず、宰輔の主治医である黄医《こうい》までもが病状については口を噤《つぐ》む。思いつめた冢宰《ちようさい》、六官長が揃《そろ》って宰輔の住まう仁重殿《じんじゆうでん》に押しかけ、そしてようやく朱夏だけが面会を許された。

六官の長、冢宰を差しおいて自分だけがなぜ、と朱夏は疑問に思ったが、もはや采麟は病床を出ることすらできないのだ。牀榻《ねま》に踏み込むことになるから、唯一《ゆいいつ》の女である朱夏が面会を許されたのだと、臥室《しんしつ》に案内されて、ようやく悟《さと》った。

(病んでおられる……)

砥尚《ししよう》の王朝は崩壊を始めている。采麟の軋《きし》みを見れば、それは明らかだった。

「――大司徒《だいしと》」

言葉もないまま俯《うつむ》いた朱夏を、女官《によかん》が促《うなが》した。退出の時間だと言外に告げている。

朱夏は頷《うなず》き、依然として枯《か》れ枝《えだ》を抱いて泣く采麟の手に触れた。

「台輔、私はこれでお暇《いとま》いたします。どうぞお休みになってくださいまし」

采麟《さいりん》は怯《おび》えたように顔を上げた。

「朱夏《しゅか》も私を見捨ててしまうの……？」

「台輔《たいほ》をお見捨てできる者など、この才《さい》におりましょうか」

「でも、主上《しゅじょう》はお見捨てになったわ。私も、才も、民も」

「とんでもございません。そんなはずがありましょうか。今は迷っておられるだけです。じきにもとの主上におなりでしょう」

苦しく笑ってみせた朱夏に向かって、采麟は強く首を振る。

「嘘《うそ》だわ。何もかも嘘。……夢を見せてくれると仰《おっしゃ》ったのに」

「見せてくださいますとも。長い治世の途上には、紆《う》余曲折《よきょくせつ》があるもの。それだけのことでございますよ」

嘘、と采麟は叫ぶ。瘠《や》せて生気を欠いた顔に、追いつめられた目の色だけが生々しい。あえて言うなら、それは憎悪《ぞうお》を呈《てい》しているように見えた。慈悲《じひ》の具現そのもののようだった少女がこんな表情をすることじたい、朱夏には信じられなかった。

「華胥《かしょ》の国だなんて……」

掠《かす》れた声は呪詛《じゅそ》のように聞こえた。それでもなお、ひしと枝を胸に抱いて放さない。最後の望みに縋《すが》るように。

「台輔、もうお休みに」

「最初から全部夢だったの。……ずっと離れていくばかり」

采麟は引き留めるように朱夏の腕を握《にぎ》る。

「……助けて。苦しいの。五体が引《ひ》き裂《さ》かれていくみたい」

朱夏にはかける言葉がなかった。病んで細った指が腕に食いこむ。

「台輔、もうお休みを」

女官《にょかん》が割って入った。朱夏を見て退出を促《うなが》す。

「大司徒《だいしと》も、もう。これ以上は」

うなずいて牀榻《ねま》を出ようとした朱夏の背に、細い悲鳴が刺さった。

「嘘《うそ》つき、嘘つき！　ただの一度だって夢が才と重なることはなかったわ！」

朱夏は悲鳴に鞭打《むちう》たれた思いで堂室《へや》を出た。

――どうして、こんなことに。

そもそも砥尚《ししょう》は、近郊にその人ありと謳《うた》われた傑物《けつぶつ》だった。破格の早さで大学にまで進み、わずかに二年で教師たちから修了の允許《いんきょ》を得た。大学を終えた者は、普通、そのまま国府に入る。それも府史《ふし》や胥徒《しょと》のような下官から仕え始めるのではなく、いきなり下士《かし》に登用されるのが慣例だった。砥尚《ししょう》は将来を嘱望《しょくぼう》され、前途を約束されていた。――だがしかし、彼は王を嫌って国政に与《くみ》せず、そのまま野《や》に下ったのだった。

当時の才《さい》は、扶王《ふおう》の治世《ちせい》、その末期にあって国は傾き始めていた。愚策《ぐさく》が続き、法の改悪が相次いだ。官や民の指弾を受けて扶王は荒《すさ》み、酒色に溺《おぼ》れ、やがてそれは政務の放棄《ほうき》を招いた。王を諌《いさ》めた高官の多くは、疎《うと》んじられて更迭《こうてつ》された。そうやって野に下った官吏《り》の庇護《ひご》を得て食客となると、砥尚は揖寧《ゆうねい》で同志を集め、扶王糾弾《きゅうだん》の声を上げたのだった。砥尚の許《もと》には同じく扶王の失政に憤《いきどお》った若者たちが集まり始めた。朱夏《しゅか》も、その中のひとりだった。

砥尚率いる若者たちは、やがて民の支持を得て高斗《こうと》を名乗り、扶王の時代には民の先頭に立って国の理不尽と戦い、扶王が斃《たお》れた後には荒廃《こうはい》と戦った。そして砥尚は、里祠《りし》に黄旗《きは》が揚《あ》がるや否《いな》や昇山《しょうざん》し、周囲の期待どおりに采麟《さいりん》の選定を受けたのだった。

誰にとっても当然の登極《とうきょく》、采麟のみならず、砥尚を知る者のすべてが新王を信じた。まさか――その王朝が二十余年で沈もうとは。

朱夏は逃げるように庭院《なかにわ》を抜け、前殿に戻った。そこでは六官長が緊張した様子で朱夏の帰りを待っていた。幾人かが朱夏を認めて腰を浮かした。朱夏は堪《たま》らず目を逸《そ》らした。

六官長はいずれも高斗の出身、ほとんどが朱夏と同じく若くして朝廷に入った。理想を掲げて共に荒廃《こうはい》と戦った党羽《なかま》たち。朱夏はその誰もの為人《ひととなり》を熟知していたし、彼らの新王に寄せる信頼も、新王朝に懸《か》けた志も、我が事のように分かっていた。その彼らに対し、最悪の事態が起こったのだとは、とても口にできなかった。

そんな朱夏の様子から事態を悟《さと》ったのだろう、彼らは顔色を苦渋に満ちたものに変えた。腰を浮かせた者は、力尽きたように座りこんだ。

沈黙と重すぎる溜息《ためいき》、やがて中のひとりが立ち上がり、低く退出を促した。朱夏の夫、冢宰《ちょうさい》の栄祝《えいしゅく》だった。

「ここで座りこんでいても事態は変わらない。確認したかったことは確認できた。疑念に決着がついたのだから、本格的に対処を考えねばならない」

言って栄祝は、声を上げる気力さえ失ったような六官長らを見渡した。

「今からそのように萎《な》えてどうする。ここからが、我ら臣の踏ん張りどころだろう」

栄祝の叱咤《しった》に、六官長らは沈痛な面《おも》もちで頷《うなず》き、腰を上げた。彼らが退出した後には、朱夏と栄祝だけが残された。その栄祝も、やや遅れて堂室《へや》を出る。肩を並べて朱夏がそれを追うと、栄祝が低い声をかけてきた。

「……快癒《かいゆ》なさると思うか」

「それは……もちろん」

するに決まっている、と朱夏《しゅか》は答えたかったが、それは声にできなかった。過去、失道《しつどう》に至った宰輔《さいほ》が治癒《ちゆ》した例は、極めて少ないと聞いていた。

砥尚《ししょう》は国の命運そのものである王だ。そればかりでなく、栄祝《えいしゅく》にとっては従兄弟《いとこ》にあたり、数十年来の朋友《ほうゆう》でもある。栄祝は、砥尚と兄弟のようにして育った。砥尚が郷里を離れても無二の友人であり続け、揖寧《ゆうねい》で高斗《こうと》を旗揚《はたあ》げすれば真っ先に馳《は》せ参《さん》じ、以来、共に道を掲げ、荒廃《こうはい》と戦ってきた。昇山《しょうざん》の旅にも同行し、新王朝の成立からこれまで、ずっと砥尚を支え続けてきたのだ。その栄祝に、砥尚の天命は尽きたのだとは言えず、かといって、その場限りの慰《なぐさ》めを口にすることは、いっそうできなかった。

朱夏の逡巡《しゅんじゅん》を見透《みす》かしたように、栄祝は回廊《かいろう》に足を止め、短く呻《うめ》いて額《ひたい》に指を当てた。朱夏はかける言葉もなく、ただ黙って苦衷《くちゅう》に項垂《うなだ》れる栄祝の背に掌を当てた。回廊の外、園林《ていえん》には一面、桃の花が咲き揃《そろ》い、風に無数の花弁を舞い散らせていた。夢幻郷《むげんきょう》のようだったが、悲しかった。

(華胥《かしょ》の夢……)

確かに夢のようなものだったのかもしれない。

三十年ほど前、朱夏は扶王《ふおう》の治世に憤《いきどお》る少学《しょうがく》の学生にすぎなかった。少学に入るために揖寧に出て、そこで高斗に加わり、栄祝に会い、砥尚に会った。朱夏らはそこでひとつの夢を育《はぐく》んだ。国とはかくあるべきだ、という美しい夢。その夢を誰もが信じ、それを貫けば華胥氏の国が顕現《けんげん》するのだと思っていた。夜を徹して語り合った未来、民の先頭に立って扶王の堕落《だらく》と——その後の荒廃《こうはい》と戦った輝かしい過去。その高揚《こうよう》した時代のさなか、朱夏は栄祝と共にずっと砥尚を支えていくのだと誓った。朱夏は二十二、栄祝は二十六、そして砥尚は二十五。それからわずか三年後に、砥尚は玉座《ぎょくざ》に就《つ》いた。

振り返れば、その時代こそが夢であったようにも思える。切《せつ》ないほどに眩《まぶ》しい——若かった自分たち。

しばしの後、栄祝は顔を上げた。

「どうすればいいと思う、朱夏」

「台輔《たいほ》が治癒《ちゆ》なさるかどうかは、砥尚が道を取り戻すことができるかどうかにかかっています。何とかお諫《いさ》めするしか……」

「何をどう諫めるんだ？」

栄祝に問われ、朱夏は返答に窮した。

「諫めるべきところがあれば教えてくれ。砥尚の何がいけなかったんだ？」

朱夏は首を横に振った。

——それが分かれば。

「諫《いさ》めるべきことも分からないのに、諫言《かんげん》せよと言うのか？　……あの砥尚《ししょう》に」

　これにも朱夏《しゅか》は、答えることができなかった。砥尚が扶王《ふおう》のように政務を投げ出して遊楽に明け暮れている、あるいは民への暴虐《ぼうぎゃく》があるというなら失道《しつどう》も分かるし、諫めようもある。だが、砥尚は登極《とうきょく》以来、誠心誠意を尽くしていた。朱夏の目から見る限り、砥尚は登極の当時から些《いささ》かも変わっていない。常に国のあるべき姿を見据《みす》え、正道を貫こうとしていた。

　砥尚を見ている限り失道など起こるはずがなかった。だが、一旦国土に目を向ければ、采麟《さいりん》の失道は当然のことに思われる。朝《ちょう》の端々《はしばし》はいっかな治《おさ》まらず、国土は荒《すさ》み、民は困窮《こんきゅう》している。在位二十余年にしかならない王を責め、罵《ののし》る民の声が聞こえる。采麟が不調だと言われ、それがすぐさま失道の噂《うわさ》に結びついたのは、そのせいだった。明らかに才《さい》は傾いている。

　砥尚もそれは理解している。昨年までは焦《あせ》る色が濃く、新年を越えて采麟が頻々《ひんぴん》と不調を訴えるようになると、狼狽《ろうばい》したふうさえあった。だが、砥尚はこれを天が下した試練だと受け止めることで乗り越えたようだった。いま以上に道に沿い、努力すれば、やがて采麟の不調も癒《い》え、国は持ち直すに違いないと言明し、これは天が自分たちに紆余曲折《うよきょくせつ》を乗り越える力があるかどうかを試しているのだ、と官を激励していた。——なのに。

朱夏は栄祝《えいしゅく》から目を逸《そ》らし、夢幻《むげん》のように降る桃の花弁に目をやった。夢は去ろうとしていた。園林《ていえん》の春が、散りつつ逝《ゆ》こうとしているように。

翌日の六朝議《りくちょうぎ》は、重苦しい空気の中で始まった。朝堂《ちょうどう》に集まった六官は、互いの顔から目を背けるようにして沈黙していた。箝口令《かんこうれい》が布《し》かれたにもかかわらず、采麟失道《しつどう》の報は密かに広がり始めている。その証拠に、唯一《ゆいいつ》采麟と面会した朱夏に、ちらちらと視線が投げかけられていた。

栄祝は、昨夜ついに官邸へは戻ってこなかった。執務《しつむ》に追われていたのか、それとも砥尚に会いにでも行ったのか。朱夏がその姿を求めて見つけた朝堂の片隅《かたすみ》、栄祝は打ち沈んだ様子で俯《うつむ》いていた。

やがて、全員が揃《そろ》った旨《むね》を告げる銅鑼《どら》が鳴った。朝堂に整列していた官吏《かんり》たちは、粛々《しゅくしゅく》と堂を出て外殿《がいでん》へと向かった。その短くはない道程の間、やはり口を開く者はいなかった。外殿が近づくにつれ、列を覆《おお》った緊張感は高くなる。外殿に入って諸官が整列し、その場に跪《ひざまず》いたときには、張りつめた空気が肌を刺して痛いほどだった。

誰もが玉座《ぎょくざ》から目を逸《そ》らしている。打ち方を変えた銅鑼を合図に珠簾《みす》が下ろされると、官吏たちが息を詰めるのが分かった。珠簾の向こうに、天意に見放された王が姿を現そうとしている。わずかな身じろぎが生む衣擦《きぬず》れの音さえ刺さるように響くなか、再度銅鑼《どら》がひと打ちされ、平伏《へいふく》した諸官の前で珠簾《みす》が上がった。朱夏《しゅか》は床につけた額《ひたい》を上げたくはなかった。いま、砥尚《ししょう》の顔を見るのは何よりも辛《つら》い。

だが、顔を上げよと太宰《たいさい》の号令がかかる。これを合図に、朱夏らは顔を上げ、玉座《ぎょくざ》の王に対面しなければならない。苦しく上げた視線の先、漆黒《しっこく》の玉座には砥尚の姿があった。朱夏は吐胸《むね》を衝《つ》かれた。玄《くろ》の大裘《だいきゅう》に身を包み、金の屏風《へいふう》を背に、螺鈿《らでん》と玉《ぎょく》で飾られた玉座に着いた砥尚は相変わらず見事だった。しっかりとした体軀《たいく》、英知を窺《うかが》わせる面《おもて》、諸官を見下ろす砥尚の双眸《そうぼう》には依然、強い覇気《はき》が漲《みなぎ》っていて、眩《まぶ》しいほどの威厳を発している。

太宰の号令で三叩《さんこう》の礼が取られ、そして許されて立った栄祝《えいしゅく》が、議事を読み上げる前に、砥尚は手を挙げた。栄祝を遮《さえぎ》り、諸官を見渡す。深く、よく響く声を上げた。

「台輔《たいほ》は、このところの不調で、今日もここに参じることができなかった」

言って砥尚は高斗《こうと》の時代から寸分も変わらない凜《りん》とした貌《かお》を諸官に向けた。

「台輔の不調について、不穏《ふおん》な噂《うわさ》を耳にした。確かに、諸官が不安を抱くのも已《や》むを得ないほど、朝《ちょう》は足踏みを続けている。だが、何度も言うように、私はこれを停滞だとも後退だとも思っていない」

食い入るような諸官の視線が、砥尚《ししょう》の上に集まった。

「国を治めるのに、快く前進するのみでいられるほど、容易《たやす》いことがあるだろうか。辛苦や不安はあって当然、時に足踏みすることも、なければ可怪《おか》しい。政《まつりごと》が平らかな道であるなら、施政に迷って道を失う王などいるはずがない。もとよりこれは苦難の道だ」

だが、と砥尚は力強く言う。

「私には国のあるべき姿が見えている。それを信じればこそ昇山《しょうざん》したのだし、それによって天命を得た。そして、その理想に向かって今日まで道を敷《し》いてきたのだ。理想を見失えば、道を失することもあるかもしれない。しかしながら、私は確かに国のあるべき姿を知っている。間違いなくそれに向かって道を敷いてきている。どんなに登りづらい道でも、これがまさに正道であることには、絶対の確信がある。私に不信を感じるならば、それは私が道に迷っているからではない。お前たちの理想が、登坂《とうはん》の苦しみに負けて揺《ゆ》らいでいるのだ」

朱夏《しゅか》は、はっと息を呑《の》んだ。確かに理想に迷っている。それはあまりに度《ど》し難《がた》い現実のせいだ。どんなに足掻《あが》いても変えられない現実、動かすことができないのは、そもそも掲げた理想に過《あやま》ちがあったからではないかと、朱夏は確かに疑っている。

それを見透《みす》かしたように、砥尚の目が最前列にいる朱夏に留《と》まった。彼はわずかに微笑《ほほえ》む。

「私は些《いささ》かも揺《ゆ》らいでいない。私には依然として見えている。お前たちにも、実はずっと見えているはずだ」

　砥尚は言って、外殿に跪《ひざまず》いた臣下の群を見渡した。

「失望や困難に挫《くじ》けて、迷ってはならない」

　確信に満ち、あまりにも力強いその声に打たれたように、朱夏の隣《となり》にいた大司寇《だいしこう》がひれ伏した。同様に、叩頭《こうとう》する官の衣擦《きぬず》れが朱夏の左右から湧《わ》き起《お》こった。困惑した朱夏が視線を泳がせた先、栄祝だけは疲労困憊《ひろうこんぱい》したふうの面《おもて》に、強い失意を浮かべている。顔を背《そむ》けて溜息《ためいき》を落とし、諸官のほうを振り返った。視線が朱夏に留まり、栄祝は弱く首を振ってみせる。朱夏は悲しく頭を垂《た》れた。

　そうか、と思う。やはり栄祝は昨夜、砥尚を訪ねたのだ。おそらくは夜を徹して、才《さい》の現状、采麟《さいりん》の状態について話をしたのに違いない。一夜の話し合いを経て、砥尚が辿《たど》り着《つ》いた結論がこれなのだ、と朱夏は絶望的な気分で理解した。

　砥尚に対する疑念、理想に対する疑惑が、失望や困苦によって生じたものであることは確かだ。

（だけれども……）

朱夏《しゆか》は采麟《さいりん》に会った。あれが失道《しつどう》でなければ何なのだ。慈悲《じひ》の具現たる少女が、病の床から砥尚《ししよう》を呪《のろ》う。まるで憎《にく》んでいるかのような——あの眼差《まなざ》し。

朱夏は真っ黒な澱《おり》が胸の底にわだかまった気分で朝議を耐《た》えた。砥尚の眼前にいることが、あまりにも辛《つら》かった。だが、朝議を終えて砥尚が目の前からいなくなれば、不安で悲しい。自分でも気持ちを持て余し、鬱々《うつうつ》として官邸に戻った。

「お帰りなさい——あれ？　だいじょうぶですか」

主楼《おもや》に戻った朱夏を出迎《でむか》えた青喜《せいき》は、開口一番、そう言った。門衛《もんばん》から帰宅を聞いて用意したのだろう、両手で茶器を捧げ持って、ひょいと腰を折り、朱夏の顔を覗《のぞ》きこむ。

「お出掛けになったとき以上に、酷《ひど》い顔色をしてらっしゃいますよ」

「だいじょうぶ。少し疲れただけ」

そうですか、と不審そうに言った青喜は、卓子《つくえ》の上に茶器を載《の》せると、空気が悪い、灯《あかり》が強すぎるなどと呟《つぶや》きながら、ぱたぱたと走り回って窓を開け、燭台《しよくだい》の灯火を細くし、屛風《へいふう》を動かして室内を整えた。ころころと小柄な青喜が、そうやって走り回っている様子は、文字どおり青喜のようだった。朱夏はようやく、息をついた。青喜はいつでも朱夏を不思議に安堵《あんど》させてくれる。

「だから夜更《よふ》かしはいけません、といつも申し上げているのに。昨夜も遅かったでしょう。私はちゃんと灯《あかり》を見てたんですからね」

「ということは、青喜も夜更かしをした、ということではないの？」

「私はいいんです。姉上がお仕事に出掛けてから、仕事を放《ほう》り出《だ》していくらでも昼寝できるんですから」

朱夏は軽く笑った。朱夏を姉とは呼ぶが、青喜は朱夏の弟ではないし、栄祝《えいしゅく》の弟でもない。そもそも青喜は扶王《ふおう》が斃《たお》れた後の混乱で、父母を亡《な》くした孤児だった。幼くして両親を失った青喜を引き取り、手許《てもと》に置いて養育したのが、栄祝の母親の慎思《しんし》だった。慎思は同時に、砥尚の叔母《おば》に当たる。柔和な人格者で、早くに母親を亡くした甥《おい》の母親代わりを務め、砥尚に多大な影響を与えた。その功によって砥尚が登極《とうきょく》した後には、仙籍《せんせき》に叙《じょ》されて三公の次席、太傅《たいふ》に任じられている。慎思の薫陶《くんとう》を受けた青喜は、少年の時分から高斗《こうと》に出入りし、栄祝の身辺の世話をしていた。栄祝を兄と呼び、後には朱夏を姉と呼び、そして十九で拘泥《こだわ》りも見せずに栄祝付きの胥《げかん》となって仙籍に入った。以来ずっと、官邸を切り盛りしている。

「兄上はお戻りになるんですかねえ」

青喜は心配そうに戸口を窺《うかが》う。

「どうかしら。……とても大変なときだから」

「今日はどんな具合でした？」

「朝議が始まるまでは、とても辛い雰囲気だったけれど……でも、砥尚《ししょう》が官をすっかり宥《なだ》めてしまったわ」

朱夏《しゅか》は言って、切なく笑った。朝議の様子を話して聞かせると、青喜《せいき》は困ったように眉《まゆ》を下げる。

「主上《しゅじょう》はいまだに確信がおありなんですね……」

「……確信があれば、なお悪い……」

砥尚の鋭気に触れて活気を取り戻した諸官の中、朱夏だけは意気消沈したままだった。覇気《はき》に満ちた砥尚の姿と、彼を信じる官の姿が胸に重く、苦かった。

砥尚は、いわゆる飄風《ひょうふう》の王だった。飄風の王は、傑物《けつぶつ》かそうでないかのどちらかだ、と言われる。だが、少なくとも朱夏ら、高斗《こうと》の党羽《なかま》は砥尚を傑物だと信じて疑わなかった。真っ先に昇山《しょうざん》するのは当然のこと、選定も受けて当たり前、砥尚の疾風《はやて》のような登極《とうきょく》は、朱夏らにとって自明のことだった。民もまた高斗を——砥尚を支持していた。砥尚は歓喜をもって玉座《ぎょくざ》に迎《むか》えられた。新朝廷は速《すみ》やかに整った。高斗には新しい朝廷を支えるに足る人材がひしめいていた。理想を同じくする党羽たち。進むべき道は明らかで、朝廷の足並みは完全に揃《そろ》っていた。空位による荒廃《こうはい》は最小限、新朝廷は瞬《また》く間《ま》に整い、動き出した。新しい王朝の輝かしい幕開けだと、誰もが考えた。

しかしながら、実際の才《さい》は、朱夏らが思っていたようには動かなかった。王朝はその当初から無数につまずいた。

砥尚は真っ先に、政務を放棄《ほうき》した扶王《ふおう》の治世下、国権を恣《ほしいまま》にし、国庫を食い荒らしてきた賊吏《ぞくり》の一掃を考えた。多くの官吏《かんり》が罷免《ひめん》されたが、そうすると国は立ちゆかなくなった。――これはたぶん、砥尚のせいではない、と朱夏は思う。

賊吏たちが罷免されたことで、官吏の手が足りなくなった。それだけならまだしも、これら悪吏に阿《おもね》ることで利を得ていた官吏や下官の多くが面当《つらあ》てのように休職し、あるいは執務を拒《こば》んだ。反抗する官吏のすべてを更迭《こうてつ》すれば、国は真実、官吏の絶対数が不足して動かすことができなくなる。屈辱《くつじょく》を耐え、罷免した官吏の多くを復職させるしかなかった。すると今度は民が責める。なぜ一旦は罷免した悪吏を登用するのかと、非難の声が怒《ど》濤《とう》のように押し寄せた。罷免され、戻ってきた高官たちは、砥尚に感謝するでなく、むしろ以前より増長した。いまも国の端々《はしばし》で私利のために民を犠牲《ぎせい》にし続けている。

この例で言うならば、砥尚が道を誤ったわけでは決してない。誤っている者がいるとすれば、それは咎《とが》められても恥じることのない賊吏たちだ。だが、砥尚のどこかに過《あやま》ちがある。だからこそ、結果として官吏《かんり》の整理でさえ満足にできていない。朱夏《しゅか》は、ひょっとしたら国は扶王《ふおう》の末世から一歩も前に進んでいないのではないかと思うことがある。事実、民の暮らしはその当時から少しもましになってはいない。むしろ永年の間に蓄積されたものを、じりじりと切り崩していた。扶王が失ったものなら、砥尚が失っても仕方がない。なのに砥尚《ししょう》は、いまだ確信がある、と言い切るのだ。

「過ちを正さねばならないのに。……確信があるということは、引き返すことはあり得ないということだわ」

「そうですねえ……。でもまあ、さすがは砥尚さまだと申しあげるべきなんでしょうね。ここで官を宥《なだ》めてしまうなんて、そう誰にでもできることじゃないですよ。——相手に不信を感じたときは、実は自分が迷っているとき、か。なるほどなあ」

ひとりうなずいて、青喜《せいき》はふっくらとした頰に笑窪《えくぼ》を刻《きざ》んだ。

「やっぱり凡人とは違いますね。その砥尚さまが、このまま当たり前に道を失ったままなんてことはないですよ。きっとね」

そうね、と朱夏は心許《こころもと》なく笑った。

2

　朱夏の懸念《けねん》をよそに、官吏のほとんどは砥尚の確信に満ちた言動によって、一旦は迷いから立ち直ったようだった。采麟失道《さいりんしつどう》の報は何かの間違い、よしんばそうでなくても、いっそうの努力をすれば必ず才《さい》は立ち直り、采麟の病も平癒《へいゆ》するに違いないという楽観的な空気が朝廷に満ちた。国府は活気を取り戻したが、朱夏にはそれが辛《つら》かった。

　一方、砥尚は以前にも増して精力的に国府の指導にあたった。意気込みだけは大きかったが、かえって政《まつりごと》は混乱するようになった。本人が言明しているほど、砥尚の言動には確信が見えなかった。むしろ急速に迷いを生じているらしく、午《ひる》にはこうと言っていたものが、夕方には逆に変わる、そういうことが再三起こるようになった。朱夏にはそれが、采麟失道の報を聞いた砥尚が、やはり動転し、我を失っていることの証左に見えた。

　だが、故意にか無意識にか、砥尚は依然として自分が追いつめられていることを自覚していないかのような振る舞いを続けている。砥尚の混迷を誰かが指摘《してき》すれば、必ず厳しい叱責《しっせき》があった。しかしながら、法を左右されて困り果てた大司寇《だいしこう》が砥尚を諫《いさ》め、激昂《げっこう》した砥尚に激しく罵《ののし》られたあげく、更迭《こうてつ》されるに及んで、官はついに目を背《そむ》けたものを改めて認めざるを得なかった。砥尚《ししょう》はやはり、道を失おうとしている——。

再び官が意気消沈したその最中、晨鐘《あけのかね》の頃に朱夏《しゅか》は青喜《せいき》に揺《ゆ》すり起こされた。

「……青喜？」

「せっかくお休みのところを申し訳ないんですけど、急いでお起きになってください。小《しょう》宰《さい》がいらしてます」

朱夏は驚いて臥牀《しんだい》に身を起こした。こんな未明に等しい刻限に、天官長《てんかんちょう》次官がわざわざ邸《やしき》を訪ねてくるとは。

「……御用件は？」

「内々のお話があるようです。ずいぶんと動転していらっしゃいます。私は小宰が落ち着かれるよう、お世話をしてきますから、なるたけお早く。客庁《きゃくま》にお通ししてあります」

「栄祝《えいしゅく》は」

「姉上がお休みになってから、戻ってらっしゃいました。書房《しょさい》で沈没なさってます。姉上のほうが身支度《みじたく》に時間がかかるでしょう。頃合いを見計らってお起こししますから。お可《か》哀想《わいそう》ですけどね」

そう、とうなずき、朱夏は慌《あわ》てて身繕《みづくろ》いをした。衣服を整える手が震える。念頭に浮かんだのは、采麟《さいりん》のことだった。まさか——もう。

目眩《めまい》すら覚えながら臥室《しんしつ》を出、客庁《きゃくま》に駆《か》けつけた。小宰の蒼白《そうはく》になった顔を見て、何事かと問いかけようとした刹那《せつな》、続いて栄祝が駆けこんできた。

「――何があった」

小宰は目に見えて震えながら跪拝《きはい》する。

「冢宰《ちょうさい》に、至急、左内府《さないふ》までお越しいただきたく」

「台輔《たいほ》に……何か」

栄祝もやはり、それを思ったようだった。だが、小宰は首を横に振る。

「台輔ではなく、太師《たいし》が。――太上《たいじょう》が亡《な》くなられました」

朱夏は驚いて栄祝と顔を見合わせた。砥尚は登極《とうきょく》と同時に親兄弟、親族を仙籍《せんせき》に入れ、位を与えて王宮に召し上げていた。砥尚の父親、大昌《だいしょう》はそもそも人格者として名高く、その弟妹も、慎思《しんし》を筆頭に徳高い人々が揃《そろ》っていた。砥尚の弟、馴行《じゅんこう》も高斗《こうと》の時代から砥尚を支えてきた人物、それら親族に砥尚は位を与え、父親の大昌を三公の首《おびと》、太師に迎《むか》え、慎思をその次席、太傅《たいふ》に据《す》えて、馴行を末席の太保《たいほ》に据えていた。彼らは慣例どおり、王の親族に与えられる東宮《とうぐう》に自宮を与えられていたが、東宮に住む大昌に奇禍《きか》の降りかかる道理がなく、仙籍に入った以上、急の疾病《しっぺい》もあるはずがなかった。

「そんな莫迦《ばか》な。なぜ」

「それが……何者かが太師《たいし》の御首《みしるし》を……」

朱夏《しゅか》は驚いて声を上げ、栄祝《えいしゅく》は弾《はじ》かれたように小宰《しょうさい》に詰め寄った。

「あり得ない！　まさか、太師は殺《あや》められたと申すか」

はい、と小宰は平伏《へいふく》した。

それは未明に起こった。王宮深部の長明宮《ちょうめいきゅう》、ここに宿衛《とのい》する下官の許《もと》に慎思が駆《か》けこんできた。常になく狼狽《ろうばい》した様子で、正殿の様子が変だ、と言う。

慎思は砥尚の父、大昌《だいしょう》と共に長明宮に住んでいた。正殿には大昌が、別殿に慎思が室を得ているのだが、その慎思は、妙な気配を感じて目を覚ました。何か物音を聞いたのかもしれない、あるいは、何か虫の知らせのようなものを感じたのかもしれない、本人も釈然としないながら、何となく目覚め、どうにも大昌の住む正殿のほうが気になって、長明殿を訪ねた。その堂室《へや》に入り、これを見つけたのだ、と慎思は蹤《つ》いてきた下官に示した。

下官は堂室を覗《のぞ》きこんで仰天《ぎょうてん》した。家具が倒れ乱された室内には血飛沫《ちしぶき》が跳《は》ね、床には血溜《ちだ》まりができている。その血溜まりの中に、ほとんど首を切り落とされた大昌の死体が横たわっていたのだった。

「……母が見つけたのか？　母上は」

「動転はしておられますが、しっかりしておいでです」

下官は同輩を起こして慎思《しんし》を預け、東宮門殿《とうぐうもんでん》に控《ひか》える夏官《かかん》を呼びにいこうとしたが、その際、長明宮《ちょうめいきゅう》の門が開いており、門殿で不寝番《ねずのばん》を務めているはずの門衛《もんばん》二名が大昌と同じく殺害されているのを発見した。

「……では、誰が出入りしたのか、分からないのか。東宮にお住まいの他の方々は」

「皆様、自宮に。ただ、太保《たいほ》のお姿が見えません」

「太保——馴行《じゅんこう》どのの？」

はい、とうなずいて小宰は蒼褪《あおざ》めた顔を上げる。

「下官がお捜ししているところですが、お姿が見えません。太保がお住まいの嘉永宮《かえいきゅう》の下官に訊《き》きましたところ、太師《たいし》を訪ねてくると言い置いて出掛けられ、それきり戻っておられないとか」

意味深い沈黙が流れた。王父の死、そして王弟の失踪《しっそう》——これが何を意味しているか。

「……まさか」

朱夏は呟《つぶや》いて栄祝を見る。すぐに頭を振った。それは、あり得ない。馴行は兄、砥尚《ししょう》とは対照的に、いたって朴訥《ぼくとつ》とした慎《つつ》ましい人柄だった。その馴行が人を手にかけるなど。ましてや大昌は馴行にとっても実父、それを殺《あや》めることなどあるはずがない。

朱夏の考えを見透《みす》かしたのか、栄祝がうなずいた。

「とにかくお捜し申しあげねば。――それで、主上《しゆじよう》には？」

「お知らせ申しあげました。事が事ですので、とりあえずは主上と――あとは内々に六官長のお耳にだけは入れるように采配《さいはい》してございます。主上は太傅《たいふ》、太宰《たいさい》と共に左内府《さないふ》で冢宰《ちようさい》をお待ちです。差し当たっては早急にご相談を、と」

「すぐに行く」

栄祝《えいしゆく》は言って、手早く支度《したく》を整えると、内殿の左内府へと出掛けていった。朱夏《しゆか》は栄祝を送り出し、呆然《ぼうぜん》と主楼《おもや》の床に座りこんだ。

――これは、何。

王朝が傾いて臣《しん》が狼狽《ろうばい》しているこの時期に、忌《い》まわしい出来事があった。選《よ》りに選って王父が殺害され、しかも王弟が姿を消すとは。彼らが住まう東宮は、守備の厚い王宮の中でも最奥にある。王とそこに住む者、身辺を整える天官《てんかん》を除いては、誰も立ち入ることのできない禁域、慎思《しんし》は栄祝の実母だが、その栄祝ですら、東宮に母親を訪ねたことは一度もなかった。彼らの身辺を警護する夏官《かかん》も、守衛するのは東宮門まで。門を守ってそれでよしとされるほど、そこは王宮の奥深い場所にある。

（なぜ……）

朱夏が冷えた床に蹲《うずくま》っていると、芳香と共に、目前に茶器が差し出された。

「今夜はずいぶん、低いところにいらっしゃるんですね」

「……青喜《せいき》」

「腰が低いのは結構なことですけど、身体《からだ》が冷えてしまいますよ」

青喜は笑窪《えくぼ》を浮かべて、朱夏《しゅか》の手を引き、椅子《いす》に座らせた。

「さあ、落ち着いて。謀反《むほん》というわけではなさそうですから」

「謀反では……ない？」

「だって、謀反で太師《たいし》を討《う》って何になるんです？」

「そう……そうね」

呟《つぶや》いて、朱夏は茶器を手に取った。掌《てのひら》に包んだ茶器が温《あたた》かい。

「確かにこれでは謀反にはならないわ。ということは、誰かが私怨《しえん》で……ということなのかしら。でも、誰が？」

「さあ。でも、基本的に東宮《とうぐう》に出入りできるのは、東宮にお住まいの皆様を除けば、お仕えする天官《てんかん》と、東宮門を守る夏官《かかん》、兵卒だけですよね」

「その中の誰かが？」

「そういうことになりますけど、本当にそんなことがあるのかな。太師は私怨を買うようなお方ではないし……。しかも、ほら、東宮に剣を持ちこむことは許されませんから。東宮門を守る夏官《かかん》は武器を携《たずさ》えていますけど、佩刀《はいとう》したままで門の内側に踏みこむことはできません。主上《しゅじょう》さえ剣を帯びて入ることはできない——東宮《とうぐう》にお住まいの方々を除いては」

朱夏《しゅか》は茶器を取り落としそうになった。

「青喜《せいき》——まさか……！」

「でも、東宮の方々ってことはないです。——話は最後まで聞かないとだめですよ」

「あ……ああ、そうね」

「長明宮《ちょうめいきゅう》の門衛《もんばん》が殺されたのは、誰かが宮を訪ねてきたってことなんじゃないのかな。門衛は門殿で不寝番《ねずのばん》を務《つと》めてますからね。でも、東宮にお住まいの方でなかったら、長明宮を訪ねる前に、まず東宮門を通らないといけないでしょう？　東宮門で姿を見られたんだったら、長明宮の門衛に姿を見られたぐらい、どうってことないですよね」

「青喜、それだと、やっぱり東宮の誰かということになってしまうわ」

だから、と青喜はふっくらと笑う。

「話は最後まで聞かないとだめです、って。——東宮の外の誰かなら、必ず東宮門を通るわけだし、あそこにはたんと不寝番がつめているんですから、姿を見られずに通り抜けることなんてできないです。そもそも、深夜のことなんで、門卒《もんばん》に頼んで門を開けてもらわないといけないんですから。すると、東宮にお住まいの誰か、という話になるのですけど、東宮の宮はそれぞれが独立してますよね。別個に門が築かれてます。どの門にも門衛《もんばん》が控えているし、夜間には門を閉ざして宿衛《とのい》している。東宮の誰かが長明宮を訪ねるためには、まず自分のお宅の門を出ていかなきゃならないいんじゃないですか？」

「そういうことになるわね……」

「でしょう？　でも、狼藉《ろうぜき》を働いた誰かは、自分のところの門衛の口にどうやって蓋《ふた》するんです？」

「それは……長明宮の門衛と同じように……」

「殺したら拙《まず》いでしょう。そりゃ、殺《あや》めてしまえば門衛たちは永遠に口を開くことはできないでしょうけど、門衛が殺されてるってこと自体が、そこに住んでらっしゃる方が、出掛けたことの証拠になっちゃうじゃないですか」

　それはそうだ、と朱夏はうなずいた。

「じゃあ……誰？　東宮の誰でもない、東宮の外の誰かでもない、なんて」

「順当に考えれば、お姿の見えない太保《たいほ》が一番疑わしいんでしょうけど、でも、私も馴《じゅん》行《こう》さまは違うと思うなあ」

　そう言ってから、青喜はふいに、首をかしげた。その顔に、何とも言えない奇妙な表情が浮かんだ。

「……どうしたの？」

「いや……何でもないです。ちょっと妙なことを思いついただけで。きっと全然、関係ないことです」

「それは何？」

青喜《せいき》は躊躇《ためら》い、本当に関係ないと思いますよ、と念を押してから、困ったように笑った。

「いえね、もうひとつ門があるな、と思ったんです」

「もうひとつ？」

「ええ。東宮《とうぐう》の奥に」

朱夏《しゅか》は目を見開いた。——確かに、ある。後宮《こうきゅう》から東宮へと抜ける門が。その門を通れば、東宮門を通らずに東宮へと入ることができる。

「……砥尚《ししょう》」

確かに、砥尚だけは可能だ。砥尚は夜間、王の居宮である正寝《せいしん》で休むが、正寝の奥は後宮、妻妾《さいしょう》を持たない砥尚の後宮はまったくの無人だ。そして、後宮の奥に確か、東宮へと抜ける門が。不要の後宮は現在、全ての宮が閉ざされ、出入りするための門も閉じたままになっているから、そこには門衛《もんばん》がいないはず。つまり正寝にいる者なら、闈門《くぐりど》の閂《かんぬき》を外《はず》すだけで、誰に見られることもなく東宮に入ることができる。

「ああ、そんな真っ青になることはないです。駄目ですよ、こんなの、何でもないに決まってるんですから」

「でも――」

朱夏の脳裏を過《よ》ぎるものがある。大司寇《だいしこう》の諫言《かんげん》に激昂《げっこう》し、彼を罵《ののし》って更迭《こうてつ》した砥尚。このところの砥尚は、意気軒昂《いきけんこう》な振る舞いに反して、明らかに度を失っている。もしも大《だい》昌《しょう》が砥尚を諫《いさ》め、そのあげくに口論になったとしたら――。

「だめだめ。だいたい、東宮にせよ後宮にせよ、区切っているのは隔壁じゃないですか。王宮じゃあ、騎獣《きじゅう》に乗っちゃいけないことになってますけど、慣例でそういうことになってるだけで乗れないってわけじゃないですからね。飛べる騎獣がいれば、隔壁なんて何でもない。王宮を取り巻いた雲海を越えて、他国からだってやってきて東宮に入ることができるんですから。隔壁と門は、気持ちの上で東宮を隔絶させるもので、実際の障害なんかじゃないです」

「そう……そうよね」

大らかにうなずいて、そして青喜は少し顔色を曇《くも》らせた。

「それより台輔《たいほ》が心配だな。王宮でこんなことがあって、お身体《からだ》に障《さわ》ったりしないといいんだけど」

3

その翌日、大昌《だいしょう》の登遐《とうか》が天官《てんかん》によって公《おおやけ》にされたが、その死因については言及されなかった。死ぬはずのない太師《たいし》の訃報《ふほう》に、官は戸惑《とまど》い、不安の色を濃くした。その日、朝議の席に砥尚《ししょう》はついに姿を現さなかった。翌日も朝議に現れず、夕刻になってから突然、采《さい》麟《りん》の治める節《せっ》州府《しゅうふ》に泥酔《でいすい》して現れ、官を甚《はなは》だしく困惑させた。そして、朱夏《しゅか》が青喜《せいき》と共に左内府《さないふ》に呼び出されたのは、その日の夜のことだった。

左内府で天官と共に待っていた栄祝《えいしゅく》は、疲労困憊《ひろうこんぱい》した顔をしていた。大昌の訃報以来、栄祝は官邸に戻ることができない。栄祝に限らず、天官や夏官《かかん》、そして秋官《しゅうかん》は、あの日以来ずっと内殿と外殿を往復していて、ろくに眠る暇もないありさまだった。栄祝の疲労は当然のことだが、朱夏は久々に見た夫の窶《やつ》れように少なからず驚いた。

「ふたりに問いたいことがある。──特に青喜、お前だ」

「私、ですか？」

栄祝は言って、青喜を椅子《いす》に座らせ、自身も卓子《つくえ》を挟《はさ》んで腰を下ろした。周囲には、太《たい》宰《さい》、小宰《しょうさい》らが控《ひか》えている。

「太師が身罷《みまか》られた日、お前が太保《たいほ》と話しこんでいた、と聞いたのだが」

青喜は瞬《またた》いた。

「太保と——ええ、はい。松下園《しょうかえん》でお会いしました。兄上に着替えを届けにこちらに伺《うかが》って、戻る途中でお目にかかり、路亭《あずまや》で少しお話をしましたけど」

「その話とは？」

朱夏は不安に駆《か》られて口を挟《はさ》んだ。

「それがいったい、何だというのです？　太保は、その後」

「行方《ゆくえ》は分からないままだ。……太保はあの日、夜になってから太師、太傅《たいふ》と共に三公府《さんこうふ》を出られ、一旦は嘉永宮《かえいきゅう》に戻られてから、すぐにお出掛けになっている。太保の側仕《そばづか》えによると、長明宮《ちょうめいきゅう》に行く、戻りはいつになるか分からないから、刻限になったら門を閉めてよいと言い置いて出られたそうだ。そして、そのまま宮にはお戻りでない。東宮門《とうぐうもん》も通っておられず、まったく所在が分からない」

大昌の遺体は、誰かが背後から一太刀《ひとたち》を浴びせたことを示していた。本来なら致命傷になって当然の深手《ふかで》だったが、幸か不幸か大昌は仙《せん》だ。斬《き》られてなお逃げ惑《まど》い、それを斬撃が追った。大昌《だいしょう》の傷は大小六、倒れこんだ大昌の首に振り下ろされた一太刀《ひとたち》が王父の命を奪ったものらしかった——と、栄祝《えいしゅく》は顔を歪《ゆが》めて語った。

「そのせいだろう、長明殿《ちょうめいでん》の中は血飛沫《ちしぶき》で酷《ひど》いありさまだった。堂室《へや》の中は言うに及ばず、回廊《かいろう》にまで血溜《ちだ》まりができていた。——だが、それを見て大司馬《だいしば》が妙だと言うのだ。ひとりぶんの血痕《けっこん》にしては多すぎるような気がする、と」

「では、まさか太保《たいほ》も」

「分からない。堂室に敷《し》いてあった佳氈《しきもの》が消えていたので、太保もまた殺《あや》められ、運び出されてしまったのかもしれない。あるいは、逆に太保が狼藉者《ろうぜきもの》を成敗《せいばい》したのかもしれず、太保はその罪に動転して逃げ出されたのかもしれない。または、太師《たいし》を襲ったのは太保で、太保に手を貸した者があり、それが口封じのために殺められたのかも」

「そんな——太保はそんな方ではありません！」

朱夏が叫ぶと、栄祝は深い溜息《ためいき》を落とした。

「……朱夏《しゅか》、太保には主上《しゅじょう》に反意ありとの噂《うわさ》があった」

え、と朱夏は声を上げた。

「まさか」

「私にも信じられない。だから単なる噂だと思っていたのだ。出来の良すぎる兄を嫉妬《しっと》して恨《うら》み、それで主上が躓《つまず》いたこの時期に、何事かを起こすのではないか、という話だったが、下衆《げす》の勘《かん》ぐりだとよくよく聞きもしなかった。……しかし」

栄祝は言葉を切った。そして改めて青喜《せいき》に向かう。

「そこで、ぜひとも青喜に訊《き》きたい。松下園《しょうかえん》で太保と何を話した？　太保に常とは変わった様子がなかったか」

いいえ、と青喜は言いかけて、それから、ふっと口籠《くちご》もった。

「……いえ、そう言われてみれば、あの日の太保は、少しばかりいつもと違ってました」

確かに変事のあった日、もう陽《ひ》が落ちようとしていた頃だったと思う、と青喜は言った。内殿の左内府《さないふ》からの帰り、松下園を通り抜けようとして、回廊《かいろう》の傍《かたわ》らにある路亭《あずまや》に座りこんでいる馴行《じゅんこう》に会った。馴行は何やら考えこんでいる様子だった。声をかけるのも憚《はばか》られたが、だからといって無視もできず、とりあえず跪《ひざまず》いて挨拶《あいさつ》だけはした。すると、馴行のほうから話しかけてきたのだ、と言う。

「青喜、久しいな。こんなところで、どうした」

馴行は深刻そうな貌《かお》を和《なご》ませて、青喜に問うた。太保である馴行は、位の上では青喜の遥《はる》か高みにいるのだが、同じく太傅《たいふ》の慎思《しんし》を仮の母として育っている。それで高斗《こうと》の時代から、いたって気安い間柄だった。

「お久しぶりです。兄上に着替えを届けにいったところです」

青喜《せいき》が答えると、馴行《じゅんこう》は、ああ、と呟《つぶや》いて表情を曇らせた。

「栄祝《えいしゅく》は連日左内府《さないふ》に泊まり込んでいるのだとか。さぞかし心を痛めているのだろうな」

「もともと主上《しゅじょう》のことになると、心配性の方ですからね」

青喜は笑ってみせた。馴行もちらりと笑い、そして打ち沈んだ様子で深い溜息《ためいき》を落とした。もともと馴行は貧相《ひんそう》に痩《や》せた小男だが、この日は常より顔色も悪く、いっそう小さく、頼りなげに見えた。

「……せめて主上が、もう少し冷静に栄祝の言葉に耳を貸してくださるといいのだが。最近の主上は、すっかり度を失っておられて……」

「主上もちょっぴり焦《あせ》っておいでなのでしょう」

だといいのだが、と馴行は低く呟いた。

「主上が御自分の置かれた状況を分かっておいでで、それで焦っておられるのなら、お慰《なぐさ》めのしようもあるのだが。私には、どうもそういうふうには見えない。……日に日に不安になってしまう。そういう不遜《ふそん》な気分になるのは、私だけなんだろうか」

「不安、ですか？」

駲行は実直そうにうなずく。

「台輔《たいほ》が不調でいらっしゃるのは、主上の進む道にどこか間違いがあるからなのじゃないのだろうか。なのに、頑《かたく》なに確信があると仰《おっしゃ》る」

「……ああ……まあ、そうですね」

「確かに、私には主上が非道《ひどう》に陥《おちい》ったとは思われない。けれども、非道でないことが即《すなわ》ち正道《せいどう》であるとは限らないだろう。主上が間違いなく正道を歩んでおられるのなら、台輔に不調の起こるはずがないし、国の治まらないわけがない……」

ええ、と青喜は言葉を濁《にご》した。

「――主上もそれを分かっておられるからこそ、とても苦しんでおられたし、とても悩んでおられたのだと思うのだ。父や叔母《おば》にも何度も相談なさって、私のような者にまで意見を求められていた。なのにこの頃になって、確信があると仰る。それもああも頑なに」

確かに砥尚《ししょう》は昨年の末まで、ひどく悩んでいる様子で、盛んに慎思《しんし》らのいる三公府《さんこうふ》や東《とう》宮《ぐう》に足を運んでいるようだと、青喜も耳にしていた。

三公は采麟《さいりん》と共に王を補弼《ほひつ》する。官吏《かんり》としては宰輔《さいほ》の下位に位置するが、宰輔を補助するわけではなく、あくまでも王の相談役となり教師となる。その三公のところに頻々《ひんぴん》と通い、居宮にまで足を運んでいたというだけで、砥尚がどれほど悩んでいたか分かろうというものだ。にもかかわらず、砥尚《ししょう》はいきなり前向きになった。年が明けて采麟《さいりん》がしばしば不調を訴えるようになり、まさか最悪の病の前兆では、という声がちらほらと聞かれるようになった頃のことだった。

青喜《せいき》は考えこみ、そしてふと馴行《じゅんこう》を見上げた。

「太保《たいほ》は以前、台輔《たいほ》から賜《たまわ》った華胥華朶《かしょかだ》を主上《しゅじょう》に献上なさったとか」

砥尚の悩みは一口に言って、理想の是非に尽きるだろう。理想に向かって道を敷《し》いているつもり、なのに国は一歩も理想に近づこうとしない。ならば華胥華朶がそれを正してくれたはずだ。砥尚の夢に国のあるべき姿を映《うつ》し出《だ》して。

馴行はうなずいた。

「なにしろひどく迷っておられるようだから、少しでも助けになればと。華胥華朶ならその迷いを取り除いてくれるのじゃないかと、そう思ったんだが……」

「主上は、華胥華朶をお使いにならなかったんでしょうか」

「どうだろう。ただ、私があれを差しあげたとき、主上はひどく気分を害された御様子だった。台輔に差しあげたものを取りあげて、兄に恥《はじ》をかかすのか、とお叱《しか》りをいただいたから……」

「おやまあ」

「でも、とりあえず受け取ってはくださったのだが。ひょっとしたら、台輔にお返しになったのかもしれないな」

「それはないんじゃないかな。……先日、姉上が台輔にお会いしたとき、華胥華朶をお持ちでなかったと言っておられましたから」

その代わりに抱いた一枝。醜《みにく》く枯《か》れたそれが、采麟の頰《ほお》を傷つけていた——それがあまりに不憫《ふびん》で悲しかった、と。

「そうか。……では、やはり華胥華朶を使われたからこそ、ああいう態度になってしまわれたのかもしれないな。ちょうど時期も合う」

青喜は瞬《またた》いた。

「それは……どういう？　やはり主上の理想は間違っていないと、華胥華朶が保証したんだ、ってことですか？」

「それはあり得ない」

駲行は珍しくきっぱりと言い切った。

「——むしろ、そうでなかったからこそ、兄はああいう態度をとらないではいられないのじゃないだろうか」

「はあ……？」

「兄はこれまでに間違ったことがない。いつだって兄は正しかった。私はそれが不安だ。一度も過《あやま》たなかった者が、たった一度、それも国政という大事で過ったとき、それを認めることなんて、できるのだろうか」

ああ、そうか、と青喜《せいき》はうなずいた。砥尚《ししょう》はこれまで、自己の非による挫折《ざせつ》など経験したことがないと思う。その証左に対峙《たいじ》して、かえって自分の正義に固執するようになる——そういうことは充分にあり得ることのような気がした。

青喜は溜息《ためいき》をついた。自然、重い溜息になった。挫折《ざせつ》を認めることができなければ、砥尚には引き返す術《すべ》がない。このままでいれば、砥尚の命運はいずれ尽きてしまう。栄祝《えいしゅく》と朱夏《しゅか》にとっては朋友《ほうゆう》、青喜にとっても尊敬すべき党魁《とうかい》であり、同じ慎思《しんし》に養われた仲、その砥尚が采麟《さいりん》と共に不帰路《ふきじ》を辿《たど》る——。

「どうして、こんなことになっちゃったんでしょうね……。主上にどんな過ちがあったのかなあ」

「青喜は、少しも兄の正道を疑ったことはないか？」

馴行《じゅんこう》に訊《き》かれ、青喜は意外に思って首をかしげた。

「ありませんけど……。太保《たいほ》は、おありなんですか？」

青喜が訊くと、馴行は少しの間、迷うように口を噤《つぐ》んでいた。やがて、自身の脇《わき》を示す。座ったらどうだ、と勧《すす》められて、青喜は路亭《あずまや》の隅《すみ》に腰を下ろした。

「私は、兄が目指そうとしているものが、本当に国のあるべき姿なのか、疑問に思う。実を言うと、ずっとそう感じていた」

言って馴行は、どこか泣き出しそうな表情で笑う。

「いまさらこんなことを言うなんて卑怯《ひきょう》だ、と青喜は思うだろうな。自分でも卑劣だと思うんだ。それでも、私は」

「そんなふうに思ったりはしませんけど……」

馴行は傑物《けつぶつ》の兄をずっと崇拝してきたのだ。砥尚が高斗《こうと》を旗揚《はたあ》げするや、兄の許《もと》に馳《は》せ参《さん》じ、兄に比較して魯鈍《ろどん》な弟だと冷笑されながらも反発するでなく、砥尚のために身を粉《こ》にしていた。その馴行に、兄に対して異論の言えたはずがない。

そうか、と馴行は俯《うつむ》く。

「……私は、ほんの少し疑問を感じていた。兄が、あるべき姿として語る国は、あまりにも立派すぎるように見えたんだ。この園林《ていえん》のように」

言って、馴行は路亭《あずまや》の框窓《とぐち》から見える松下園《しょうかえん》の風景を示した。

「奥深い渓谷の風景だ。翠《みどり》に覆《おお》われた築山《つきやま》があって、完璧《かんぺき》に美しい石が作る峰があって、断崖《だんがい》の上からは泉が湧《わ》いて澄んだ流れを作っている。深山幽谷《しんざんゆうこく》——そういう風景を造っているのだろう？」

「ええと……そういうことなんでしょうね」

「けれども、あの峰は軒《のき》の高さほどもないんだ。何もかもが実際よりも小さい。所詮《しょせん》は人の造った景色だ。小さいからこそ、人の手で造ることができたのだし、こうして整えることができる。渓流を覗《のぞ》きこむ松は、どれも枝を綺麗《きれい》に整えられている。雑草の一本もなければ、流れを塵芥《ちりあくた》が汚していることもない。この景色からは、見苦しいものがまったく取り除かれている……」

駲行《じゅんこう》は立って框窓《とぐち》の向こうを眺《なが》め、そして青喜《せいき》を振り返った。

「この風景の中には、私のような取り立てて才気《さいき》もなく、見栄《みば》えもしない、そういう者の居場所がない」

「太保《たいほ》、……そういう言い方は」

「慰《なぐさ》めはいらない、青喜。私は自分の器量《きりょう》ぐらい分かっているつもりだ。確かに兄は傑物《けつぶつ》なのだと思う。常に正しく、誤らない。私などとは全然違う。兄はいつも、私に理想の才《さい》を語ってくれた。それは本当に素晴らしい国だったけれども、私は少し寂《さび》しかった。兄の語る才には、私のような者の居場所がないように思えたからだ」

けれども、と駲行は固く手を握《にぎ》り合《あ》わせる。

「世の中には、私のような者のほうが多いのじゃなかろうか」

「でも……ですけどね」

「兄はとても立派だ。朱夏《しゅか》も、栄祝《えいしゅく》も――高斗《こうと》にいた者たちは皆とても立派で、私には眩《まぶ》しかった。でも、民の多くは私のような者なんだ。皆から見れば、小物で魯鈍《ろどん》で、無様《ぶざま》な」

「太保、兄上も姉上も決して」

　馴行は強く首を振る。

「現実の人間には、疵《きず》がある。不備があるんだ。全員が兄のように完璧《かんぺき》じゃない。私は兄の語る理想が、まるでこの園林《ていえん》を造ろうとするもののように聞こえた。だが、国を造るということは本当の深山幽谷《しんざんゆうこく》を作ることなんじゃないのだろうか。こんな小さな石じゃないんだ、現実は。本当の岩壁を動かして美しい峰を造り、水を動かし樹木を動かして景色を整えることなど、果たして人間にできるんだろうか」

「それは……確かに、無理でしょうけど」

「私には、兄の語ってくれる才《さい》が、美しい夢幻《むげん》のように聞こえた。けれども、きっとそれをこそ理想と言うのだろうと、そう思っていたんだ。理想の才など造ることができるはずもない。そんなことは兄も承知で、常に念頭に置いて、一歩でも近づけるよう目指す――

理想とはそういうもので、だからどんなに高くてもいい、高いからこそ理想と言うのだろう、と」

「ええ……」

「でも、兄は本当に、それを実現しようとしている。けれど——その国は、私に言わせれば牢獄《ろうごく》だ」

「——太保《たいほ》」

「だって、そうだろう？　兄の思い描く国には、愚《おろ》かで無能な者の居場所などないんだ。官吏《かんり》はすべて道を弁《わきま》え、決して私欲に溺《おぼ》れず勤勉で有能でなければならない。民はすべて道を守り、善良で謙虚《けんきょ》で、働き者でなければならない。そうでない者の存在など、端《はな》から織りこまれていないのだから。では、そうでない民はどこへ行けばいいんだ？　国を追われるのか、殺されるのか、それとも絶対に悪心や怠惰《たいだ》を起こすことがないよう、監視され矯正《きょうせい》されるのか？」

「ええと……それは」

「それが兄の目指す国なら、私にとっては牢獄に等しい。——私にとって、あるべき姿をした国とは、そんな場所ではない。多少の怠惰《たいだ》や、狡《ずる》い振る舞いや、愚かや無能を包容できる余裕のある国だ。私はこのところ、真の理想郷とは、そうであるべきなのじゃないかと思う」

「そうなのかもしれませんけど」

「けれども、いまも兄は、自分が思い定めた理想を現実にすべく邁進《まいしん》している。実現するはずもない、あるべき姿に向かって突き進もうとしていて、それに些《いささ》かの疑問も抱いていないんだ。私は、兄は間違っていると思う……。そう申しあげるのだが、少しも耳を貸してはくださらない……」

青喜《せいき》が見上げた馴行《じゅんこう》の横顔は、悲壮《ひそう》な表情を湛《たた》えていた。

「……そういう話をして、それきり太保《たいほ》は、口を閉ざしてしまわれて。それでちょっと後味《あとあじ》が悪いまま御前《ごぜん》を退《さが》って、それきりです」

青喜の言に、栄祝《えいしゅく》は重々しい沈黙を作った。青喜は気拙《きまず》そうに栄祝を見上げる。朱夏《しゅか》は口を挟《はさ》んだ。

「……確かに、太保の仰《おっしゃ》りようは主上《しゅじょう》に対する批判ではあるのでしょうが。……でも、太保がもしも、万が一、主上に反意を抱いていたとして、それで太師《たいし》を殺《あや》める必要がどこにあるのです？」

「それはそうだが」

それよりも、むしろ——と、朱夏《しゅか》は口にしそうになり、危《あや》うく思い留まった。

騶行《じゅんこう》は三公府《さんこうふ》から戻るなり長明宮《ちょうめいきゅう》に出掛けた。それは太師《たいし》——父親である大昌《だいしょう》に、自らの思いを伝えにいったから、あるいは相談をしようと思ったからだとは考えられないだろうか。大昌も騶行の言に一理があると認め、そこに砥尚《ししょう》が来るなり呼ばれるなりして、姿を現す。二人は砥尚を諫《いさ》め、そして口論になる。激昂《げっこう》した砥尚は大昌を殺《あや》め、辛《から》くも逃げ出した騶行は、砥尚を恐れて王宮から逃れ出る。

「そう……太保《たいほ》だとは思えません。だって、太師は御首《みしるし》を落とされていたと」

栄祝《えいしゅく》は怪訝《けげん》そうにうなずいた。

「そんなことが、太保に可能でしょうか？　そもそも騶行さまは、高斗《こうと》の頃から、満足に武器を手に取られたことがありませんでした。貴方《あなた》も覚えているでしょう？」

民と一緒に戦わねばならないときにも、騶行は恐れて武器を手にしようとはしなかった。一部ではそんな騶行を陰で指さし、意気地《いくじ》なしだと嘲笑《ちょうしょう》していた。

「ああ……確かに」

「ろくに武器を手に取ったこともなく、剣技の心得もない騶行さまが、一太刀《ひとたち》で深手《ふかで》を負わせ、さらには首を落とすなどということが可能なのでしょうか」

栄祝は考えこんだ。

「……確かにあれは、剣技を知る者の仕業《しわざ》だろうな……」

「太保ではありません、栄祝。太保には不可能です」

そうかもしれない、と栄祝はうなずき、そして宙を見据《みす》えた。

「しかし、ならば誰が？」

呟《つぶや》いて、すぐに栄祝は目を見開く。はっとしたように朱夏を見た。朱夏は小さくうなずいてみせる。栄祝もその恐ろしい可能性に気づいたのだ。

栄祝は狼狽《うろた》えたように太宰《たいさい》らを窺《うかが》い、そうして深く重い溜息《ためいき》を落とした。朱夏もまた失意をこめて息をついた。——その時だった。

堂室《へや》の扉が唐突に開いた。雪崩《なだ》れこんできたのは、甲冑《かっちゅう》で身を固めた禁軍の兵卒たちだった。先頭に立っていたのは、左軍の師帥《しすい》、これが書状を一同に向かって突きつけた。

「家宰《ちょうさい》、及び大司徒《だいしと》、そして太宰及び小宰におかれては、謀反《むほん》の疑いあり、よっておお身柄を拘束《こうそく》させていただく」

4

朱夏は愕然《がくぜん》としたし、栄祝や他の者も同様だった。それはどういうことだと、声を揃《そろ》えての抗議も空《むな》しく、朱夏《しゆか》らは全員が腰縄《こしなわ》を打たれ、左内府《さないふ》の一室に押しこめられることになった。事情が分かったのは、大司寇《だいしこう》が更迭《こうてつ》されたのち、いまだ位の埋まらぬ長に代わって秋官《しゆうかん》を指揮《しき》する小司寇がやってきてからだった。

「太保《たいほ》には大逆《たいぎやく》の企《たくら》みあり、それをお知りになった太師《たいし》を殺害し、宮城《きゆうじよう》を出奔《しゆっぽん》いたしたものと思われる。そして、大司徒」

小司寇に表情もなく呼ばれ、朱夏は縄《なわ》をかけられたまま顔を上げた。

「そなたは、太保と誼《よしみ》を結び、台輔《たいほ》と申し合わせて失道《しつどう》の噂《うわさ》を捏造《ねつぞう》せしこと、すでに明白になっている」

朱夏は啞然《あぜん》として口を開けた。

「お待ちください。それは——台輔の不調は虚偽のものだと」

采麟《さいりん》が不調を偽《いつわ》り、その采麟と結託した朱夏が面会して失道だと証言した、そう言いたいのだろうか。まさか、采麟までもが謀反《むほん》に協力していると。どの世界に、自国の王に反旗を翻《ひるがえ》す麒麟《きりん》がいる。叫ぼうとした朱夏を、小司寇は短く遮《さえぎ》った。

「反駁《はんばく》はならぬ」

語調は強かったが、彼の面《おもて》には苦渋の色が深かった。小司寇とて、そんな法外な話を信じてなどいないのだ——。

「冢宰《ちょうさい》は自らの胥《げかん》を太保と通じさせていたであろう。胥が再々、太保と密会していたのが目撃されている」

待ってください、と青喜《せいき》は声を上げたが、これはまったく黙殺された。

「太宰《たいさい》、小宰《しょうさい》——及び、当日東宮門《とうぐうもん》の警護にあたっていた禁軍左軍の将軍は、いずれも馴《じゅんこう》行の凶行を助け、逃走を助けた。さらには冢宰《ちょうさい》と結託し、太師《たいし》の無念の死をあたかも不慮の頓死《とんし》のように偽《いつわ》り、凶行自体を無きものにいたそうとした。これまたすでに明白である」

小司寇は目を伏せたまま、まるで棒読みするように淡々と罪状を申し述べた。

「いずれの者も、秋官《しゅうかん》の沙汰《さた》があるまで自邸に蟄居《ちっきょ》せよ。温情によって縄《なわ》は解くが、官邸は兵卒によって封鎖される。邸《やしき》を出ることはまかりならず、余人と連絡を取ることもならぬと心得よ」

言った彼は、ちらりと朱夏らに目をやり、詫《わ》びるように面《おもて》を伏せた。釈然としない顔つきの兵卒によって引き立てられながら、栄祝《えいしゅく》が静かな声を上げた。

「ひとつだけ訊《き》きたい」

小司寇は顔を背《そむ》けたまま、返答はない。

「……これが主上《しゅじょう》の結論なのか」

やはり返答はなく、小司寇はただ深く首を垂れた。

朱夏《しゅか》らは縄《なわ》を打たれたまま燕朝《えんちょう》の南にある官邸《かんてい》へと連行され、その主楼《おもや》でようやく縄を解かれた。扉《とびら》は外から閉ざされ、甲冑《かっちゅう》で身を固め、武器を携行した兵卒に包囲された。

「ごめんなさい、兄上、姉上」

堂室《へや》に入るなり、青喜《せいき》が泣きそうな声を上げる。

「私が太保《たいほ》と話し込んでいたせいです。大変なことに巻きこんでしまいました」

「それは違うわ、青喜」

朱夏は、床に座りこんだ青喜の肩を抱く。

「貴方《あなた》のせいのはずがないでしょう」

「でも」

朱夏は首を横に振り、そして栄祝《えいしゅく》を見上げた。

「栄祝……これは」

朱夏は言ったものの、問わなくても分かっていた。砥尚《ししょう》は駲行《じゅんこう》の謀反《むほん》を信じているのだ。大昌《だいしょう》が殺害された夜、本当に何があったのかは分からない。あるいは朱夏が抱《いだ》いている疑いのとおり、大昌と駲行は砥尚が手にかけたのかもしれず、それはふたりの諫言《かんげん》が逆鱗《げきりん》に触れたからなのかもしれない。さもなければ、砥尚は事件に無関係で、駲行が大昌を殺《あや》め、逃げたのだと思っているのか。いずれにしても砥尚は駲行のその振る舞いを、噂《うわさ》どおりの大逆《たいぎゃく》だと断じた。その駲行と青喜が話しこんでいたことで、栄祝は共謀を疑われ、その妻であり、采鱗《さいりん》にたったひとり面会した朱夏《しゅか》もまた共謀を疑われることになった。

「……砥尚は、どうして」

栄祝は放心したように椅子《いす》に身を沈めている。

「台輔《たいほ》まで疑うなんて、そんな無茶な。砥尚はどうかしています」

「どうかしているに決まっている」

栄祝は低く呟《つぶや》いた。

「……失道《しつどう》の王なのだから」

朱夏は息を呑《の》んだ。

「大逆は死罪だ。……私たちは覚悟しなければならない」

「本当に砥尚が私たちを？　――そもそも砥尚はこんなことを、本気で信じているのでしょうか？　駲行様が謀反《むほん》だなんて。私や栄祝がそれに荷担するだなんて」

「台輔を疑うことができるなら、他の誰も疑いを逃れることはできないだろうな」

力無く言って、栄祝《えいしゅく》は朱夏《しゅか》と青喜《せいき》を見る。

「……砥尚《ししょう》の言うとおりだ、朱夏」

「言うとおり？」

「相手を信じられないとき、えてして人は相手ではなく、自分への確信を失っているのだ。砥尚は馴行《じゅんこう》を疑ったわけではあるまい。ただ——自分が道を失っていることを理解しているから、馴行殿の謀反《むほん》もあり得ないことではないと思えたのだろう……」

「そんな」

「いまの状況に一番苦しみ、動揺しているのは砥尚であって当然ではないのか。砥尚には高い理想と自負があった。にもかかわらず、失敗してしまった。砥尚は失敗を認めないふうを装っているが、少なくとも才《さい》が華胥《かしょ》の国などではないことは、痛いほど分かっているだろう。もっと良い国にできるはずだった、良い王になれるはずだった——それを一番疎《うと》んじているのは、当の砥尚ではないのか」

「……そうなのでしょうね」

「これではまるで扶王《ふおう》のようだ、と砥尚は思わずにいられないだろうし、ならば反意を抱く者がいても無理はないと感じるだろう。さぞ自分を侮蔑《ぶべつ》しているだろう、憎《にく》んでいるだろう、いっそ討《う》ってやりたいと思っているかもしれない——馴行も、私も、朱夏も」

朱夏は顔を覆《おお》った。——だが、砥尚が真に侮蔑《ぶべつ》し、憎んでいるのは自分自身なのだ。

「砥尚の命運は本当に尽きようとしている……」

朱夏は顔を上げた。

「私たちはどうなるのでしょう……いえ、台輔《たいほ》は？」

さあ、と栄祝は低く零《こぼ》す。

「死を賜《たまわ》ることになれば、少なくとも我々は砥尚の破滅を見ずにすむ……」

明けて翌日、堂室《へや》に蹲《うずくま》る朱夏らの許《もと》に、再び小司寇《しょうしこう》が訪ねてきた。堂室に入り、外から兵卒に扉《とびら》を閉めさせた小司寇は、悲嘆をいっぱいに浮かべて朱夏らを見た。

「……このようなことになってしまい、本当に申し訳ありません」

小声で言った小司寇は、蒼褪《あおざ》めた顔で書状を差し出す。

「主上《しゅじょう》は、台輔を奏《そう》へお出しになります」

「そんな……台輔はお身体《からだ》が」

朱夏の言に、小司寇は悲しげに首を振る。

「きっと……だからこそ、お出しになりたいのでしょう。主上自身、これ以上、お傍《そば》にいられないのです」

ああ、と朱夏《しゅか》は呻《うめ》く。砥尚《ししょう》は、病んでしまった采麟《さいりん》の存在に耐えられないのだ。

「おふたりには、台輔《たいほ》をお送りするように、とのことです」

言って小司寇《しょうしこう》は、青喜《せいき》を見る。

「随従は必要なだけ連れていくことを許されます。高岫《こっきょう》の奉賀《ほうが》まで台輔をお送りください。奏《そう》のお方がお出迎《でむか》えくださるそうです。確かに台輔を使者にお渡しになり、身辺を整え申しあげてから、おふたりは揖寧《ゆうねい》に戻ってこられるように、と」

朱夏は首をかしげた。小司寇はうなずく。

「お戻りになられてから、大逆《たいぎゃく》の定法《じょうほう》どおり、詮議《せんぎ》のうえ刑罰《けいばつ》を下す、とのことです。つまり——主上《しゅじょう》はおふたりに戻ってこられてはならぬ、と」

朱夏は言葉を失った。これが長年の党羽《なかま》に対する砥尚の温情なのだ。采麟を連れて奏に行き、そして戻ってくるな、と言っている。戻れば大逆の咎《とが》により、慣例どおり死を賜《たまわ》らねばならないから、と。

命を惜《お》しんでくれたのだと思うと、涙が零《こぼ》れた。砥尚はいまだに、栄祝《えいしゅく》や朱夏に対して友誼《よしみ》を感じてくれているのだ。にもかかわらず、大逆を問わねばならない。そんなことはあり得ないと一蹴《いっしゅう》はできない砥尚の心情を思うと、あまりにも悲しかった。諫言《かんげん》に耳を貸し、弱音《よわね》を吐き、相談をし、手を携《たずさ》えて王朝を立て直すことなどできないほど、すでに砥尚は追いつめられている。謀反《むほん》などあり得ないと言い切ることができるほど、己《おのれ》を信じることができない。きっと見下げたろう、侮蔑《ぶべつ》し憎《にく》んだろう、それがゆえの大逆だろうと思いながらも、死を賜《たまわ》るには忍びない——と。

小司寇は震える手で宣旨《せんじ》を栄祝に握らせる。

「どうか……主上のお心をお酌《く》みになって、くれぐれも戻ってはこられませんよう。才《さい》を離れて朝《ちょう》の末期《まつご》をお待ちになるのは、さぞやお辛《つら》いだろうとお察ししますが、おふたりがお戻りになられれば、主上はいっそう辛い罪を背負い込まれることになります」

心得た、と栄祝は低く言って、小司寇の手を取る。

「お前には辛い役目をさせた。苦衷《くちゅう》は察して余りある。心から礼を言う」

小司寇は深く頭を下げた。

「以後の御多幸をお祈りします……不遜《ふそん》ながら主上になり代わりまして」

さらに翌日、深夜、朱夏は宮 城《きゅうじょう》の門戸である皐門《こうもん》で、采麟と再会した。

「台輔……お加減はいかがですか」

夏官《かかん》に担《かつ》ぎ下ろされた輿《こし》を覗《のぞ》きこみ、朱夏は膝《ひざ》をついたが、采麟からは感情の色の見えない視線が返ってきただけだった。栄祝《えいしゅく》は初めてその病《や》み衰《おとろ》えた顔を見て、愕然《がくぜん》としたようだった。ぐったりと輿《こし》に横たわったままの少女は、虚《うつ》ろな目をして、けれども片手にしっかりと枯《か》れた枝を握《にぎ》っている。采麟《さいりん》はそのまま人目を憚《はばか》るように古びた馬車に移された。采麟の世話をするために付けられた女官《にょかん》は、わずかに三名、朱夏《しゅか》らもまた、同じく見《み》窄《すぼ》らしく装われた馬車に乗りこんだ。累《るい》が及ぶことを恐れ、青喜《せいき》の他に六人いた下官のすべてを朱夏らは伴っていた。彼らが無言で三両目の馬車に乗りこむ。

深夜の皐門《こうもん》はぴったりと閉ざされていた。周囲には人目はなく、ただ兵卒が三両の馬車を包囲していた。どちらも手綱《たづな》を握《にぎ》るのは夏官《かかん》、護衛か見張りか——そのどちらでもあるのか、各馬車にそれぞれ五人の兵卒がつく。やがて、ひっそりと皐門が開いた。小司寇《しょうしこう》を唯一の見送りに、朱夏らは宮城《きゅうじょう》を発《た》った。いかにも寂《さび》しい出発だった。

高岫《こっきょう》までは、馬車で一月以上、采麟を同行しているので、宿を取ることは一切できない。一行は馬車の中で眠り、そのぶん馬車は夜間も高岫を目指す。蔽《ほろ》に覆《おお》われた馬車は、その粗末な見かけにかかわらず、内部だけはそれなりに整えられていたものの、かといって居心地が良いはずもなく、ひたすら辛《つら》い旅になった。

さらに辛いのは、采麟の病が深いことだった。采麟は馬車の中の臥牀《ねどこ》に虚脱したように横たわったまま、時に我に返ると民を憐《あわ》れんで泣き、泣き疲れると砥尚《ししょう》を怨《うら》んで悲痛な声を上げた。轍《わだち》を連ねた旅のこと、たとえ乗りこむ馬車は違っていても、采麟の悲鳴にも似た声は朱夏らの耳にまではっきりと届いた。特に旅も後半になれば、世話をする女官ですら苦役に耐えかねて泣き崩れるようになった。憔悴《しょうすい》しきった女官に代わって、時には朱夏らが世話をする必要があった。そうなればもう、耳の塞《ふさ》ぎようがなく、目の逸《そ》らしようがない。

「みんな死んでしまうわ。国土が血で穢《けが》されてしまうわ、朱夏」

「台輔《たいほ》……そのようなことは」

「いいえ。主上《しゅじょう》は才《さい》をお見捨てになったのだもの。これから恐ろしい時代が来るわ。妖《よう》魔《ま》が湧《わ》く——湧いた妖魔が襲う以上に、主上が民を引き裂いてしまうわ」

私も、と采麟は両手で枯《か》れ枝を握《にぎ》る。

「……私も朱夏も、みんな殺されてしまう。主上はそうやって才を殺すの」

「とんでもございません」

とにかく采麟を宥《なだ》めようと、朱夏は苦しい嘘《うそ》を繰り返した。

「主上は台輔のお身体《からだ》を案じられておられるのです。どうして台輔に危害を加えられるなどということがありましょう。奏《そう》でお休みくださいと、そういうことでございます。どうぞお気を安んじて」

「違うわ。主上は捨てるの。私たちを投げ捨ててしまわれたの。……朱夏には、分からないの？　主上はたくさん民を殺すわ。何もかも全部取り上げて投げ捨ててしまう」

泣き崩れる采麟《さいりん》の手を取り、朱夏《しゅか》はひたすらに撫《な》でる。

「台輔《たいほ》、お願いですから……」

「さも名君のような顔をして——なのに何ひとつ恵んでくださらないまま、才を見捨ててしまうのだわ。華胥《かしょ》の国を見せてくださると言ったのに……！」

「台輔……」

「私は主上《しゅじょう》を信じて待っていたわ、朱夏。夜毎《よごと》の夢に才《さい》が近づいていくのだって。けれども離れていくばかりだった。才は少しも華胥の国のようではなかったわ。一歩も近づかないまま遠ざかっていった……あんなに約束なさったのに！」

突っ伏した采麟は、はたと顔を上げる。

「ああ……また王気《おうき》が翳《かげ》っていく……」

「台輔」

声をかけると、今度は朱夏に縋《すが》りつく。

「お願い、揖寧《ゆうねい》に戻して。主上をお助けしないと。……どうして朱夏は主上を見捨ててしまうの？　主上はたったひとりで沈んでいかれようとしているわ」

采麟は砥尚《ししょう》への思慕《しぼ》と憎悪《ぞうお》に引《ひ》き裂《さ》かれているように見えた。砥尚がどれほど素晴らし

い王で、砥尚《ししょう》を選んだ自分がどれほどに幸福だったかを語った口で、砥尚を罵《ののし》る。民を見捨てたと言って砥尚を責めたかと思えば、砥尚を見捨てたと言って朱夏《しゅか》を責めた。

「これでは、あんまりだわ……」

女官《にょかん》と世話を交代するたび、朱夏は馬車に戻って泣いた。

「姉上……」

心配そうに背中に手を当てる青喜《せいき》を朱夏は見上げた。

「砥尚が台輔《たいほ》を目の届かないところにやりたい気持ちはよく分かった。とても、見ていられない」

采麟《さいりん》の病は、過《あやま》ちの証左だ。それは砥尚だけの過ちではない。朱夏ら、砥尚に重用《ちょうよう》されて朝《ちょう》に席を得ていた官吏《かんり》たちの、全員の招いた結果が采麟の失道《しつどう》だった。単に病《や》み衰《おとろ》えていくだけなら——血の穢《けが》れによる穢瘁《えいすい》のように——これほど辛《つら》くは感じられないのかもしれない。だが、采麟のありさまは無惨《むざん》にすぎた。目を背《そむ》けずにいられない——確かに、それが道を失うということだろう。それは朱夏らに、自らが犯した無惨な失敗を否応《いやおう》なく突きつける。

「あれが、私たちのやってきたことの結果なのだわ。……でも、なぜ?」

朱夏は、青喜と栄祝《えいしゅく》を見比べた。朱夏にはいまだに、自らの犯した過ちが見えない。

「確かに私たちが理想ばかりを追っていたことは事実です。正道は自明のことで、道を求めるのが理想なのだと思っていたし、それを振《ふ》りかざしさえすれば、何事も思うように動くと思っていたことは否《いな》めない」

朱夏らが理想として思い描いていた国府《こくふ》には、職分から利をくすねて私欲を満たす官吏《かんり》など存在してはならなかった。だからそういう官吏があれば、それを排除した。彼らを排除すると、国は立ちゆかなかった。ゆえに彼らを復職させるしかなかった。結果としては確かに失敗だったのだろう。だが、それが朱夏らの――砥尚の罪なのだろうか。

邪《よこしま》な官吏に対しては、彼らの罪を明らかにし、懲罰《ちょうばつ》を与えれば本人は罪を自覚するだろう、罪に堕《お》ちた自分を省《かえり》みて恥じ、罰される彼らの姿を見て、同種の罪を抱《かか》えた者は心を変えるだろうと、思うとはなしに思っていた。罪に問われても恥じず、罰されても悔《く》い改《あらた》めない者がいることなど、念頭にもなかった。それが現実というものであり、朱夏らの現実に対する認識が甘かった、だから失敗したのだと言われれば、なるほどそのとおりなのかもしれなかった。

「……でも、それが私たちの罪なの？　太保《たいほ》が仰《おっしゃ》っていたように、私たちは牢獄《ろうごく》を作ってしまったの？　でも、私たちはべつに、民に正道を強要して、従わない者を虐殺《ぎゃくさつ》したわけではないわ」

専横する官吏に対しても、更迭《こうてつ》はしたが極刑を与えたわけではない。罪を裁くにあたっては温情をもってし、決して仁道《じんどう》に背《そむ》くようなまねはしてこなかったつもりだ。なのに国は荒れていった——采麟《さいりん》の荒廃《こうはい》と同じく。

こうして旅をしていれば、嫌《いや》でも目に入ってしまう。民は明らかに困窮《こんきゅう》している。困窮の理由の半分は、地方官吏《かんり》の搾取《さくしゅ》によるものだが、残りの半分は朱夏《しゅか》のせいだった。地を治めることを任されていながら、朱夏は充分に民を潤《うるお》すことができなかった。扶王《ふおう》の時代、官吏のほとんどは私欲を満たすことを優先して地を治めることを顧《かえり》みなかった。民が離散して荒れた農地、補修されずに埋まった水路、切れたまま放置された堤《つつみ》や、官の搾取に荒れた市井《しせい》や。それらを朱夏は、あるべき状態にしなければならなかった。やるべきことはあまりにも明らかだったが、国庫にはそれを実現する余裕がなかった。猾吏《かつり》の搾取に困窮した民に、重税を課すことはできない。砥尚《ししょう》は民を憐《あわ》れんで、賦税《ふぜい》を軽くしたが、すると国庫は充分に地を治めるだけの余裕を持つことができなかった。

采麟の病、国土の荒廃、民の困窮——旅はそのまま、朱夏に自らの落ち度を突きつけるものだった。それで朱夏は、ようやく高岫山《こうしゅうざん》が見えたときには、深い安堵《あんど》の息を吐いたのだった。

5

才《さい》の東に位置する高岫《こっきょう》の街、奉賀《ほうが》。才から奏《そう》へ抜ける門の先には、奏の官吏《かんり》、兵卒が待ち受けていた。朱夏らはそこで馬車を降り、才の兵卒に見守られ、歩いてその門道を進み、高岫を越えた。一団の先頭に立った少女が丁寧《ていねい》に一礼した。

「無事の御到着、心からお喜び申しあげます。私は宗王《そうおう》が公主《こうしゅ》、文姫《ぶんき》と申します。采台輔《さいたいほ》のお出迎《でむか》えに参じました」

ありがとう存じます、と応じたのは栄祝《えいしゅく》だった。栄祝は自身と朱夏の身柄を明らかにし、文姫に出迎《でむか》えの礼を述べた。文姫はうなずき、

「冢宰《ちょうさい》におかれましては、さぞお疲れでございましょう。采台輔もお疲れの御様子、奉賀に近い沙明山《さめいざん》に宮をご用意いたしました。——どうぞ」

文姫が示した先には、騎獣《きじゅう》と、それに乗せた輿《こし》が用意されていた。奉賀から沙明までは騎獣でわずか、沙明山は雲海を貫く凌雲山《りょううんざん》だった。麓《ふもと》にある城門を入り、隧道《すいどう》を抜けると雲海の上、そこにはこぢんまりとした離宮と広大な園林《ていえん》が広がっている。

「避暑のための離宮なのです。少し肌寒いかもしれませんが、采台輔のお身体《からだ》を考えると

奉賀《ほうが》に近いほうがよろしいかと」

正殿に采麟《さいりん》を送り、女官《にょかん》の手に渡してから、文姫《ぶんき》はそう朱夏《しゅか》らに説明した。

「ありがとう存じます」

朱夏が礼を言うと、文姫はにこりと笑む。

「少しでもお役に立てればいいのですけど。何か不足や不都合がありましたら、遠慮なくお申しつけください。采台輔《さいたいほ》が心細く思われてはお可哀想《かわいそう》なので、冢宰《ちょうさい》御夫妻には、正殿の隣《となり》の廂殿《はなれ》を用意させていただきましたが、それでよろしかったでしょうか」

「もちろんでございます。何から何までお心尽《こころづ》くしをいただきまして」

事実、離宮の端々《はしばし》にまで、心配りが行き届いていた。至る所に花が飾られ、多くの下官《げかん》が控《ひか》え、ほとんど着の身着のままに等しかった朱夏らのために、着る物はおろか、身辺の細々としたものまでが遺漏《いろう》なく揃《そろ》えられていた。

「どうぞ、まずはゆっくりなさってください。私はなるたけ目立たない辺りに控えておりますから、当面はここを御自宅と思《おぼ》し召《め》してお休みになってくださいまし」

朱夏は叩頭《こうとう》して謝礼を述べた。

実際のところ、朱夏にしろ栄祝《えいしゅく》にしろ、心にも体にも休息が必要だった。文姫はそんな朱夏らを心を込めて労《ねぎら》ってくれた。鑢《やすり》をかけられたように尖《とが》った朱夏の心に、それは喩《たと》えようもなく滲《し》みたが、同時にひどく悲しかった。他国の者にこれだけのものを与えられる奏《そう》のその、磐石《ばんじゃく》とも言える余裕が胸に痛い。

──わずかに二十余年。

「たったそれだけで朝《ちょう》が沈んでしまうなんて……」

朱夏は与えられた堂室《へや》の漏窓《まど》から園林《ていえん》を眺め、寂《さび》しく呟《つぶや》いた。

「奏《そう》のお方から見れば、さぞかし不甲斐《ふがい》なく見えますでしょうね」

心尽くしの果物を運んできてくれた文姫は、困ったように微笑《ほほえ》んだ。

「そんな仰《おっしゃ》りようをなさるものじゃありませんわ。朝は度《ど》し難《がた》いものです。特に革命から日が浅ければ浅いほど難しいのですから」

「そうなのでしょうか……」

そうですとも、と頼もしく言い切って、文姫は笑む。

「それより、朱夏さま、栄祝さまは、これからどうなさるのです？　おふたりは大変御立派な官吏《かんり》でいらしたとか。主上《しゅじょう》はできれば、奏をお手伝いいただければ、と仰っているのですけど」

まあ、と朱夏は声を上げた。一瞬、胸中を過《よ》ぎったのが歓喜であったことは否《いな》めない。

才《さい》にはもう居場所がない。官吏《かんり》としての朱夏《しゅか》は死んだのだ。これからどうすればいいのか――朱夏は不安に思わないわけにはいかなかったし、同時に成すべきことを充分に成すことができなかった官吏としての己《おのれ》に悔《く》いがあった。奏《そう》のような豊かで余裕のある国で、もういちど官吏としてやり直すことができれば、どれほど救われるだろう、と思った。

だが、栄祝《えいしゅく》は冷ややかな声を上げた。

「お言葉はありがたいのですが、そういうわけには参りません。我々には才を傾けた責任がございます。おめおめと貴国に養っていただくわけには」

「けれど、栄祝」

栄祝はきっぱりと首を振る。

「朱夏、そういうわけにはいかない。――私は、そろそろお暇《いとま》しようと思っている」

そんな、と朱夏は声を上げた。

「戻ってきてはならない、と砥尚《ししょう》が」

「確かにそうだが、だからといって温情に甘え、才を見捨てるわけにはいかない。確かに我々は、才に帰れば大逆《たいぎゃく》により罰《ばっ》されることが分かりきっている。だが、必ず死を賜《たまわ》るとも限るまい。逃げよと言ってくれた砥尚ならば、あるいは命だけでも助けてくれるかもしれない」

「けれど」

「もしも死を賜《たまわ》ることがあっても、それは罪の報《むく》いだ」

「私たちは大逆《たいぎゃく》など――」

「してない、と言えるのだろうか。我々は革命にあたり、尊い地位を与えられながら、砥尚を助け、朝《ちょう》を助けることができなかった。みすみす民を苦しめ、不義をなし、主上《しゅじょう》に不忠をなしたことには違いない。ならば大逆の誹《そし》りは決して不当ではないだろう。大逆によって死を賜るなら、それも致し方ないように思う」

「……栄祝」

「万が一、砥尚が命を惜《お》しんでくれれば、まだ砥尚のためにしてやることがあるかもしれない。道を取り戻させることは難しいだろうが、決して不可能だと決まったものでもあるまい。そのために働ければよし、そうでなくても、生き永らえることがあれば、砥尚が破滅した後、民を支える者が才には必要だろう。空位の才を支えることで、せめて民に対する不義だけでも償《つぐな》わなくてはならない。……違うか?」

朱夏は沈黙した。

「砥尚は台輔《たいほ》を送って戻ってこいと言った。少なくとも宣旨《せんじ》にはそうあった。ならば、我々は戻らなくてはならない。――どうだ、青喜《せいき》?」

栄祝《えいしゅく》は堂室《へや》の隅《すみ》に穏和《おとな》しく控《ひか》えていた青喜《せいき》を振り返った。青喜は軽く息を吐く。

「……なんとなく、兄上ならそう仰《おっしゃ》るんじゃないかという気がしてました」

「お前はここに残ってもいいぞ」

「御冗談を。兄上だけでも戻られるのなら、絶対にお供《とも》しますからね。私がいなかったら兄上は刑場にだって寝坊《ねぼう》していかれるに決まってるんですから」

栄祝はちらりと笑い、朱夏《しゅか》を見た。そんな、という文姫《ぶんき》の声を聞きながら朱夏はうなずいた。

栄祝の言う通りだ、と思った。朱夏らは才《さい》を傾けた。それは理想にばかり拘泥《こうでい》し、あまりに現実を軽んじていた朱夏らの不明のせいなのかもしれない。ならばいっそう、ここで命を惜《お》しみ、民を犠牲《ぎせい》にしてまで貫いたものを投げ捨てるわけにはいかないのだ。

——私たちには、正道に殉《じゅん》じる義務がある。

文姫は引き留めたが、朱夏らは結局、采麟《さいりん》の身辺を整えてから沙明宮《さめいきゅう》を辞した。世話をする女官《にょかん》、下官《げかん》たちはそこに残した。くれぐれも采麟を頼むと言い置いて、沙明山を下りたのは、朱夏と栄祝、青喜《せいき》の三名、文姫は半ば不承不承《ふしょうぶしょう》、騎獣《きじゅう》を掻《か》き集《あつ》めてくれた。三名の随従が手綱《たづな》を取る騎獣に乗り、朱夏らはわずかに二日の旅程で揖寧《ゆうねい》に戻った。彼らは揖寧へと入る城門の前で朱夏らを下ろすと、御無事で、と言い置いて去っていった。城門を入り、王宮へと戻るのには、何の造作《ぞうさ》もなかった。本来──朱夏らは、采麟を送って戻ってくることになっていたのだから。

朱夏らは五門を抜けて燕朝《えんちょう》に戻り、内殿に向かって帰還の挨拶《あいさつ》をした。戻った彼らを見て、砥尚《ししょう》は甚《はなは》だ昏《くら》い眼《め》をした。

「……冢宰《ちょうさい》、大司徒《だいしと》、どうして」

泣きそうな声で言ったのは、朱夏らを送り出してくれた小司寇《しょうしこう》だった。彼は朱夏らを官邸へと連れ戻しながら、小さく悲痛な声を上げた。

「むざむざと裁かれるおつもりですか」

「主上《しゅじょう》のお決めになることだ。そうなればなったで致し方あるまい」

栄祝が言うと、小司寇はうなだれた。

「……太宰《たいさい》と小宰《しょうさい》は」

「秋官《しゅうかん》の沙汰《さた》を待っております。秋官はできるだけ結論を先送りにしようと、とかくの理由をつけて詮議《せんぎ》を長引かせているところです。主上も急げとは仰《おっしゃ》らないので……」

「主上の様子は」

小司寇は無言で首を振った。

「ずいぶんとお顔の色が悪いようだったが」

「御酒《ごしゅ》が過ぎるようです。朝議《ちょうぎ》に泥酔《でいすい》していらっしゃることも再三で……朝議の間もお心はそこにないようで、ときに意味不明のことを口走られたり、唐突に叫びをお上げになることもあり、ほとんど朝議は成り立ちません」

そんなに、と朱夏《しゅか》は溜息《ためいき》をついた。砥尚《ししょう》もまた病んでいるのだ。砥尚の朝《ちょう》は、激しい勢いで沈もうとしている。

朱夏らは小司寇《しょうしこう》に送られ、久々に官邸《かんてい》へと戻った。朱夏らが留守の間に何者かが荒らしたのだろう、急の出立《しゅったつ》でほとんどの道具が残されていた官邸の中からは、それなりに値打ちのあるものの一切が消えていた。

「何ということを……」

絶句した小司寇を、栄祝《えいしゅく》は宥《なだ》める。

「気にすることはない。それよりも、ずいぶんと官吏《かんり》もすさんでいるようだ。我々の私物などどうなってもかまわないようなものだが、王宮の宝物を荒らされないよう、気をつけたほうがいい。あれはこの先、才《さい》をお救いくださる新しい王のものなのだから」

栄祝が言うと、小司寇は顔を歪《ゆが》めて深く一礼をした。

6

朱夏らは穏和《おとな》しく自邸で詮議《せんぎ》を待った。主楼《おもや》から見える園林《ていえん》は、すっかり初夏の色を見せている。登用されて官邸を賜《たまわ》りながら、朱夏はこのときまで、ろくに園林を眺める暇《ひま》も持たなかった。無我夢中で駆《か》け抜《ぬ》けた二十余年、栄祝と顔を合わせることすら、朝議の席が精々《せいぜい》という日々が続き、いつの間にかそれで当然のような気がしていた。青喜《せいき》と三人、落ち着いて園林を眺めることなど、皆無だったと言っていい。――すっかり覚悟がついたせいか、朱夏はそんなことを考えるほど平穏な気分でいられた。

そして待つこと二日、昼下がりに小司寇《しょうしこう》が駆《か》けこんできたのだった。

「冢宰《ちょうさい》、もしもよろしければ、これにお召し替えになっていらしてくださいませんか」

小司寇が差し出したのは、奄　奚《げなんげじょ》が身につける袍子《きもの》だった。

「……どうした」

「太保《たいほ》が見つかりました」

え、と朱夏は声を上げた。

「馴行《じゅんこう》が？　どこに」

「水陽殿《すいようでん》です。……亡《な》くなっておられました」

朱夏《しゅか》は息を呑《の》んだ。小司寇《しょうしこう》は説明する。――朱夏らの邸宅が荒らされていたと報告を受けた天官《てんかん》は、栄祝《えいしゅく》の助言に従い、王宮の御物《ぎょぶつ》を確認した。調べてみると、近頃王宮では、砥尚《ししょう》の王朝に先行きなしと見限った猾吏《かつり》による略奪が横行していたのだった。さすがにそれが王宮の深部――路寝《ろしん》や燕寝《えんしん》にまで及ぶことはなかったが、天官、秋官《しゅうかん》は協議のうえ、見回りを強化することにした。そして、後宮《こうきゅう》の奥――北宮《ほくぐう》の主殿である水陽殿を見回った天官が、激しい腐臭《ふしゅう》によってそれを発見したのだった。

馴行《じゅんこう》の遺体は、佳氈《しきもの》にくるまれ、水陽殿の横屋《こや》に押し込まれていた。死後かなりの日数が経過していると見えて、ほとんど原形を留《とど》めないほど腐敗していたが、その着衣から馴行であることは明らかだった。

「長明殿《ちょうめいでん》から消えていた佳氈に間違いございません。御遺体の様子からすると、太保《たいほ》はやはり、太師《たいし》が亡くなられたのと相前後して何者かに殺害されたようです。中には、華胥《かしょ》華朶《かだ》が一緒に包まれてございました」

「華胥華朶が？」

「はい。しかも枝が折れて欠けてございました。斬撃を受けた際に、懐《ふところ》にでもお入れになっていたものが折れたのかもしれません。いずれにしても、北宮にはほとんどの者が立ち入ることができません。それがおできになるのは——」

「……主上《しゅじょう》」

小司寇は、無言でうなずいた。

「事が事だけに、主上に奏上《そうじょう》もいたしかね、太宰《たいさい》、小宰もおられず、今後どうすればよいのか分かりません。誰かに采配《さいはい》をいただかないことには……」

「母上——太傅《たいふ》は」

「お知らせしてございます。その太傅が、こっそり冢宰《ちょうさい》の采配を願ってはどうか、と」

そうか、と呟《つぶや》き、栄祝は小司寇から袍子《きもの》を受け取った。

「……参ろう。待たれよ」

栄祝が臥室《しんしつ》に向かったあと、堂室《へや》の隅から青喜《せいき》がおずおずと声を上げた。

「あのう……小司寇、ひとつ伺ってもいいですか」

「——何だ？」

「華胥華朶の折れて欠けた先は、見つかったんですか？」

いや、と小司寇は怪訝《けげん》そうに答えた。青喜は考えこむふうをし、臥室から奄《げなん》の形《なり》をして出てきた栄祝を呼び止める。

「兄上、太保のお身体《からだ》をよくよく検分してください。ひょっとしたら、折れた枝の先は、太保《たいほ》のお身体《からだ》の中にあるかも。——行ってらっしゃいまし。お気をつけて」

「……どうして、あんなことを？」

栄祝《えいしゅく》を見送った後、朱夏《しゅか》が問うと、青喜《せいき》は困ったように首を竦《すく》めた。

「ちょっと思っただけです。ええと、何となく」

「駄目よ、青喜。座りなさい。どうしてなのか、聞かせて」

青喜は居心地悪そうに椅子《いす》に腰を下ろし、叱られる子供のように畏《かしこ》まった。

「だから……太保のお身体《からだ》はひどく傷《いた》んでいるって。太師《たいし》が殺《あや》められたとき、太保も殺められたんではないかって仰《おっしゃ》っていたでしょう。ほら、血糊《ちのり》がひとりぶんにしては多い、という話もあったじゃないですか。それはやっぱり、太保のものが混じっていたせいだったんだと思うんですよ」

「ええ……そうなのでしょうね。それが？」

「でも、太保に狼藉《ろうぜき》を働いた者は、なぜ太師の御遺体をその場に残して、太保の御遺体だけを運び去ってしまったんでしょう？　もちろん、理由なんかいくらでも考えられるんですけど、華胥華朶《かしょかだ》が一緒に見つかった、しかも枝が折れていた、というからには、そのせいだったんじゃないかと思ったんです。何らかの理由で華胥華朶が太保に刺さってしまったんじゃないでしょうか。そのときに枝が折れて馴行《じゅんこう》さまのお身体《からだ》の中に残ってしまった。だから馴行さまの御遺体を隠さなければならなかったんじゃないか、って」

「……なぜ？　折れた枝を抜き取るか、それができないのなら、華胥華朶ごと放置していけばいいのじゃないの？」

「そうなんです。だから……太保の御遺体を隠したのは、華胥華朶がそこにあったことを知られたくなかったからだ、と思うんですけど……」

「どうして？」

　青喜は、しゅんと首を垂《た》れた。

「華胥華朶はそもそも台輔《たいほ》のもの、それを馴行さまが砥尚《ししょう》さまに献じた。持っているのは、砥尚さまのはずです」

「……ええ」

「私はあの日、馴行さまにお会いしました。馴行さまはその時、華胥華朶を砥尚さまに差しあげたと言っておられたし、献上したあと、華胥華朶がどうなったのかをご存じないようでした。少なくともあの日まで、馴行さまは華胥華朶を御覧になってはいなかったんです。では、華胥華朶はいつ、砥尚さまの許《もと》から馴行さまの許へと運ばれたのでしょう？」

「あの夜、砥尚《ししょう》が持って東宮《とうぐう》を訪ねた……？」

「だと思うんです、確実じゃないですけど。砥尚《ししょう》さまが下官《げかん》に命じて届けさせた、ということだってあるわけですからね。ただ、あの日、砥尚さまが華胥華朶《かしょかだ》を持って東宮《とうぐう》に向かわれたなら、砥尚さまは絶対に華胥華朶がそこにあることを知られたくなかっただろうと思うんです。砥尚さまだけは、他ならぬ自分が華胥華朶を運んだことを知っていらっしゃるわけですから」

「では……本当に砥尚なの？」

たぶん、と青喜《せいき》は悲しそうに答えた。

「なぜ、砥尚はそんなことを」

「なぜなんでしょうねえ。……もっと不思議なのは、砥尚さまはなぜ、胸を張って御自身がやられたのだと仰《おっしゃ》らなかったのか、ってことです」

え、と朱夏《しゅか》は顔を上げた。

「だって、砥尚さまはこの国の王なんですよ。仮に砥尚さまが太師《たいし》、太保《たいほ》を殺《あや》められたとしても、それで主上《しゅじょう》を裁くことのできる人間がどこにいるって言うんです？」

「それは……きっと砥尚が潔癖《けっぺき》だからだわ。砥尚は自分がそんな残虐《ざんぎゃく》を行なったことを、知られたくはなかった。それでなくても、朝《ちょう》の傾いているこの時期に」

「それでも隠す必要があるかな。馴行《じゅんこう》さまには謀反《むほん》の噂《うわさ》もあったわけでしょう。たとえそれがなくたって、馴行さまが反した、だから斬《き》り捨《す》てたと言えばそれですむのじゃ」

「謀反《むほん》があれば、民も官も、砥尚の王者としての資格を疑うわ」

「でも、主上は馴行さまが反意をもって太師を殺《あや》めた、姉上、兄上と共謀して謀反を企《たくら》んでいたと仰《おっしゃ》ったわけでしょう。そしてその罪によって私たちを裁くおつもりだった」

「……それは、そうだけど」

「謀反があったとは言えなかった——そういうことではないと思うんです。自分の犯した罪を恐れられ、なかったことにしたかったら、御遺体を隠すより、むしろ謀反だと仰いますよ。御遺体を隠したって、砥尚さまは自分の罪をご存じです。自分のせいじゃない、馴行さまが悪かったのだと言えば、自分の罪から目を逸《そ》らすことができるんですから」

　確かにそうだ、と朱夏はうなずく。

「では……なぜ？」

「分かりません。でも、私は華胥華朶がとても気になります。砥尚さまは太師の御遺体は放置したけれども、華胥華朶は隠された。人を殺めたという罪よりも、華胥華朶のほうを恐れているみたいに。——そもそもなぜ、砥尚様は華胥華朶を東宮に持っていかれたんでしょう。いいえ、華胥華朶だけじゃない……」

　朱夏は瞬《またた》く。

「だけじゃない？」

「もちろんです。砥尚《ししょう》さまは華胥華朶《かしょかだ》と剣を持って東宮《とうぐう》にいらしたんです。そもそも路《ろ》寝《しん》、燕寝《えんしん》では、門卒《もんばん》と護衛の官以外、剣を携行しないのが慣例です。主上《しゅじょう》でさえ、剣を帯びていられるのはご自身の居宮である正寝《せいしん》だけ、仁重殿《じんじゅうでん》と東宮には、主上といえど護衛といえど、剣を携行していくことはできません」

朱夏《しゅか》ははっとした。

「砥尚《ししょう》さまは、そもそも東宮にいらしたとき、あえて剣を携《たずさ》えていかれたのです。最初から太師《たいし》、太保《たいほ》をお斬《き》りになるおつもりだったかはともかくも」

砥尚は東宮に行こうと思い立った。剣を摑《つか》み、華胥華朶を摑んで。それが殺意の発露だとは限らない。だが、少なくとも怒りの発露ではなかっただろうか。どこかに向かうに際して武器を携えていくとすれば、それは懼《おそ》れか怒りのせいだろう。懼れのあったはずがない。少なくともその夜、長明殿《ちょうめいでん》にいるのは、痩《や》せた老人と貧相《ひんそう》な小男でしかなかった。共に剣を持ったこともないような、砥尚にとっては脅威《きょうい》となるべくもない人物。

「砥尚は怒っていたのだわ……怒りにまかせて、剣を握《にぎ》り、華胥華朶を握って東宮へ向かった……」

「だと思うんです。問題は、なぜ華胥華朶が砥尚さまの怒りに関係していたのか、ということなんですよね」

「砥尚は馴行《じゅんこう》を怒ったのでしょう？　台輔《たいほ》のものを取り上げて恥をかかせた、と言って」

「それは、馴行さまが華胥華朶を献上したときの話でしょう。そのときならともかく、いまになってお怒りになりますかね？」

朱夏は考え、はたと思い至った。

「砥尚は華胥華朶を使ったのでは？　そして、自分の理想とする才《さい》が、理想の国でなんかないと知った。だから――」

青喜《せいき》は溜息《ためいき》をつく。

「かもしれません。……よく分からない。理由は分からないのですけど、華胥華朶に何か関係があるんだと思うんです。馴行様が華胥華朶を献じたことが、始まりだったんじゃないかって」

そうかもしれない、と朱夏は胸を押さえた。

「……だったら、それは栄祝《えいしゅく》の罪でもあるのね……」

「兄上の？　なぜです？」

「そもそもそれを勧《すす》めたのは栄祝なんですもの」

朱夏の言葉に、青喜はきょとんと目を丸くした。

「兄上が？　兄上が勧《すす》めたんですか？」

「ええ……だと思うわ。私はたまたま行き合って、栄祝《えいしゅく》と馴行《じゅんこう》が話をしているのを耳にしたのだけど。あの頃、馴行は砥尚《ししょう》に何も有益な助言をしてあげられないこと、何の助けもできないことをとても気に病んでいたのよ。頼りにならない弟だって、砥尚から見限られてしまうのじゃないかって。それで栄祝が勧めたのだと思うわ」

朱夏《しゅか》はたまたま園林《ていえん》の樹影越し、通りかかっただけなので、会話のすべてを聞いたわけではない。だが、栄祝が、華胥華朶《かしょかだ》を献じてみれば少しはお役に立てるかもしれない、このことは秘しておくから、馴行の発案だったということにすればいい、と勧めているのだけは耳にした。

「……そんな」

青喜《せいき》は顔を強張《こわば》らせた。朱夏は眉《まゆ》をひそめる。

「それが、どうかしたの？」

「あ……いや、何でもないです。ちょっと驚いただけで……」

「その顔は何でもないという顔じゃないわ。何なの、青喜」

青喜はひどく迷っている様子だった。何度も逃げ場を探すように堂室《へや》を見回し、朱夏の顔と見比べる。

「言ってちょうだい。いまは非常時なのよ」

「あのう……だから、馴行さまはすごくきっぱり否定されたんで……」

「何のこと？」

ですからね、と青喜は深く息を吐く。

「私がお会いしたときのことです。砥尚さまは華胥華朶を使われて、自分の理想が正しいことを確認なさったから確信がおありなんだろうか、というような話をしたんです。そしたら馴行さまはすごくきっぱり、それはあり得ない、って否定されたんですよ。私はそれがすごく奇妙な気がして」

「なぜ？」

「だって、馴行さまはいつだってお兄さまの意見大事だったじゃないですか。砥尚さまが白と言えば白、そういう方で、お兄さまと自分を引き比べて、いつだって自分のほうが劣っているんだって思っておられるような方で……その方が、ああもきっぱり言い切るなんて変な感じがしたんです」

「それは……そうかもしれないわね」

「それで――根拠は何もないんですけど、ひょっとしたら、馴行さまは、華胥華朶を使われたのかなって思ったんです」

朱夏《しゅか》は口を開いた。――それは、あり得る。駲行《じゅんこう》は助言のできない自分に気落ちしていた。采麟《さいりん》から下賜《かし》された華胥華朶《かしょかだ》を得て、砥尚《ししょう》に献じる前に、それを使ってみることは、いかにもありそうなことだ。華胥の国がどういうものだか知ることができれば、有効な助言もできるだろう。華胥華朶は采《さい》の国氏《こくし》を持つ者にしか使えないが、王弟であった駲行は、もちろん国氏を持っている。

「じゃあ……駲行は華胥の国を見て、それで、それが才《さい》とは――砥尚の目指している才とは別物だと確認したのね？」

「だと思うんですよ。だから、こうもきっぱり否定なさるのかな、と私は思ったんです。でも、だったらちょっと妙な気がして」

「妙？」

「ええ。駲行さまが華胥の国を見て、それは才とは別物だと思われたなら、砥尚さまが華胥華朶を使われて、満足なさることは絶対にあり得ないはずです。なんだけど、砥尚さまは本当に華胥華朶を使わないでいられたでしょうか？」

「それは……」

「砥尚さまは本当に迷っておられたんですよ。連日東宮《とうぐう》を訪ねられて、太師《たいし》や母上と話しこんでおられた。砥尚様だって、自分の座った椅子《いす》が壊《こわ》れそうだってことは分かっておられたはずです。今、道を正さなかったら、このまま終わってしまうんだってことは分かってらっしゃった。そこに、答えを教えてくれる宝重《ほうちょう》を差し出されて、それを使わないでいるなんてことができるのかな」

「……それは難しいかも……」

「でしょう？　でも、華胥華朶を使えば、砥尚さまはすごく絶望するか、あるいは急に政《まつりごと》を方向転換なされるか、どちらかだったと思うんですよ。でも、そのどちらもなかった。砥尚さまは唐突に、とても確信的になられた。駲行さまの記憶によれば、ちょうど華胥華朶を砥尚さまに献じた頃からです」

「砥尚は華胥華朶を使ったの？　それで確信を——いいえ、そんなはずはないわね」

「の、はずなんです。でも……台輔《たいほ》がおられる。台輔は何度も何度も仰《おっしゃ》ってました。一度だって夢の中の才と、現実の才が重なることはなかった、離れていくばかりだった、って。華胥華朶の夢で見た華胥の国と、才は少しも近づかなかった、ってことですよね、それ」

でしょうね、と朱夏は俯《うつむ》く。そこまで過《あやま》ちは深かったのかと思うと、ひどく情けなく、辛《つら》かった。

「でも、本当にただの一度も、なんてことがあるんでしょうか？」

朱夏《しゆか》は青喜《せいき》を振り仰ぐ。

「少なくとも登極《とうきよく》なさった当初、砥尚《ししよう》さまは天意を受けておられたんですよ？　王朝の最初の一歩から、まったく見当違いの方向に踏み出されたなんて──そこまで踏み違っておられて、二十余年とはいえ、玉座《ぎよくざ》が保《も》つんでしょうか。そもそも天命が下るでしょうか」

「……そこまで酷《ひど》くはなかったはずだわ。確かに、私たちはたくさんのことに失敗したけれども、巧《うま》くいっているように見えた時期もあったし、ほんの少しぐらいは、失敗せずにすんだこともあったと思うの。そう思いたいだけかもしれないけれど」

「でしょう？　……何か変なんです、華胥華朶《かしよかだ》は。華胥華朶は華胥の国を夢にして見せてくれると言われてますけど、そもそもそれが間違っているんじゃないでしょうか」

「分からないわ。それは、どういう」

「ひょっとしたら、華胥華朶は、使う者によって見せる夢が違っているんじゃ」

そんな、と朱夏は口を開けた。

「でも、そう考えると得心がいくんです。台輔《たいほ》は華胥華朶を使っておられた。けれども台輔の見た華胥の国は、台輔だけのもの。だから砥尚さまの目指していたものとは、重なることがなかった。馴行《じゆんこう》さまも使われた。そして馴行さまが見た華胥の国も、馴行さまだけのもの、台輔の見ておられた華胥の国とも違うし、才《さい》のありようとも違っていた」

「まさか……そして砥尚も使った、と？　砥尚は砥尚の華胥の国を見た。それは砥尚の目指したものと一致していた。だから砥尚は突然、確信的になった……と」

青喜《せいき》はうなずく。

「華胥華朶の見せる華胥の国は、理想郷の名ではないんだと思うんです。国のあるべき姿を見せてくれるんじゃない。砥尚さまが見る華胥の国は、砥尚さまが理想とする国なんだと思うんです。砥尚さまは、砥尚さまが理想とするところの国を夢で見たのだし、台輔は台輔の理想とするところの国を夢で見た。きっとそれは、慈悲《じひ》で埋め尽くされた国でしょう。麒麟《きりん》の見る夢なんですからね。一片の無慈悲も入り込む余地もない。だったらそれが現実の才と重なることなんてあり得ないです。――そういうことだと思うんです。華胥華朶は正道を示さない。使った者の理想を形にして夢として差し出すだけなんだって」

それで確かに形は合う。朱夏は認めねばならなかった。

「でも、そんな宝重《ほうちょう》に何の意味があるの？」

「意味ならありますとも。だって意外に人は、自分が何を望んでいるか、知らないものなんですから」

まさか、と朱夏は失笑した。青喜は困ったように眉尻《まゆじり》を下げる。

「姉上には迷う、ということがないんですか？　自分を摑《つか》みかねるということは？」

「それは……」

「たとえば姉上は、奏《そう》から才《さい》へと戻ってこられましたよね。けれども姉上は、奏の公主《こうしゅ》から奏で働いてくれないか、と言われたとき、とても嬉《うれ》しそうでした。あれは奏に残りたいということだったんじゃないんですか？　けれどもこうして才《さい》に戻ってきた。それはなぜです？」

「それは……栄祝《えいしゅく》の言い分に一理があると思ったからだわ。確かに私は奏に残りたいと一瞬だけ思いました。けれど、栄祝の言うとおり、才がここまで傾いた責任の一端は、私にもあります。正道を掲《かか》げて扶王《ふおう》を糾弾《きゅうだん》し、砥尚《ししょう》と共に朝《ちょう》を築いた。それなのに、ここで正道を捨てることがどうしてできるでしょう」

「それは、捨ててはならない、と自分に課している、という意味ですか？　それとも、捨てられない、という意味ですか？」

朱夏《しゅか》は困惑した。青喜《せいき》の問いかけはあまりに微妙だ。

「捨ててはならないと自分に課しているのだと言えばそうなのかもしれないわ。私は、ここで正道を投げ捨てるようなことはしたくないの。してはならない、と思うの」

「してはならない、は自分に対する禁止ですね？　それは投げ捨てることに誘惑を感じるからこそ、禁じなければならないんじゃないんですか？」

「そうじゃないわ。捨てたりしない人間でありたいのよ。投げ捨てれば絶対に後悔するわ。とても自分が嫌《いや》になると思うの。そんな人間になってしまうことは嫌なの」

「それだって、やはり誘惑を感じている、ということですよね？」

朱夏は言葉を失った。なんだかひどく、自分が薄汚《うすぎたな》い生き物に思え、いたたまれなかった。青喜は微笑《ほほえ》む。

「ああ、そんな貌《かお》をなさらないでください。姉上のそれは、蔑《さげす》むようなことじゃないです。道なんて投げ捨てて、奏でやり直したいと思うのは、人として当然のことですよ。誘惑を感じないはずがない。それを抑えて、ちゃんと道を守っていられるから、姉上は立派だと思うんです。最初から誘惑を感じない人が道を守っていられるのは当然のことで、立派でも何でもないです。罪に誘惑を感じる人が、罪を断固《だんこ》として遠ざけていられる、そのことのほうが何十倍も立派なことなんですよ。――でしょう？」

「そうなのかしら……」

「そうですとも。――でもね、そんなふうに人は自分の本音に、疎《うと》いものなんですよ。私はそう思うんです。本当に望んでいるのはこれなのに、そうであってはならないと感じる、あるいはそれを望めばいっそう悪いことになるのじゃないかと不安に思う、不安に思っている自分が不快で、不安などないふりをすることもあるでしょうし、端《はな》から、これを望むのが当然だと信じて疑ってない、なのに心のずっと深いところで納得できてないってこともあるでしょう。人間なんて複雑なんです。いろんな想《おも》いが錯綜《さくそう》して、蓋《ふた》をしたり捻《ねじ》れたりして、本当に望んでいることを覆《おお》い隠してしまう」

「……そうかもしれないわ」

「だとしたら、華胥華朶《かしょかだ》があればとても助かるでしょうね。そういう迷いや縺《もつ》れを全部取り除いてくれて、自分が本当に望んでいる国の姿を見せてくれれば、妙なことで迷わないですむんですから。私は、華胥華朶とはそういうものなんだと思うんです。理想を濾《こ》して不純なものを取り除いてくれるものなんだって」

朱夏《しゅか》はうなずいた。青喜《せいき》は微笑《ほほえ》み、そして顔色を曇《くも》らせる。

「問題は、兄上はそれに気づいてらっしゃったのだろうか、ということです」

「栄祝《えいしゅく》が知っているはずなんかないわ。華胥華朶はずっと、国のあるべき姿を見せてくれるということになっていたんですもの」

「だったらいいんですけど……」

青喜は目を逸《そ》らした。

「もしも兄上が華胥華朶の本当の意味をご存じで、それであえて馴行《じゅんこう》さまにそれを勧《すす》めたのだとしたら、これは大変な罪です……」

罪、と呟《つぶや》き、朱夏もそれに気づいた。血の気の引いていくのが、自分でも分かった。華胥華朶は国のあるべき姿を見せるわけではない、単に夢見る者の理想を明らかにするだけなのだと分かっていて、砥尚《ししょう》にそれを与えたのだとしたら。砥尚は何も知らず、華胥華朶を使い、自らの理想は正しかったのだと再確認してしまったのだとしたら、――それはみすみす、失道《しつどう》に向かって砥尚を押し出すことだ。砥尚は華胥華朶を使ったために、あたら自らの進むべき道を正す機会を失ってしまったことになる――。

7

朱夏はその日、眠れなかった。臥牀《ねどこ》の中で栄祝が戻ってきた物音を聞いたけれども、寝入ったふりをして出迎えることもしなかった。いまは栄祝の顔を見ることができない。

栄祝は華胥華朶がどういうものだか知っていただろうか？　知っているはずがないと思う一方で、知っていても不思議はない、と思う。采麟《さいりん》の見る華胥の国は、ただの一度も現実の才《さい》と重ならなかった。少しも近づいていない――それさえ耳にする機会があれば、華胥華朶に疑惑を抱くことは可能だし、疑ってみればその真の働きに気づくことも不可能ではない。

もしも知っていて、馴行《じゅんこう》にそれを勧《すす》めたのだとしたら。自分が馴行を介し、勧めたことを隠すために、それを秘しておいたのだとしたら。栄祝《えいしゅく》は、砥尚《ししょう》の見る夢が、砥尚の進む道を正すことなどあり得ない——確信をもって失道《しつどう》に向かうことになると承知で、それを勧めたことになる。つまりは、栄祝は砥尚に道を失わせたのだ。

そんなことがあり得るはずはない。栄祝は砥尚の朋友《ほうゆう》であり、兄弟にも等しい存在だったのだから。砥尚が道を失えば、それを支えていた栄祝にも罪は生じる。それを懼《おそ》れこそすれ、求める理由などあるだろうか？

そう思う一方で、だからこそ砥尚は怒ったのではないか、と感じた。馴行は華胥華朶《かしょかだ》を献じ、砥尚はそれを使った。そして自分の理想に確信を得て、誤った道を突き進んだ。自己を正す最後の機会を、砥尚は華胥華朶のせいで失った。もしも砥尚が華胥華朶の真の意味を知ってしまえば、——何もかも承知で馴行がそれを献じたのだと誤解すれば、剣と華胥華朶を握《にぎ》りしめて東宮《とうぐう》に向かうことは、極めて自然なことに思われた。

そう、そもそも馴行には反意《はんい》ありとの噂《うわさ》があったのだ。それと、華胥華朶の真の意味が結びつけば、砥尚が馴行に騙《だま》されたのだと思っても無理はない。

(でも……そんな噂がいつの間に)

少なくとも朱夏《しゅか》は、そんな噂《うわさ》を耳にしたことがなかった。それはいったい、どこから出た噂だったのだろう。あえて誰かが、その噂をばらまいたのだとしたら。そしてその誰かが、華胥華朶の真の意味を砥尚に耳打ちしたとしたら——。

（そんなことがあるはずはない……）

選《よ》りに選《よ》って栄祝が。朱夏が伴侶として選び、掛け値なしの敬愛を注いだ相手。その栄祝が、そんな、恐ろしい——。

（そんなはずはない）

栄祝が、砥尚を罪に陥《おとしい》れるなんて。そんな人柄ではない。現に栄祝は才《さい》に戻った。栄祝が砥尚から玉座《ぎょくざ》を取り上げ、そこに自分が座ろうと思うなら、なぜあえて大逆《たいぎゃく》によって殺されるかもしれない才へ戻るはずがあるだろうか？

（絶対に違うわ……）

朱夏は明け方、ようやく浅い眠りに落ち、そして堂室《へや》のほうが騒がしいのに気づいて目を覚ました。何かがあったのか、と身を起こしたところに、青喜《せいき》が入ってきた。

「ああ、お目覚めでしたか」

「何か……あったの？」

「主上《しゅじょう》のお姿が見えないそうです」

え、と朱夏《しゅか》は声を上げた。同時に足が震え始めた。

「どうして……どこに」

「分からないので、官がお捜ししています。砥尚《ししょう》様の騎獣《きじゅう》が見あたらないとかで、官はちょっと狼狽《うろた》えているのですけどね。ひょっとしたら、台輔《たいほ》に会いにいかれたのかも、と」

「砥尚がなぜ、いまさら台輔に？　……ねえ、青喜《せいき》、砥尚は馴行《じゅんこう》のことを」

「結局、みなさんで御相談の上、お知らせしたそうです。砥尚様は真っ青になられて、座りこんでしまわれたとか。激しい勢いで人払いをなさって、それきりお姿が見えなくなったので、みなさん余計に心配しておられるんですよ」

そう、と朱夏は呟《つぶや》き、両手を握《にぎ》りしめる。

「……栄祝《えいしゅく》は？」

「昨夜遅くに戻ってらっしゃいました。例によって書房《しょさい》で沈没してらしたのですけど、今の知らせでお起きになって。とりあえず官を指揮《しき》するために朝堂へ向かわれました。姉上は起こさずともよいと言ってらっしゃいましたけど、お起きになりますか？」

ええ、と朱夏は答えた。起き出して堂室《へや》に入り、そこで何らかの知らせが届くのを待つ。だが、夜になっても何の知らせもなく、やがて官邸の外までもが騒《ざわ》めき始めた。

「いったい、外で何が起こっているの……？」

知りたいが、朱夏は外に出られない。本来なら、朱夏も栄祝も、そして青喜も官邸からは出てはならないのだ。門には門衛《もんばん》がついている。栄祝が再三出ていっている以上、出入りに目を瞑《つぶ》るよう言い含められてはいるのだろうが、だからといって、軽々しく表の様子を窺《うかが》いに出ていくようなことはできなかった。

青喜は心得たようにうなずき、堂室を出ていく。すぐに戻ってきて、何でもない、と伝えた。

「門衛にちょっと贈り物をして聞いてみたんですけど」

「まあ……青喜」

「非常時だから大目に見てください。主上がいないことが広まって、すっかり官が狼狽《ろうばい》しているようです。いまのうちに王宮を出ていこうとする連中がいたり、逆に金目のものを物色する連中がいたりで騒然としているようですけど、まだみんな右往左往しているだけのようですよ」

「そう……」

呟《つぶや》いて、朱夏はぐったりと椅子《いす》に身体《からだ》を沈めた。

「……青喜《せいき》、私は不安なの……そんなことはあり得ないと分かっているけど、砥尚《ししょう》は本当に出掛けたのかしら。まさか」

「その先は聞きませんよ」

青喜は、きっぱりと言った。

「何ひとつ確かじゃないんですからね」


その夜、栄祝《えいしゅく》は戻らないままだった。夜が明け、さらに翌日の夜が来ても、栄祝は戻らない。外の騒《ざわ》めきもやんで、辺りは張りつめたように静まり返っている。

明け方になって、朱夏《しゅか》は堪《たま》らず立ち上がった。

「……私は出掛けます」

栄祝に会わねばならない――朱夏は震えた。これ以上、不安だけを抱いていることには堪《た》えられない。砥尚はどこに行ったのか。本当にどこかへ消えたのならいい。だが、もしもそうでなかったら――。

青喜は溜息《ためいき》をつき、棚《たな》から衣類を取り出した。

「姉上は蟄居中《ちっきょちゅう》なのですから、できるだけ目立たないようにしてください。ここに奚《げじょ》の袍子《きもの》を借りてきてあります」

　朱夏はうなずき、それを受け取った。臥室《しんしつ》で着替えて堂室《へや》へ出ると、青喜も同じく袍子姿をしていた。

「青喜、それは」

「もちろん、姉上にお供するんです。蟄居中《ちっきょちゅう》の姉上が出掛けられたなんて、知れたら大事《おおごと》なんですからね。誰かに見咎《みとが》められたら、私がその場を何とかしますから、委細かまわずここに駆《か》け戻《もど》ってくるんですよ。門卒《もんばん》には鼻薬を嗅《か》がせていますから。——いいですね？」

「青喜、でも」

「問答無用です。さあ、急ぎましょう。夜が明けてからでは面倒です」

　躊躇《ためら》いながらうなずいて、朱夏は目を逸らした門卒の間を通って官邸を出た。夜明け前、宮城《きゅうじょう》はしんと物音、気配が絶えている。万が一、顔見知りに会ったときのために俯《うつむ》き、青喜の選んだ裏道を急いで、朱夏は外殿にある朝堂へと向かった。

　人目を憚《はばか》りながら基壇に登ると、戸口には兵卒が落ち着きなく控《ひか》えていた。彼らは朱夏の顔をよく見知ってはいるが、さすがに咎められるようなことはなかった。

「——朱夏」

　朱夏が堂内に滑《すべ》りこむと、栄祝は驚いたように顔を上げた。そこには、小司寇《しょうしこう》をはじめとして夏官長《かかんちょう》大司馬《だいしば》、蟄居中《ちっきょちゅう》であるはずの太宰《たいさい》、小宰《しょうさい》、さらには更迭《こうてつ》されたはずの大司寇までが揃《そろ》っていた。

「……主上《しゅじょう》は」

「まだ見つからない」

言って栄祝《えいしゅく》は朱夏《しゅか》に歩み寄ってくる。

「勝手に邸《やしき》を出たりして。いくら何でもふたりとも抜け出しては……」

「栄祝、少し話をしたいの」

朱夏が告げると、栄祝はわずかに眉《まゆ》をひそめる。背後の官を見やり、そしてうなずいた。こちらへ、と栄祝が朱夏と青喜《せいき》を促《うなが》したのは、朝堂の左右に設けられた夾室《こべや》だった。

朱夏はそこに滑《すべ》りこみ、栄祝がそれに続き、そして青喜は外に残って扉《とびら》を閉めた。

「──どうした？　何かあったのか？」

訊《き》いた栄祝に対面し、朱夏は両手を握《にぎ》り合《あ》わせる。

「栄祝……砥尚《ししょう》はどこに行ったの？」

「分からない。騎獣《きじゅう》が消えていることから、台輔《たいほ》のところへ行かれたのではないかと言う者もいる。とりあえず沙明山《さめいざん》には青鳥《せいちょう》を出して、砥尚が現れたら返信してほしいと伝えたが、いまだに答えはない」

「貴方《あなた》は本当に、砥尚の行く先を知らないのね？」

栄祝は驚いたように目を見開く。

「知っているはずがない」

そう、とうなずき、朱夏は改めて問う。

「ひとつ訊《き》きたいの。馴行《じゅんこう》に反意ありという噂《うわさ》は、どこから聞きました？」

栄祝はわずかに表情を固くした。

「……さあ。どこだったか。それがどうした？」

「とても大切なことなの。思い出してください」

栄祝は視線を逸《そ》らす。

「さて……誰かから耳打ちされたのだったか、あるいは、下官の話をたまたま小耳に挟《はさ》んだのだったか……」

嘘《うそ》だ、と朱夏は直感した。それは長い間、共に人生を歩んできた者の勘《かん》だった。

「噂の出所を調べてください。——いえ、調べたいの。私にさせてくださるわね？」

「どうしたのだ、急に。……もちろん、知りたいと言うのなら、調べさせるが、とにかく砥尚が見つかって、我々の沙汰《さた》が決まるまでは」

「それとも、噂を流したのは……貴方？」

栄祝《えいしゅく》は一瞬怯《ひる》み、すぐにまさか、と答えた。平然としてはいたが、朱夏《しゅか》には彼が狼狽《ろうばい》していることがよく分かった。——それだけの時間を寄り添ってきた。

「馴行《じゅんこう》に華胥華朶《かしょかだ》を献じてはどうかと勧《すす》めたのはなぜ?」

「何のことだ?」

「貴方《あなた》が勧めたのでしょう? 私はあのとき、傍《そば》にいたのです」

栄祝は目を見開く。真実、狼狽《ろうばい》したように視線を泳がせた。

「……そう、確かにお勧めはしたが」

「華胥華朶がどういうものだか知りながら?」

「朱夏」

栄祝は朱夏を見る。その目は切羽《せっぱ》つまった色をしていた。

「お前は——何を言いたいのだ。さっきから、まるで私を責めるかのように」

「……どうしてなの?」

朱夏は涙が溢《あふ》れてくるのを感じた。やはり、すべては栄祝が。

「なぜ、砥尚《ししょう》を失道に追いこんだの? なぜ、罪を唆《そそのか》したの」

栄祝は顔を背《そむ》け、そして決然と朱夏を見返した。

「私が罪を勧めたわけではない。罪を犯すは余人にあらず、砥尚自身が選んだことだ」

「貴方《あなた》がそう、仕向けたのよ！」

「そう思うのはお前の勝手だ。だが、お前はそれを証明できるのか」

「できません。したいとも思わない。私は貴方の罪を知ってます。それで充分です」

「私の罪ではない、砥尚の罪だ」

栄祝は吐き捨て、朱夏の肩を握《にぎ》る。

「いいか、すべては砥尚が王の器でなかった、ということなのだ」

「……栄祝」

「我々がどんな過《あやま》ちを犯した。いつ道に背《そむ》いた。にもかかわらず、粉骨砕身《ふんこつさいしん》してなお、国がいっかな治まらないのはなぜだ」

「それは……」

「私は何度も考えたが、党羽《なかま》に問題があるとは思えなかった。彼らは皆よく職分を守り、労を惜《お》しまず働いている。道に照らし、身を挺《てい》して国に尽くしているのだ。にもかかわらず才《さい》は倒れる。それはなぜなのだ」

「……それは砥尚も同じだわ。砥尚だって」

「砥尚は王だ。我々とは違う。我々が問われるのは、官吏《かんり》としての器量だが、砥尚が問われるのは王者としての器量なのだ。砥尚を天命を下すに値する器だと見込んだからこそ、天は砥尚《ししよう》を王にしたのではなかったのか。その天命が尽きようとしている。砥尚が王としての器ではなくなった――それ以外に理由があろうか」

現に、と栄祝《えいしゆく》は声を低めた。

「私が、馴行《じゆんこう》に反意があったのでは、と言えば、調べるまでもなく鵜呑《うの》みにした。いいか、私は決して、反意があったのだと断じたわけではない。ただそういう可能性もある、と提示しただけだ。だが、砥尚は一笑に付すことができなかったのはもちろん、馴行に問い質《ただ》すでなく、調べるでなくそれを信じた。馴行を信じず、疑ったのは砥尚だ。そればかりか、砥尚は我々まで疑ったろう。私が疑念を吹きこんだのではない、砥尚が自ら疑ったのだ」

「栄祝、それは言い訳にならないわ」

「なぜだ？　私は馴行に何をしたわけでもない。馴行に怒り、剣を取って凶行に及んだのは砥尚自身だ。夢ひとつで国の荒廃《こうはい》に目を瞑《つむ》り、己《おのれ》を確信できるほど、砥尚は傲慢《ごうまん》になっていた。猜疑《さいぎ》に満ち、感情を律することができず、激情に駆《か》られて最悪の罪を犯した――そういう者になってしまった。だからこそ、天は砥尚を見放したのだ」

朱夏《しゆか》は栄祝の手を振《ふ》り解《ほど》いた。

「貴方《あなた》は、罪を擦《なす》りつけたかったのね」

「私が太師《たいし》や馴行に狼藉《ろうぜき》を働いたわけではない！」

「けれど貴方《あなた》は、国を傾けた罪を砥尚に擦りつけたのだわ。自分たちにも責任があるのだと言いながら、貴方は自分が誤っていたなどと、少しも思っていなかった。自分の過《あやま》ちではない、すべては砥尚のせいだったのだと言うために、貴方はあえて砥尚を罪に向かって押し出したのよ」

「私は――」

「貴方《あなた》は道を失ったのが自分でないのだったら、それでよかったのね？　たとえ砥尚に大《たい》逆《ぎゃく》の疑いをかけられ、それで刑場に引き出されて殺されることになっても、誰が道を失った砥尚の正義を信じるでしょう。罪は砥尚にだけあって、貴方は死んでも正義の者でいられる……そういうことだったのね」

「それが真実だ」

いいえ、と朱夏は首を振る。

「砥尚は貴方にとって、弟にも等しい者だったはずです。同時に朋友《ほうゆう》であり、主《あるじ》だった。その砥尚を貴方は裏切り、救うどころか罪に押しやり、自らが正義と呼ばれるためにすべての罪を負わせようとしたのだわ。それが罪悪でなくて何なのです！」

栄祝は顔色を変えた。

「貴方《あなた》のその行ないの、どこに正義がありましょう。どこに道があるのです」

栄祝《えいしゅく》が絶句したとき、激しく扉《とびら》を打つ音がした。失礼を、と急《せ》きこむように言って、青喜《せいき》が扉を押し開ける。

「どうしたの？」

「──主上《しゅじょう》が」

「禅譲《ぜんじょう》でございます！」

見つかったの、と朱夏《しゅか》は走る。青喜の後ろには表情を歪《ゆが》めた官吏《かんり》たちが殺到していた。

朱夏は足を止めた。

「……いま、何と？」

「白雉《はくち》が末声《まっせい》を鳴きましてございます。主上は自ら位を降り、禅譲なさいました」

「……砥尚《ししょう》」

よろめいた朱夏を青喜が支える。知らせを持って駆《か》けつけてきたのだろう、衣も髪も取り乱した春官長大宗伯《しゅんかんちょうだいそうはく》が袖《そで》で顔を覆《おお》った。

「禅譲ゆえに、御遺言がございます」

白雉は王の即位と同時に一声《いっせい》を鳴き、退位と共に末声を鳴く。禅譲の場合に限り、位を降りた王の遺言を残すことがあった。

「遺言……？」

「——責難《せきなん》は成事《せいじ》にあらず、と」

大宗伯は、言ってその場に泣き崩《くず》れた。

8

その場にはしばらく号泣する声、嗚咽《おえつ》する声が満ちた。いまだ官は砥尚をこんなにも慕《した》っているのだと思うと、朱夏は胸の詰まる思いがした。

「……砥尚」

ごく微《かす》かな声は背後から、栄祝《えいしゅく》の半ば呆然《ぼうぜん》としたような呟《つぶや》きだった。

「砥尚は自身の罪から逃げなかったのだわ……過《あやま》ちを正すことを選んだ……」

朱夏が囁《ささや》くと、背後で小さく呻《うめ》き声《ごえ》がする。すぐに栄祝は朱夏の脇《わき》を通って、朝堂を退出していった。それを追うように、ぱらぱらと官は立ち上がり、朝堂を出ていく。おそらくはこの訃報《ふほう》を伝えにいくのだろう。朝堂の東に広がる府第《やくしょ》に向かい、出ていく官吏《かんり》たちをよそに、栄祝の後ろ姿だけが、まっすぐ南へと下っていった。

「……責難は成事にあらず、か」

切なげな色をした声に朱夏《しゅか》が振り返ると、青喜《せいき》はくしゃりと笑って、袖《そで》で顔を拭《ぬぐ》った。

「……やっぱり砥尚《ししょう》さまだなあ」

「砥尚は何を言いたかったのかしら……？」

「きっと、お言葉どおりの意味ですよ。——人を責め、非難することは、何かを成すことではない」

「どういう意味なの？　私は決して砥尚を責めたり非難したりしたことは」

いいえ、と青喜は首を横に振る。

「砥尚さまは、御自身のことを言われたんだと思いますよ。そして、たぶん、御自身の至った結論を、教訓として官吏《かんり》たちにも残そうとなさった」

「砥尚が？　何を？　分からないわ。何を責めるの？」

「扶王《ふおう》です」

え、と朱夏は呟《つぶや》く。

「きっと、そういうことなんだと思います。私は、母上にそう言われたことがあるのを思い出しました。ずっと昔——まだ高斗《こうと》の頃です。砥尚様が高斗を旗揚《はたあ》げなさって、兄上がそこに馳《は》せ参《さん》じられて、それで私も一緒に行きたかったんです。だから、母上にそう言ったことがある。母上も一緒に揖寧《ゆうねい》に行きましょう、高斗に参加しましょうって。そのとき、母上が、似たようなことを仰《おっしゃ》いました」

「慎思《しんし》さまが？」

「責難《せきなん》するは容易《たやす》い、けれどもそれは何かを正すことではない、って」

「私は砥尚を信頼しています」

——そう、慎思は言った。

「けれども、あの高斗とやらには賛同できません。砥尚にもそう言いました」

なぜです、と青喜は養母に訊《き》いた。

「自分でお考えなさい。私は人を非難することは嫌いです。砥尚には、言うべきことを言いました。後は砥尚が自ら考え、選ぶことです」

「そんなあ」

青喜が言うと、養母は微笑《ほほえ》む。

「考えることを惜しまないこと」

「ええと……じゃあ。これだけ教えてください。どうして母上は、非難するのが嫌いなんですか？」

「そんな資格はないと思うからですよ。それは、非難するだけなら、私にだっていくらでもできますけどね。私は砥尚《ししょう》のやっていることに疑問を感じます。それは違う、と言うことは容易《たやす》いけれど、では何をすれば違わないのか、それを言ってあげることができないのです」

「……さっぱり分かりません」

「青喜《せいき》はこの国をどう思いますか？　王をどう思う？」

「主上《しゅじょう》は道を外《はず》れていると思います。だって本当に酷《ひど》いありさまなんですから」

「では、もしも主上と台輔《たいほ》が身罷《みまか》られたら、青喜は昇山《しょうざん》するのですね？」

は、と瞬《またた》いて、青喜は慌《あわ》てて手を振った。

「私が——ですか？　とんでもない」

「なぜ？」

「だって、私になんて、国を治められるはずがないです。砥尚さまや兄上ならともかく」

「あら？　青喜は自分ができもしないことを、他人ができないからといって責めるの？」

慎思《しんし》はおどけて言う。青喜は狼狽《うろた》え、意味もなく左右を見渡した。

「ええと……いえ、そのう」

「主上を責める資格があるのは、主上よりも巧《うま》く国を治められる人だけではないのかしら」

「それは……そうかもしれませんけど」

「砥尚に対しても同じように思うのですよ。それは私も、いまの才《さい》のありさまは酷《ひど》いものだと思います。すべて主上のせいだと言えば、そうなのでしょうね。だから主上に対し、非難の声を上げる者がいることは当然のことなのでしょう。徒党を組んで大きな声を上げれば、主上の耳にも届くかもしれません。砥尚のやっていることは、そういうことね。けれども、私には何かが違うように思えます。それは違うのじゃないの、と砥尚を非難することは容易《たやす》いけれど、では、どうすればいいのかと言われると、それが私にも分からないのです。国を正し、主上を正す必要があることは確かです。そのために何をすればいいのかは分からない。ただ、砥尚のやっていることは違うと思う――それだけで、砥尚を責めることなど、してよいのでしょうか？」

「それは……そうですけど」

「正す、ということは、そういうことではないのかしら。そちらじゃない、こちらだと言ってあげて初めて、正すことになるのじゃない？」

「砥尚さまは、正しい道が見えておられるからこそ、声を上げてらっしゃるのでしょう？」

「なのでしょうね。私はとりあえず、違うと思う、とは伝えました。これが正しいと示すことはできないけれども、あなたのしていることに賛同はできない、と。それを聞いてもなお、自身の道に確信が持てるのであれば、砥尚《ししょう》の思うようにやってみればいいでしょう」

「やってみれば、って……母上は意外に冷たい方なんだなあ」

「そうですか？　だって、私は正解を知らないのですから、砥尚が間違っているとは限らないでしょう？」

「もしも砥尚さまのほうが間違っていたら？」

「間違っていたと分かれば、砥尚はそれを受《う》け容《い》れて正すことのできる者です。私はそう信じていますよ」

慎思《しんし》は言って微笑《ほほえ》んだ。

「私は砥尚のやっていることが間違いだと知っているわけではありません。ただ、自分が違和感を覚えるだけなの。違和感がある以上、手を貸すことはできないけれども、こちらのほうが正しいのだと言ってあげることもできないのだから、砥尚を非難する資格などありませんし、そんなことをする気もありません。だから、青喜《せいき》も好きにしていいのですよ。砥尚のほうが正しいと思うのなら、行って手を貸しておあげなさい」

「でも……」

それでは慎思のほうが間違っている、と青喜は判じたことになる。困って慎思を見上げると、養母はくすりと笑った。

「私への気遣《きづか》いは無用ですよ。私が間違っていて砥尚が正しければ、それで国は良いほうに向かいます。肝要《かんよう》なのは、そこなのですからね」

「……私は、今になって、母上の仰《おっしゃ》っていたことが、ちょっぴりだけど分かるような気がします。責めるのは容易《たやす》い。非難することは誰にでもできることです。でも、ただ責めるだけで正しい道を教えてあげられないのなら、それは何も生まない。正すことは、何かを成すことだけど、非難することは何かを成すことじゃないんだって」

「分からないわ、青喜」

青喜は寂《さび》しそうに微笑《ほほえ》む。

「あのね、姉上。――姉上は言っておられたでしょう？　結局、自分たちは何もできなかった、扶王《ふおう》の時代から一歩も前に進まなかった、って」

「ええ……認めたくはないけれども、それが事実なんだもの」

「それはなぜでしょう？」

「それが分かれば」

「こういうふうに考えることはできませんか？　自分たちには国を前に進める能力がなかったんだ、って」

朱夏《しゅか》は蒼褪《あおざ》め、思わず声を荒《あら》らげた。

「それは……それは、私たちが無能だった、ということ？　私や砥尚《ししょう》が無能だったと」

青喜《せいき》は小さく溜息《ためいき》をつく。

「能力がないことは悪いことじゃないでしょう？　私にもできないことは、いっぱいあります。例えば、剣を使うことなんて全然できません。できないのは悪だ、なんて言われると困ってしまいます。人には向き不向きがあるんですから」

「向いてなかったと言いたいの？　朝《ちょう》を治めることに向いてなかった、それだけの能力がなかったんだって」

だったら、と朱夏は吐き出す。

「どうして天は、そんな砥尚に天命を下されたの」

「私は天帝じゃないですから、分からないです。でも、天帝は砥尚さまの理想高く真摯《しんし》なところを買われたんじゃないのかなあ」

「つまり……理想は高いけれども、それを実現する能力がなかったと言いたいのね」

「向いてなかった、というだけのことですよ」

「向いていない者が国権を握《にぎ》ることは悪だわ。確かに人が無能なのは悪いことじゃない。でも王や政《まつりごと》だけはそうではないわ。無能な王など、いてはならないのよ！」

だから、と言いかけ、青喜は口を噤《つぐ》んで俯《うつむ》いた。そして朱夏も気づいた。——そう、王だけは無能であってはならないのだ。政に向いていないなど許されない。

「だから……それで砥尚は、天命を失ったのね……」

朱夏は呆然《ぼうぜん》とその場にうずくまった。あのね、と青喜の柔らかな声が降る。

「これは砥尚さまの御遺言があったから、そう思うってだけのことなんですけど。……ひょっとしたら、砥尚さまは根本的に何かを誤解しておられたんじゃないかな」

「根本的に……？」

「責難《せきなん》することは、何かを成すことではないんです。砥尚さまはそもそもの最初から、そこを誤解していて、それに気づかれたから、わざわざ遺言を残されたんだと思うんです」

分からない、と朱夏が首を振ると、青喜は朱夏の前に座りこんで微笑《ほほえ》む。

「国を治めるということは、政《まつりごと》を成す、ということですよね。砥尚さまは、いかに成すべきかを考えなければなりませんでした。どんな政を布《し》けばいいのか、国をどう治めるべきなのかを考えて、国のあるべき姿を求めなければならなかったんです。……でも、砥尚さまは、本当にそれを考えたことがあったのかな」

「まさか！　砥尚《ししょう》は高斗《こうと》の時代から」

青喜《せいき》はうなずいた。

「国はこうあるべきだ、と謳《うた》っていましたよね。私も聞くたびにうっとりしたものです。でも、いまになって思うんですよ。それは本当に砥尚さまの理想だったのかな、って。……いいえ、きっと理想ではあったんでしょうね。けれどもその理想って、ひょっとしたら、ただひたすら扶王《ふおう》のようではない、ということでできてたんじゃないかなって思うんです」

朱夏《しゅか》はぽかんとした。

「扶王の課した税は重かった。だから軽くすべきだと砥尚さまは考えたわけですよね。すると国庫は困窮《こんきゅう》し、堤《つつみ》ひとつ満足に造ることができなくなりました。飢饉《ききん》が起こっても蓄《たくわ》えがなく、民に施《ほどこ》してやることもできなかった。──そうでしょう？」

「……ええ」

「砥尚さまは、税とは何で、何のためにあり、重くすることはどうして罪で、軽くすることがどうして良いことなのか、本当に考えたことがあったのかな。ただひたすら、扶王のようではないために、軽減したのじゃないでしょうか。税を軽くすることで何が起こるのか、そこまで考え抜いて出した結論だったのかな……」

朱夏は返答すべき言葉を失くした。

「母上の仰《おつしや》るとおりだなあ、って思うんです。人を責めることは容易《たやす》いことなんですよね。特に私たちみたいに、高い理想を掲《かか》げて人を責めることは、本当に簡単なことです。でも私たちは、その理想が本当に実現可能なのか、真にあるべき姿なのかをゆっくり腰を据えて考えてみたことがなかった気がするんです。扶王が重くしているのを見て、軽いほうがいいのにって、すごく単純にそう思っていたような感じがする……」

言って青喜は溜息《ためいき》をついた。

「税は軽いほうがいい、それはきっと間違いなく理想なんでしょう。でも、本当に税を軽くすれば、民を潤《うるお》すこともできなくなります。重ければ民は苦しい、軽くても民は苦しい。それを弁《わきま》えて充分に吟味《ぎんみ》したうえでの結論こそが、答えでないといけなかったんじゃないかな。私たちはそういう意味で、答えを探したことがなかったと思うんです」

朱夏はようやく、青喜の言わんとすることを悟《さと》った。だから、慎思《しんし》は何度も砥尚に言っていたのだ、税を決めるなら民の現状を見て、適正な値にすることが正道なのではないか、と。それはいかほどだと問われ、慎思は黙りこんだ。そう――きっと慎思にも、これが正しい値だと指し示すことはできなかったのだろう。試しにこのくらいにしてみては、と慎思は提言したが、砥尚はそれを拒《こば》んだ。重税に喘《あえ》いでいた民に、これ以上の税を課すことはできない、と言った。

「砥尚《ししょう》さまにとって、国のあるべき姿っていうのは、唯一にして絶対のものだったと思うんです。道に沿った理想の先に答えはあって、それ以外の答えはあり得なかった。試しに、とか、今のところは、なんてことさえ、砥尚さまにはなかったような気がします。妥協を一切受けつけないほど、砥尚さまは自分の抱いた華胥《かしょ》の夢に絶対の確信を持ってました。けれどもその確信は、扶王《ふおう》を責めることで培《つちか》われた夢だったんです」

そのとおりだ、と朱夏《しゅか》は呟《つぶや》いた。

朱夏らの眼前には傾いた王朝があった。朱夏らはただ、扶王を非難すればよかったのだ。朱夏は扶王の重税に非難の声を上げたが、それは熟考の末のことなどではなかった。ただ単純に目の前の民が重税に喘《あえ》いでいたことに義憤を感じたからにすぎない。なぜ重くする、軽くしない、と声を上げ、軽くすべきだと確信したが、朱夏らは税が軽すぎても民が困ることなど、想像すらしていなかった。

そう——正道は自明のことに見えた。なぜなら、扶王が道を失っていたから、扶王の行ないは即《すなわ》ち悪だと明らかだったからだ。朱夏らは夜を徹して扶王を責め、国のあるべき姿を語り、華胥《かしょ》の夢を育《はぐく》んだ。確かに、扶王を責めることで、その夢は培われたのだ。最初は曖昧《あいまい》でしかなかったものが、扶王の施政にひとつ粗《あら》を見つけるたびに、具体的なものになっていった。扶王が行なったことなら、行なわなければよいのだ。――そう短絡すれば、確かに正道を見出《みいだ》すことは容易《たやす》い。

安直な確信に基づく二十余年、砥尚と共に築いてきた王朝は、扶王の王朝よりも脆《もろ》かった。

「……私たちは、確かに無能だった……」

国の何たるかなど、少しも分かっていなかった。国を治めるに足るだけの、知識も考えも指針も持たなかった。

「そう……本当に素人《しろうと》だったんだわ。政《まつりごと》のことなんて、何も分かってない。分かっていないのに、分かった気になっていた。扶王を責めることができたから、自分たちは扶王よりも政の何たるかを分かっていると思っていた……」

朱夏が胸を押さえてその場に突っ伏したとき、軽い足音が聞こえた。堂室《へや》に駆《か》けこんできたのは、蒼白になった慎思《しんし》だった。

「朱夏――青喜《せいき》――、砥尚が身罷《みまか》ったと」

朱夏はうなずいた。

「……白雉《はくち》が末声《まっせい》を鳴いたそうです。禅譲《ぜんじょう》ゆえに遺言がありました。……責難《せきなん》は成事《せいじ》にあらず、と」

慎思《しんし》は目を見開き、そして俯《うつむ》き、顔を覆《おお》った。

「そう……では、砥尚《ししょう》は自らを正したのね……」

呟《つぶや》いて、慎思は顔を上げる。

「立派な子です。本当に、なんて立派な」

慎思の表情、声音《こわね》には、何もかもを見通している響きがあった。そう——青喜に責難は正すことではない、と教えることができた慎思なら、砥尚の犯した過《あやま》ちなど、最初から分かりきったことだったのだろう。そもそも、だからこそ慎思は高斗《こうと》に参加しなかった。

「……慎思さまはお分かりだったのですね。私たちが、朝《ちょう》を預かる資格もないほど無能だったということを。容易《たやす》く扶王《ふおう》を非難してそれで何もかもを分かった気になっていた……」

朱夏《しゅか》が言うと、慎思は驚いたように朱夏を見た。

「さぞ私たちの姿が愚《おろ》かに見え、苛立《いらだ》たしかったことでしょう」

まあ、と呟いて、慎思は朱夏の前に膝《ひざ》をついた。

「そんなことが、あるはずはないでしょう」

けれど、と朱夏は込み上げてくる嗚咽《おえつ》を呑《の》みこんだ。今になって自分が恥ずかしく、腹立たしい。無能だったのみならず、朱夏はそんな自分に呆《あき》れ果てるほど無自覚だった。

「そういう責め方をしてはいけませんよ。では朱夏は、どうするべきだったのか、いまは分かるというのですか？」

「朝《ちょう》を預かるべきではなかったのです。その資格のある人に任せるべきでした」

「それは誰？　空位の才《さい》には王と官吏《かんり》が必要だったのですよ？　それも、できるだけ早く」

「それは……」

慎思は朱夏の手を握《にぎ》る。

「そういう責め方をしてはいけません。人も自分も。砥尚が遺《のこ》してくれた言葉のとおりなのですよ。答えを知らずにただ責めることは、何も生まないのです」

でも、と朱夏は泣き崩《くず》れる。自分の無能が悔《くや》しく、それに気づかなかった不明がいっそう悔しかった。身の置き所がないほど辛《つら》く――民にすまない。

「私だって朝に参画しておりましたよ。そして正しいことが何なのか、とうとう分からないままでした。税ひとつ、官吏の整理ひとつを取っても、どうすればいいのか、さっぱり分からなかった。それほどに、政《まつりごと》に対して無知で無能だと分かっていて、太傅《たいふ》の席をいただいていたのです。けれども――どんな王だって、最初はそうでしょう？」

朱夏は顔を上げ、瞬《またた》く。

「宗王《そうおう》だって、かつては市井《しせい》の舎館《やどや》のご亭主だったと聞きますよ。その宗王に、政《まつりごと》の何たるかが分かるはずがありましょうか。朱夏《しゅか》にせよ、砥尚《ししょう》にせよ――私にせよ、分かっていなかったことを恥じる必要はないのだと思うのです。貴女《あなた》に恥ずべきこと――後悔すべきことがあるとすればただひとつ、それは確信を疑わなかった、ということです」

「私たちは……」

「けれどもう、疑いを抱きましたね？ 自分たちが無知なのではないか、過《あやま》つのではないかと分かりましたね？ ならば、それを正すことができます――砥尚のように」

「慎思《しんし》さま……」

「砥尚は王でした。この過《あやま》ちを正す方法はふたつしかなかった。ここから自身の不足と不明を踏まえて改めていくのか、それとも、自らその器にあらずと断じて位を退《しりぞ》くか。砥尚は後者を選びました。……情としては出直せばよかったのに、と言ってやりたい。けれども、砥尚は後者を選ぶことで、正道にあろうとする自分を貫きました。砥尚は自らが玉座《ぎょくざ》にあることを許さなかった」

「無能だから……？」

「父と弟を手にかけたからです」

ああ、と朱夏は呻《うめ》いて顔を覆《おお》った。

「……ご存じだったのですか」

「少し考えれば、分かることです。……そして、砥尚にそれを唆《そそのか》したのが誰かも」

朱夏は、はたと慎思を見返した。慎思は顔を歪《ゆが》めた。

「……それほど追いつめられていたのでしょうが、栄祝《えいしゅく》のやったことは許されないことです。母として不憫《ふびん》には思います。そこに至る前に正してやれなかった自分が憎《にく》く、栄祝にすまない……」

「お義母《かあ》さま」

「だから、せめて私たちはあの子が、自らを正すことができるように祈っていましょう。これ以上罪を重ね、恥を重ねて、あれほどまでに堅持しようとした正道から永遠に逸《そ》れてしまうことがないよう」

慎思が何を言っているのかを悟《さと》って、朱夏は悲鳴を上げた。

「そんな、でも……!」

栄祝は朝堂を出て、まっすぐ南へと下っていった。——ただひとり。

狼狽《うろた》えて立ち上がろうとした朱夏の腕を、慎思は摑《つか》む。

「しっかりなさい。いまここで、本当に憐《あわ》れまねばならないものを見失ってはいけませんよ。私たちの肩には依然として民が載《の》っているのです。王を失ったばかりの民が」

慎思《しんし》の目には涙が浮かんでいたが、それよりも決然とした気配のほうが強かった。

「砥尚《ししょう》は台輔《たいほ》を才《さい》に残してくれました。空位《くうい》は長くは続かないでしょう。砥尚は最後まで自分の肩に載《の》ったものを忘れなかったのです。砥尚を憐《あわ》れむなら、私たちがそれを忘れることは許されません。砥尚を惜《お》しみ、栄祝《えいしゅく》を惜しむなら、私たちは二人の罪を背負ってその償《つぐな》いをしていかねばならないのです」

言って慎思は青喜《せいき》を振り返る。

「お前もです、青喜。今は朱夏《しゅか》の従者でいたい、位も責任もない小物でいたいなどという我《わ》が儘《まま》は許しませんよ」

はい、と青喜は神妙にうなずいた。

「仰《おお》せのままに――黄姑《こうこ》」

青喜は養母にきちんと礼を取った。王の姑《おば》、飄風《ひょうふう》の王となった砥尚を薫陶《くんとう》し、多大な影響を与えたその人柄を麒麟《きりん》の貴色《きしょく》、黄色になぞらえ、一部の臣下は慎思をそう呼ぶ。

慎思は毅然《きぜん》としてうなずき、そして朱夏の顔を見つめ、ついに折れたように朱夏に縋《すが》って泣き崩《くず》れた。朱夏はその背をしっかりと抱き留める。慎思の衿《えり》を噛《か》んで嗚咽《おえつ》を怺《こら》える耳に、慌《あわ》ただしい足音が近づいてくるのが聞こえた。朱夏を呼び、慎思を呼ぶ声は小宰《しょうさい》のもので、しかもひどく上擦《うわず》っていた。

それが、どんな知らせを運んできたのかは分かっていた。きっと訃報《ふほう》のはずだ。——朱夏は夫を信じている。

青喜が黙って立ち上がり、素早く堂を出ていって扉《とびら》を閉めた。

帰き
山ざん

街は碧《へき》を湛《たた》える湖の畔《ほとり》に広がっている。小波《さざなみ》ひとつない湖面には、白い石で造られた街と、その背後に聳《そび》える灰白色の凌雲山《りょううんざん》が映《うつ》っていた。

ひたすらに街道の坂を登ってきた旅人は、峠《とうげ》を越えた瞬間、その光景を見ることになる。山々に取り囲まれた広大な緑野と、輝く湖面、雲を突く山と、その麓《ふもと》に造られた白い街を。

「……こりゃあ見事だ」

言った男は、額《ひたい》に浮かんだ汗を拭《ぬぐ》って、傍《かたわ》らで足を止めていた旅人を振り返った。

「芝草《しそう》ってのは、ずいぶんと綺麗《きれい》なところなんだねえ」

峠の頂上、小広くなった崖《がけ》の上からその景色に見入っていた旅人は、驚いたように声をかけてきた男を振り返った。その視線を受け、男はくしゃりと笑った。

「ずっと俺《おれ》の前を歩いていたろう。立派な騎獣《きじゅう》を連れていながら律儀《りちぎ》に山道を登るなんて、物好きな話だと思って見ていたんだが、わざわざ登ってきて正解だよ、あんた」

そうですね、と明るく笑って、その旅人は虎《とら》に似た獣《けもの》を撫《な》でた。見える歳《とし》の頃は二十代の初め、いかにも高価そうな騎獣《きじゅう》を連れているだけあって、身なりも良かった。

「それともあんたは、芝草の人かい?」

「いいえ」

そうか、と男はうなずき、また額《ひたい》の汗を拭《ぬぐ》った。登る一方の道のりに、男は顔を上気させ、珠《たま》のような汗を浮かべていた。降り注ぐ陽脚《ひざし》も初夏にふさわしく晴れやかに強かったが、峠《とうげ》には清々《すがすが》しい風が通っている。くつろげた襟《えり》を摘《つま》んで袍子《うわぎ》の中に涼気を通していた男は、一息をついてから改めて、良いところだ、と呟《つぶや》き、峠を下り始めた。騎獣を連れた旅人のほうは、足を止めたまま男を見送り、しばらく峠からの景色を眺《なが》めていた。やがて自身も騎獣の手綱《たづな》を取り、峠を下り始める。眼下に見えている白い街が柳国《りゅうこく》の王都、そして白い山の頂《いただき》に、雲に霞《かす》んで淡《あわ》く森のように見えているのが、劉王《りゅうおう》の居所、芬華宮《ふんかきゅう》だった。

街道は緩《ゆる》やかに折れながら山を下り、緑野を横切る。点在する廬《むら》を左右の遠近に見ながら、やがて白い隔壁《かくへき》へと辿《たど》り着《つ》いた。隔壁の中は白い街路だった。わずかに灰を帯びた白い石を切り出し、積み上げることで、街は形成されている。芝草の周囲には樹木が乏しい。遠方から材木を運ぶよりも、天を支える柱のような凌雲山《りょううんざん》を切り取っていったほうが話は早い。山腹を抉《えぐ》り、山を切り欠いて現れた白い街は、だから山の一部のようにも見える。屋根ばかりは木材で支えるが、その材木は柳《りゅう》の中央部産に特有の墨色《すみいろ》、瓦《かわら》は同じく濃い墨色をしている。白と黒を基調とした端正な街だ。街路に敷《し》きつめられた石畳《いしだたみ》も白、そこに鮮《あざ》やかに多彩に、人々が行き交う。

彼は午門《ごもん》を抜けて街に踏みこみ、しばらく門前の雑踏を眺めていた。街路を行き交う人々の歩調は軽快で、顔色は明るい。——何の不安も問題もないかのように。

彼は軽く眉根《まゆね》を寄《よ》せた。

「……良くないな」

「——何がだ？」

唐突に声をかけられ、彼は弾《はじ》かれたように振り返った。間近にあった人影を認めて瞬《またた》き、すぐに破顔する。

「こんなところで会うかなあ」

「こんなところだから会ったのだろう。——久しいな、利広《りこう》」

利広は思わず笑った。以前会ってから「久しい」のは確かだ。何しろ三十年ばかり経《た》っている。

「まったくね。風漢《ふうかん》も相変わらず、ほっつき歩いているんだな」

「お前同様な」

「いつからここに？」

ほんの二日前だ、と風漢は言って、街路の東を示す。

「宿はあっちだ。飯は酷《ひど》いが、厩《うまや》はいい」

「じゃあ、私もそこに世話になろう」

稀《まれ》な騎獣《きじゅう》を連れていれば、舎館《やどや》は選ばざるを得ない。厩と厩番のしっかりした宿を探すのは、結構な手間になる。利広はありがたく雑踏の中、風漢についていった。

この男と最初に会ったのはいつだっただろう。なにしろ古い話になるのは確かだ。場所がどこだったかも混沌《こんとん》としている。どういう経緯で出会い、別れたのかも覚えていない。たぶん最初は妙な男だとしか思わなかったのだと思う。別れれば二度と会うはずもなかったが、時を措《お》いて別の国で再び出会った。それで相手が、本人が自称するような風来坊《ふうらいぼう》などでは、あり得ないことが分かった。なにしろ、その間に六十年ばかりが経《た》っていたからだ。単なる「人」なら死んでいる。さもなければ会っても分からないほど老いているはず。

以来、様々な場所で出会った。やがて彼が何者なのかは分かった——正面から問い質《ただ》したことはないものの。確認してみなくても分かる。利広《りこう》に匹敵《ひってき》するほど永い時間を旅している者など限られる。

会うのはいつも「こんなところ」だ。つまりは、軋《きし》み始めた国の都――それに類するような場所。利広は柳《りゅう》が危《あや》ういという噂《うわさ》を耳にした。現劉王《りゅうおう》の治世百二十年を経て、この国は傾き始めている。それを確かめようとやってきたら、また会ってしまった。

「ところで、何が良くないのだ？」

先を行く風漢《ふうかん》が振り向きながら問う。

「……街の様子」

国が傾きつつあるというのに、住人たちの様子が明るい。これは国が危険な状態にある証拠だと、利広は長年の経験から心得ていた。民はいつも、自国が傾き始めると笑う。どこか不安そうにしていながら、話をすれば笑いながら王や施政の悪口を言う。傾斜が深刻化してくると、民は不安げになり、憂鬱《ゆううつ》そうになる。――そして、それがさらに深刻化して破綻《はたん》が近づくと、浮き足立って妙に明るくなってしまうのだ。刹那的《せつなてき》になり、享楽的《きょうらくてき》になる。情緒に流れ、地に足がつかない。このどこか病んだ明るさに亀裂《きれつ》が入ると、同時に国は一気に崩壊を始める。

その国の内実を他国の者が知ることは難しい。実際に国が荒れ始めれば、他国の者にも一目瞭然《いちもくりょうぜん》だが、王朝が傾き始め、歪《ひず》みが蓄積されている間は、ほとんどその歪みが他国の者の目に触れることはないのだ。だが、民は歪みを分かっている。目に見えなくとも肌で感じる。だから民の様子を見ていると、国がどの状態にあるのか分かる。——分かるものだ、と利広はこれまでに学んでいた。危ないという噂《うわさ》が他国にまで広がっているのに当の王都の住人は明るい。これはすでに危険域に入った兆候《ちょうこう》だった。

「……憂鬱《ゆううつ》そうにしている間は、まだ持ち直すことがあるんだけどな」

利広が溜息混《ためいきま》じりに言うと、風漢も低く答えた。

「その段階は過ぎたようだ。——どうやらもう、止まらないらしい」

そう言って、風漢《ふうかん》はここだ、と舎館《やどや》を示す。構えだけは派手な舎館だった。白い石の壁、そこに彫《ほ》りこまれ、彩色された無数の装飾、建物を囲む墻壁《へい》の奥からは、昼日中《ひるひなか》であるにもかかわらず、酔漢たちの上げる浮ついた歓声が響いてきていた。

「柳はそんなに酷《ひど》いのかい？」

利広は借り受けた房室《へや》に荷物を放《ほう》り出《だ》して、背後に問うた。特にすることもないのか、ついてきた風漢が窓を開ける。賑《にぎ》わう雑踏の騒《ざわ》めきが流れこんできた。

「分からぬ。——特に国が民を虐《しいた》げているという話は聞かない。極端に朝《ちょう》が奢侈《しゃし》や放埒《ほうらつ》に傾いているという噂も聞かないな。ただし、地方官はかなり箍《たが》が緩《ゆる》んでいるようだ。中央から遠いところほど、誰それはろくでもない、という噂《うわさ》をよく聞く」

「それだけ？」

「いまのところはな」

そう、と利広《りこう》は椅子《いす》に身体《からだ》を投げ出して呟《つぶや》いた。――そういうこともある。表面上は何の問題もないふう、しかしその奥底には無数の亀裂《きれつ》が入っている。民は自分の目の前に細かな亀裂が無数にあるのを感じ取る。だから不安を覚えるし、その不安が「危ない」という噂《うわさ》になって現れるのだが、余所者《よそもの》にはどこに問題があるのか分からない。そういう場合、目に見える崩壊が始まればあとは一気に終末にまで辿《たど》り着《つ》く。

「……意外に早かったな」

利広がひとりごちると、風漢《ふうかん》は榻《ながいす》にふんぞり返って笑った。

「さすがに奏《そう》の御仁《ごじん》は言うことが違う。百と二十年を、早いと言うか」

そうだけどね、と利広も笑った。利広は世界南方、奏国の住人だった。その主《あるじ》、宗王《そうおう》の治世は実に六百年、あと八十年ばかり頑張れば、史上最も長い王朝ということになるらしい。現在ある十二国の中では最も長い。これに百年ばかり遅れて北東の大国、雁《えん》が続く。

「ただ、何となく柳《りゅう》は、もっと保《も》ちそうな気がしてたんで」

「……ほう？」

現在、柳《りゅう》を統《す》べている劉王《りゅうおう》は、助露峰《じょろほう》といったと思う。どういういきさつで登極《とうきょく》したかは利広《りこう》も知らない。南の奏《そう》と北の柳では、ちょうど世界の端《はし》と端にあたる。柳の事情がそれほど詳細に漏《も》れ聞こえてくることはないからだ。こうして国を訪ねてきたところで、王宮の内部事情など聞こえてくるはずもない。本来なら、王の氏字《しじ》すら伝わらないことが多い。利広がそれを知っているのは、知り得る立場にいればこそだ。

それはともかく、露峰は少なくとももともと柳の高官であったわけではなく、しかも自ら王たらんとして世界中央にある蓬山《ほうざん》に麒麟《きりん》を訪ねた昇山者《しょうざんしゃ》でもなかったようだ。かといって、平凡な農民や商人から抜擢《ばってき》されたわけでもないらしい。つまりは、人の口に上るほど劇的な登極《とうきょく》をしたわけではない、ということだ。しかも、先王の時代から露峰の登極までは二十数年の時間が経過しているから、劉麒《りゅうき》が新王を選ぶのに手間取ったことは間違いない。普通、麒麟は先の麒麟が斃《たお》れて、即座に実り、一年を待たずに生まれる。天命を聴《き》いて王を選定できるようになるまで数年、早ければ次の王はそれだけの期間で立つ。

登極までにかかった年数と、王としての力量には直接的な関係などないものの、その前身がはっきりしないことといい、露峰にはどことなく冴《さ》えない印象がつきまとう。だからだろう、登極の当初は風聞《ふうぶん》などもおよそ聞こえてこなかったが、時とともに露峰の名声は高まっていった。今では、柳といえば類のない法治国家として名高い。にもかかわらず、その柳が沈む——利広には、意外としか言いようがなかった。

利広がそう言うと、風漢《ふうかん》は軽く首をかしげた。

「俺は、利広とは逆に、意外にも保《も》ったという気がしているがな。露峰は登極《とうきょく》した当時、ぱっとしない王だった。もともとは地方の県正《けんせい》だか郷長《ごうちょう》だかで、地元での評判は良かったようだが、中央にまで名が通っている、というほどのこともなかったようだ——まあ、あまり傑物《けつぶつ》という印象ではなかったな」

風漢もまた、露峰の氏字《しじ》を知っている。利広と似たような立場にいる証拠だ。

「さすがに雁《えん》の者は詳しいな。隣《となり》だから？」

「まあな。登極してしばらくの頃に来たことがあるが、可もなく不可もない、という印象だったぞ。最初の一山を越せずに倒れそうな具合に見えたが」

一山か、と利広は呟《つぶや》く。国を統《す》べる王には寿命がない。天の意に適《かな》っているかぎり、王朝は続く。だが、王朝を維持《いじ》し続けていくことは意外に難しい。「意外に」と感じてしまうのは、そもそも天は国を統べる器を持つ者——名君たる資質を持った者に天命を下すとされているからだ。天命を聴《き》いて、麒麟《きりん》は自らの主《あるじ》となる王を選ぶ。にもかかわらず、王朝の寿命は短い。奏《そう》の六百年、雁の五百年は破格だ。これに次ぐのは西の大国の範《はん》、氾王《はんおう》の治世は三百年に達しようとしているが、さらにそれに次ぐ王朝となると、九十年に達する恭《きよう》になる。

不思議なことに、王朝の存続には、ある種の節目《ふしめ》がある。ある――と、六百年にわたって王朝の興亡を見てきた利広《りこう》は思っている。最初の節目は十年、これを越えると三十年から五十年は保つ。これが第二の節目で、ここにひとつ、大きな山があるらしい。不思議なことに、これはその王の「死にごろ」にやってくる。

王は登極《とうきよく》すると神籍《しんせき》に入り、老いることも死ぬこともなくなるが、三十で登極した者は、その三十年後以降――もしもその者が神籍に入ることがなければ、そろそろ寿命が見えてきたであろうあたりが危ない。実際、この頃まで、王にせよ王に従う高官にせよ、寿命のない者は必要もないのに歳《とし》を数える。自身の実年齢を律儀《りちぎ》に了解しているものだ。そして自分が、本来ならばいつ死んでも可怪《おか》しくない年頃になったことに気づく。神籍仙籍《せんせき》に入らなければ、そろそろ「一生」を使い果たす頃合いなのだと強く意識するようになるのだ。同時に、自身の下界における知り合いが、ぽろぽろと欠けていく。

いや、実際にそれを目にするわけではないのだが。――そもそも神籍仙籍に入った時点で、下界における知り合いとは縁が切れてしまうのだ。雲海の上に昇ってしまえば、出身地などは国の中にある一都市にすぎない。風評も耳には入ってこないし、そうそう訪ねることもない。だが、あの人はもういないだろう、この人ももう危ない、と欠けていくさまは想像できてしまう。自分だけがいつ終わるとも分からない生に取り残されているのだと、身に迫って意識する。「一生」分の歳月を費やしてやってきたこと、やれなかったこと。中には過去を振り返って強い虚無感に襲《おそ》われる者もあり、中には将来を透《す》かし見て恐怖感を抱く者もいる。仙籍《せんせき》に入る官吏《かんり》にも、やはりここに節目があって、突然のように辞職する者が多いのがこの頃だ。だが、王は自ら辞《や》めることが難しい。それは自身の死に直結している。漠然《ばくぜん》とした虚《むな》しさや恐れでは、とても自ら位を降りて、自身の生に決着をつけることなどできない。だからだろう、まるで天にその決着を押しつけるかのように荒れ始める。消極的な辞任だ、と利広などは理解している。

そして、どうあっても自身が生き残っているはずもないほどの時間が過ぎると、どうやら居直る。この山を越えると、王朝の寿命は格段に長くなる。次の山は三百年のあたり。なぜここに危険な節目がくるのか、利広には分からない。だが、ここで王朝が倒壊するときには、悲惨な倒れ方をすることが多い。それまで賢君として崇《あが》められてきた王が、いきなり暴君に豹変《ひょうへん》する。民は虐殺《ぎゃくさつ》され、国土は荒れ果てる。

「一山越えて百二十年……なんだか半端《はんぱ》だな」

半端か、と風漢《ふうかん》は笑った。

「なるほど、一山を越えた王は、三百年程度は居座ることが多い。だが、そうでない例だって多いだろう」

「うん、まあ、そうなんだけどね」

ただ、利広《りこう》はその「一山」の頃合いに柳《りゅう》に来たことがある。柳のあちこちをさまよって、どんな具合だろうと——要するに、この山を越えられそうかどうかを検分してみたのだが、そのときに得た感触はひどく良いものだった。

そう、確かに一山を越え、しかも三百年には遠く及ばず倒れる王朝は多い。そうでない王朝のほうが少ないくらいだが、その場合は一山を越えた時点で、すでに予感があるものだ。なんとか越えたが、問題は多い。いずれはこれが積もりに積もって破綻《はたん》すると予測できる。だが、柳にはそれがなかった。柳は問題なく前進しているように見えた。

利広がそう言うと、風漢《ふうかん》は軽く眉《まゆ》を顰《ひそ》める。

「そう——俺《おれ》もそう思った。なので、柳は得体が知れんぞ、と思った覚えがある」

「得体が知れない？」

「見たことのない形だと思ったのだろう。一山、と俺は言ったが、実のところ最大の山は王朝の始まりにある。新王が登極《とうきょく》して十年前後まで、そこまでで朝《ちょう》としての形が整うかどうかが最大の関門だ。だが、俺が見た限りでは、露峰《ろほう》はそれに失敗しているように思えた」

「最初に、そこそこにせよ良い形ができないと、長い王朝にはならないんだけどな」

言ってから、利広は風漢の顔を見て、思わず笑った。

「まあ、稀《まれ》に、良い形どころか支離滅裂《しりめつれつ》で、そのくせ五百年ばかり生き延びた化け物じみた例もあるけどね」

風漢はただ、大きく笑った。利広も軽く笑い、

「でも、普通は最初に形を作り損《そこ》ねたら、百二十年も保《も》たないだろう？」

「そのはずだ。だが、露峰は保った。というよりも、ちょうど一山にあたる頃に来てみたら柳はまったく変わっていた。特に顕著だったのは法の整備だ。王が玉座《ぎょくざ》で寝ていても、国はまっすぐ勝手に進む――そのようにできているとしか思えなかった」

「そう……そうなんだよね。これは出来物《できぶつ》だ、と私も思った。あの段階であそこまで国の基礎が整っていれば、ゆうに三百年は保つ」

「俺にはその豹変《ひょうへん》が、薄気味悪く見えたな。上手《うま》く軌道《きどう》に乗せていながら、王が豹変して斃《たお》れる例は多い。だが、その逆というのは初めてだ」

「雁《えん》ぐらいかな。雁は十年保たないように見えたけど、一山のあたりで豹変した」

利広は言って、腕を組んだ。

「でも、露峰がその型《かた》を踏襲《とうしゅう》するなら、この程度で倒れるはずがない。確かに見たこと

のない形だ……」

三百年を過ぎた王朝は、奏《そう》と雁《えん》、その二つ。つまりはそれだけ、他国は脆《もろ》い。七割方の王朝は、ひとつ目の山を越えられない。王朝は数十年で生まれては死ぬ。だから利広《りこう》は、あまりに多くの王朝が生まれ、そして死滅《しめつ》していくのを見てきた。

「倒れ方もどこか見慣れない」

風漢《ふうかん》が呟《つぶや》くように言って、利広は首を傾けた。

「見慣れない？」

「確かに俺にも、柳がなぜいまごろになって傾き始めたのか、分からんのだ。いや、実際に何が起こっているのかは分からないでもないが。——端的に言えば、露峰は再び豹変《ひょうへん》しようとしている」

「この時期に？」

「この時期に、だ。露峰は自ら布《し》いた法が、端々《はしばし》で無視され踏みにじられていることに無頓着《むとんちゃく》になったように見える。それどころか、このところ、自らが築いた堅牢《けんろう》な城に、みすみす穴を開けるような振る舞いをしている」

「……穴を開ける？」

風漢はうなずいた。

「法というものは、三つのものが合わさって、それで初めて動くと俺は思う。法によって何かを禁じれば、それだけで上手《うま》く動くというものではない」

「禁令が行き届き、誠実に運用されているかを監視する組織が必要だね。これがないと法は飾り物になる。——もうひとつは？」

「逆の肯定《こうてい》だ。猾吏《かつり》の専横《せんおう》を禁じる法は、そうでない能吏を褒《ほ》め、重く用いる制令と縒《よ》り合《あ》わされていなければならない。どのひとつが欠けても、上手くはいかない」

「なるほど……」

「柳はこれがおそろしく良くできていた。だが、露峰はそれを壊《こわ》し始めた。無頓着《むとんちゃく》にひとつだけを変えて、他を放置する。やろうとしていることが、首尾一貫していないのだ。それで端々《はしばし》に齟齬《そご》が生まれている」

「……それは妙だな」

　利広は考えこみ、ふと、

「ひょっとしたら、露峰はもう玉座《ぎょくざ》にはいないのかもしれないな……」

「いない？」

　利広はうなずく。

「露峰は玉座にいることに倦《う》んでしまったのかもしれない。実権を放《ほう》り出《だ》してしまった」

「大いにあり得るな」

風漢《ふうかん》は言って立ち上がり、窓辺へと寄る。初夏の陽脚《ひざし》は傾き始め、街路から漂《ただよ》ってくる喧噪《けんそう》は、いっそう賑《にぎ》やかになっている。箍《たが》が外《はず》れたように舞い上がった酔漢《すいかん》の声、調律《ちょうりつ》の狂った楽器のような嬌声《きょうせい》、街全体が宴《うたげ》のさなかにあるようだ。

「——露峰《ろほう》が作った体制は強固だった。だから奴《やつ》が実権を放り出しても、これまで持ちこたえてきた。国が本格的に荒れるのは、これからだが、実はとうに露峰は荒れていたのかもしれない。天意が去るほどに」

利広《りこう》は眉《まゆ》を顰《ひそ》めた。

「それは、どういう意味だ？」

「……柳《りゅう》の虚海《きょかい》沿岸には妖魔《ようま》が出るそうだぞ」

利広は驚いた。それはもはや王朝の崩壊が末期にさしかかったことを意味している。まだ本格的に——利広のような余所者《よそもの》にも明らかに見えるほど、荒れてもいないのに。

「雪の少ない地方に大雪が降ったとか。天の運気が狂っている。政《まつりごと》が荒れる前に、国が荒れて沈もうとしているのだ。普通ならば逆だが」

「表には顕《あらわ》れないまま、そこまで進行している？」

「のように見える。雁《えん》は国境に掌固《けいび》を置き始めたようだ」

他人事のように言う風漢を見て、利広はうなずいた。

「……どうやら、柳の余命はいくらも残ってないようだね」

利広は呟《つぶや》く。──かくも王朝は脆《もろ》い。

窓から入ってくる喧噪《けんそう》が耳に痛かった。彼らの足許《あしもと》には深刻な亀裂《きれつ》が生じている。いずれ宴席の底が抜けて、奈落の蓋《ふた》が開く。これを止めることは誰にもできない。──王が道を失えば彼を選んだ麒麟《きりん》が病む。麒麟が病めば己《おのれ》が道を失ったことは、どの王にとっても明らかなことだ。ならば行ないを改めさえすれば麒麟は快癒《かいゆ》し、国は息を吹き返すはず。にもかかわらず、利広はそういう例をほとんど見たことがなかった。自らの落ち度に気づいた王はいる。だが、王がそこから悔《く》い改め、国を立て直そうとして成功した例は極端に少ない。国は、いったん傾き始めると止まらない。王の悲壮な努力など、ものの数には入らない。

思いに沈みこんでいると、どうした、と窓辺から風漢が振り返った。

「予想が外《はず》れたのが、それほど気落ちすることか？」

「私の予想の当たり外れは、どうでもいいんだけどね……」

利広は溜息《ためいき》をついた。

「そう──気落ちはするな。大王朝になりそうな気がしていたから」

柳《りゅう》にはそう思わせるだけの光輝《こうき》があった。にもかかわらず、わずか——利広《りこう》にとっては、わずか百二十年で沈む。

「ああいう王朝でも、いきなり沈むことがあるんだな、と思うと」

「いまさらそれを言うか？　奏《そう》の御仁《ごじん》が。沈んだ例など腐《くさ》るほど見てきたろう」

利広は失笑した。

「奏の人間だから思うんだよ。たぶん風漢《ふうかん》には分からない。——まだ雛《ひよこ》だから」

風漢は心外そうに眉《まゆ》を軽く上げた。

「奏は十二国の中で最も永く生きた」

そういうことか、と苦笑して、風漢は窓の外を見る。

「そういうことだね。——雁《えん》の者には、この息苦しさは分からない。少なくとももう百年、生き延びた実例があるんだから」

だが、奏の前には実例などない。さらに八十年もすれば、伝聞の上でさえ実例を失う。

こんなに永く生きた王朝はない。

「王朝がひとつ死ぬたびに思うんだよ。看取《みと》っていると、否応《いやおう》なく思う。——死なない王朝はないんだ、と」

たぶん、奏も雁も例外ではないはずだ。

「それを考えると、息がつまる。死なない王朝はないと、私は知ってる。永遠の王朝などあり得ない。死なない王朝がないなら、必ずいつか奏も沈むはずだ」

風漢は窓の外に目をやったまま言う。

「永遠のものなどなかろう」

そうなんだよ、と利広は失笑した。

「そういうものだ、何もかも。そう分かっているのに、どういうわけか私は奏の終焉《しゅうえん》を想像できないんだ」

「当然だ。己《おのれ》の死《し》に際《ぎわ》を想像できる奴《やつ》などいない」

「そうかな？　私は自分の死に際なら想像できるけどね。つまらない小競《こぜ》り合《あ》いに巻きこまれて命を落とすとか、あちこちを放浪しているうちに妖魔《ようま》に食われてしまうとか」

風漢は笑って振り返る。

「可能性を想像できることと、それそのものを想像できることとは別物だろう」

「……ああ。そうかも」

利広は言って、しばらくの間、想像を巡《めぐ》らせていた。

「でも——やっぱりだめだな。可能性にしろ、どうも思い浮かばない」

利広にとって、宗王《そうおう》その人が道を踏み外す——という事態は、ひどく想像しにくいことだった。臣下《しんか》の謀反《むほん》なら宗王《そうおう》の在り方に関係なく起こり得るが、それを想像すれば即座に臣下の顔が浮かぶ。宗王の統《す》べる百官諸侯《しょこう》、誰に思いを馳《は》せても、およそ謀反などには無縁だとしか思えない。

「……雁《えん》なら想像できるんだけどなあ」

利広《りこう》が呟《つぶや》くと、風漢《ふうかん》は面白《おもしろ》そうな表情をした。

「――ほう？」

利広は笑う。

「確信をもって想像できるね。――ま、延王《えんおう》の気性からいって、道を踏み誤って終わるということはないと思うね。本人が道を心得てるかどうか疑問だけど、はっきりと敷《し》かれた道があって、それをうっかり踏み誤るような可愛気《かわいげ》なんてないだろう。そのへんの小悪党が討《う》とうとして、おとなしく討たれるような御仁《ごじん》でもない。雁が沈むのは、延王がその気になったときだよ」

「……なるほど」

「しかも何気なくやるね、絶対に。これという理由もないまま、ある日唐突に、それも悪くないと思い立つんだ。けれども、あの人はねちこいから、思い立ってすぐに即断即決ということはない。――そうだな、たぶん博打《ばくち》を打つな」

だ」

風漢は怪訝《けげん》そうな貌《かお》をした。

「博打《ばくち》というのは何だ」

「言葉の通《とお》り。天を相手に賭《かけ》をするんだ。たとえばね、滅多《めった》に会わない人間に百度会ったらやるんだよ。巡り合わせが悪くて会えない間は、天の勝ち。会ってしまったら天の負けだ」

そういうことか、と風漢は声を上げて笑った。

「やるとなったら徹底的にやるね。たぶん雁《えん》には何ひとつ残らない。民も官も、台輔《たいほ》もね。王宮も都市もだ。雁は綺麗《きれい》さっぱり更地《さらち》になる」

「台輔を殺せば王も寿命が尽きるだろう」

「即座に尽きることはないよ。台輔を殺して、そこからは天と競争だ。天の決済が早いか、延王《えんおう》が雁を更地に戻すほうが早いか。あの人は、絶対にそういうの、好きだからな」

「それで、どっちが早いんだ？」

「やるとなったら、やってのけそうだなあ。……でも、それじゃあ悔《くや》しいから、最後の最後にほんの少し里《まち》が残って、自嘲《じちょう》しながら死ぬっていうのはどうかな？」

悪くない、と風漢は笑う。

「俺も奏《そう》なら想像がつかないでもない」

「へえ？」

「風来坊《ふうらいぼう》の太子《たいし》が、この世に繋《つな》ぎ止《と》められるのに飽《あ》いて、宗王《そうおう》を討《う》つ」

利広《りこう》は瞬《また》き、そして失笑した。

「まずいなあ。……あり得るような気がしてしまった」

風漢《ふうかん》は大いに笑い、そして窓の外に目をやる。

「……想像の範疇《はんちゅう》のことは起こらぬ」

だといいけど、と利広も夕闇《ゆうやみ》が降《お》り始めた芝草《しそう》の空を見やった。

「そんなものは、たいがい回避済みだ」

かもね、とだけ返して利広は口を閉ざした。夜陰《やいん》の漂《ただよ》い始めた起居《いま》に、喧噪《けんそう》が滲《し》み入《い》る。

想像できる範疇のことは、すでに多くの王朝で起こってきたことだ。そんなもので潰《つぶ》れるくらいなら、破格《はかく》と呼ばれるほど生き永らえることなどできない。ありがちな危機は乗り越えてきた。だから余計に先が見えない。

――なぜ王朝は死ぬのか、と利広は思う。天意を得て立った王が、道を失うのはなぜなのだろう。王は本当に自身が道を踏み誤ったことに気づかないものなのだろうか。気づきもしないのだとしたら、最初から道の何たるかが分かっていなかったということなのでは。そんな者が天意を得ることなどあるのだろうか。ないとすれば、王は必ず道を知っているのだ。にもかかわらず踏み誤る。違うと分かっている道に踏みこんでしまう瞬間がある。

過去の事例から、どういうときに過《あやま》ちに踏みこむのかは分かる。だが、自分の死の瞬間を想像できないように、違うと分かっている道に歩を踏み出す瞬間の心は想像できない。何がそうさせてしまうのだろう。どうすればそれを止められるのだろう。

思っていると、唐突に風漢が明朗な声を上げた。

「お前はしばらく芝草にいるのか？」

「そのつもりだったけど、そういうわけにもいかないかな」

単なる噂《うわさ》でなく、本当に柳《りゅう》が危《あや》ういなら、利広はこれを知らせなくてはならない。

「でもまあ、二、三日はいるよ。自分の目で確認だけはしておきたいから。風漢は？」

「俺は明日発《た》つ。雁《えん》の国境から芝草まで、軽く一巡りしてきたからな」

「相変わらず好き勝手に生きてるなあ」

「お前に言われたくはないいな」

私と風漢では立場が違う——利広はそう揶揄《やゆ》してやろうと思ってやめた。互いに物好きな風来坊《ふうらいぼう》だ。いずれ正面切って会うことになるまでは、それでいいと思う。もっとも、これだけの間、世界の端々《はしばし》で奇遇にも出会うことはあっても、会って当然の場で対面したことがない。だからこの先も、そうなのかもしれないが。

「じゃあ、その一巡りの話を聞かせてもらおうかな。夕飯ぐらいは奢《おご》ってもいいよ」

笑って言って、風漢《ふうかん》の言どおり、不味《まず》い料理を肴《さかな》に酒を飲んだ。引き上げたのは夜半過ぎ、風漢とは階段を上ったところで左右に分かれた。早朝に発《た》つという風漢を見送る気など、さらさらない。明日は昼まで寝ているつもりだ。奏《そう》と雁《えん》と、二国に運があれば、忘れた頃にまた会うこともあるだろう。

「とりあえず、気をつけて、と言っておくよ」

利広《りこう》は言って房室《へや》に足を向けた。その背に、そうだ、と声が掛《か》かる。

「ひとつ、面白《おもしろ》いことを教えてやろうか」

利広が振り返ると、階段の手摺《てすり》に凭《もた》れ、風漢は笑う。

「俺は碁《ご》が弱くてな。だが、たまに勝つこともある。勝つと必ず碁石をひとつ掠《かす》め取っておくんだ。それを溜《た》めこんだのが八十と少しある」

利広はその場で立ち竦《すく》んだ。

「……それで？」

「それだけだ。確か八十三まで数えたのだったか。それで——阿呆《あほ》らしくなった」

利広は噴《ふ》き出した。

「それは、いま？」

「さあ。捨てた覚えはないから、誰ぞが始末していなければ、塒《ねぐら》のどこかにあるだろう」

「いつの話だい、それは」

「二百年ほど前だ」

笑って言って、風漢は手を振って踵《きびす》を返す。その肩越しに、ではな、と暢気《のんき》な声が聞こえてきたので、さっさとくたばれ、と利広は笑って応じておいた。


南の大国、奏《そう》の首都は隆洽《りゅうこう》という。隆洽山の頂《いただき》に広がるのは清漢宮《せいかんきゅう》、これが六百余年の大王朝を築いた宗王《そうおう》の居宮だった。

王宮は通常、王の居所となる正寝《せいしん》を頂点に編成されるが、奏国の場合は、いささかその頂点がずれている。奏の中心は後宮《こうきゅう》にある典章殿《てんしょうでん》、これは即位直後から六百年、ついに一度も動いていない。

清漢宮は山の頂上というよりも雲海に浮かぶ大小の島で成り立っているように見える。

建物の多くは島から溢《あふ》れ、澄んだ海上に張り出し、そこに無数の橋が架《か》かってそれぞれを繋《つな》ぎ留《と》めている。正寝《せいしん》それ自体がひとつの島なら、後宮《こうきゅう》もひとつの島、後宮の正殿になる典章殿《てんしょうでん》は正寝から橋を渡って楼閣《ろうかく》を潜《くぐ》り、その先を塞《ふさ》ぐ小峰の裾《すそ》を穿《うが》った隧道《すいどう》を抜け、峰の裏に沿って石段を少しばかり登った高台の上にある。典章殿からは、小さな入り江が一望できる。入り江を囲む断崖《だんがい》の左右から空中に架《か》けた閣道《かくどう》が延びて、後宮のさらに奥、北宮《ほくぐう》へ、東宮《とうぐう》へと続いていた。

透明に凪《な》いだ雲海の上に、騎獣《きじゅう》の姿が現れたのは夜の帳《とばり》が降りてからだった。半分欠けた月の光を浴び、影のように飛来した騎獣は入り江を横切り、まっすぐに典章殿を目指す。崖《がけ》にしがみつき、二折れ三折れしながら海面へと下る露台《ろだい》を飛び越し、裏窓の外に張り出した手狭《てぜま》な岩場の上に降り立った。

窓には灯《あかり》が点《とも》っている。玻璃《はり》越しに広い堂内を見渡すことができる。堂の中央を占めた大きな円卓、食事を終えたばかりなのだろう、卓の上には大小の食器が積み重ねられ、その周囲に茶杯《ゆのみ》を抱《かか》えた人影が五つ、散っていた。

「——毎度のことながら、みんな揃《そろ》ってるなあ」

笑い混じりに言って、利広《りこう》が窓から入り込むと、円卓を囲んでいた人々が一斉に振り向き、てんでに驚いたような呆《あき》れたような声を漏《も》らした。ふっくらと年嵩《としかさ》の女が手を止めて、深々と溜息《ためいき》をつく。

「……お前って子は、どこが出入り口なんだか、てんで覚える気がないとみえるね」

言った彼女が宗后妃明嬉《そうこうひめいき》だった。本来ならば王后《おうこう》は北宮《ほくぐう》に住まう。その后妃が後宮にいるのみならず、さも高級そうな襦裙《きもの》の袖《そで》を襷《たすき》をかけて捲《まく》りあげ、小山に盛った桃《もも》の皮を剝《む》いているというのは、おそらく奏《そう》でしか見られない光景だろう。

「しかも、王宮で騎獣《きじゅう》を乗り回すんじゃないっていつも言ってるだろう。何度言ったら覚えてくれるのかね、うちの放蕩《ほうとう》息子は」

「覚えた端《はし》から忘れるんだ、なにしろ年寄りだから」

利広はあっけらかんと笑う。明嬉は再び溜息《ためいき》をついて小さく頭を振った。

「惚《ぼ》けかけた頭でやっと家を思い出したってわけだね。今度はどこまでお行きだえ」

ああ、と利広は笑いながら、円卓の周囲、たったひとつ空《あ》いていた席に陣取る。

「あちこち」

「ということは、また一周してたんだね。まったく、お前には呆《あき》れ果《は》ててものも言えない」

「すると、今、母さんが口にしてるのは何かな？」

「これは小言《こごと》というんだ、よーく覚えておき」

「覚えられるかなあ」

お母さん、と明嬉《めいき》以上に深い溜息《ためいき》をついたのは利広の兄——英清君利達《えいせいくんりたつ》だった。

「莫迦者《ばかもの》は放《ほう》っておきなさい。そうやってかまうとつけあがる」

「酷《ひど》いなあ」

くすくすと笑ったのは利広《りこう》の妹の文姫《ぶんき》、その称号を文公主《ぶんこうしゅ》という。

「兄様は母様《かあさま》の小言が聞きたくて帰ってくるのよ。甘えん坊だから」

「おいおい」

「だって兄様、いますごく嬉《うれ》しそうよ。いつもそうだもの。一度鏡を見てみれば？」

そうかな、と利広が顔を撫《な》でると、金の髪の女が柔らかく微笑《ほほえ》む。

「なんにせよ、御無事でようございました。お帰りなさいませ」

これが宗麟《そうりん》——昭彰《しょうしょう》だった。利広は大仰《おおぎょう》に頷《うなず》いてみせる。

「昭彰だけだなあ。私の身を案じてくれるのは」

「そりゃあ昭彰は、麒麟《きりん》だもの」

文姫《ぶんき》が言うと、利達もうなずく。

「慈悲《じひ》のかたまりだからな、麒麟というのは」

「昭彰は、世界一の悪党の身の上だって心配するんだからねえ」

明嬉からも畳《たた》みかけられ、さすがに利広は苦笑して椅子《いす》に背中を預ける。それで、と鷹揚《おうよう》に利広を促《うなが》したのは、一家の要《かなめ》、宗王先新《そうおうせんしん》だった。小卓に食器を下げていた手を止めて、手ずから茶を汲《く》んで息子の前に差し出した。これまた、奏《そう》以外ではあまり見られない光景かもしれない。

「どうだったね、あちこちは」

「……柳《りゅう》がまずそうな感じですね」

かたん、と先新《せんしん》の置いた茶杯《ゆのみ》が鳴った。

「――柳」

利達は眉《まゆ》をひそめて筆を置き、書面を脇《わき》に避《よ》ける。

「またか。……このところ、続くな」

「それは確かなのか」

先新の問いに、利広はうなずいた。

「おそらくは。私の見た限りでは確定でしょう。柳の沿岸――虚海《きょかい》側には妖魔《ようま》が出るそうですよ。戴《たい》に面したほうに限られるので、戴から流れてきているのだと、民は考えているようですが、天意が目減《めべ》りしていなければ近づいてくることなどないでしょうし。雁《えん》は掌固《けいび》を編成して柳との国境に派遣《はけん》したようです」

ふむ、と利達《りたつ》が小さく呻《うな》った。

「あの知恵者が夏官《かかん》を動かしたというのなら間違いないだろうな」

文姫《ぶんき》は溜息《ためいき》をついた。

「延王《えんおう》も大変でいらっしゃるわね。妖魔《ようま》が徘徊《はいかい》するほど戴《たい》が不穏《ふおん》で、しかもお隣《となり》の慶《けい》は常に不安定だし。そのうえ柳まで」

「巧《こう》もだよ。青海《せいかい》を渡って、かなりの数の荒民《なんみん》が雁《えん》に流れ込んでいるからね」

「巧はどうだった？」

「相変わらず酷《ひど》い。赤海《せっかい》から青海へ抜ける航路は完全に閉じてしまった。間の巽海門《そんかいもん》を抜けられないんだ、妖魔が多くて。いったい、塙王《こうおう》は何をしたんだろうね。白雉《はくち》が落ちてまだ間がないというのに、あれほどの妖魔が徘徊するなんて」

おかげで、と利達は恨《うら》めしげに傍《かたわ》らに追いやった書面を見た。

「こちらも押し寄せた荒民で目眩《めまい》がするようなありさまだ。お前、しばらく身勝手を慎《つつし》んで、荒民救済の采配《さいはい》をしないか」

「文姫のほうが適任じゃないかな」

「あたしは保翠院《ほすいいん》のお世話があるの」

奏《そう》には全土に荒民、浮民《ふみん》のための救済施設がある。それが保翠院だった。その首長である大翠《たいすい》として文姫が立って久しい。

国を挙げて太綱《たいこう》にない特別の事業を興《おこ》す際には、必ず一家の誰かを首長として据《す》える。単に官吏《かんり》を首長として立てるよりも、名目だけでも太子《たいし》、公主《こうしゅ》の誰かを首長として立てておいたほうが、編成された官吏たちはよく働くし、民も安堵《あんど》して信頼するからだ。

文姫はただ大翠としてそこにいるだけ、名目だけの首長だと知ってはいても、公主を首長に立てるということは、王直々《じきじき》に気にかけて、その事業を完遂《かんすい》しようという決意の表れだと民は思う。だからこそ信頼を寄せるわけだが、実際には気にかけるも何もない、文姫が大翠として立つということは、事実上、宗王《そうおう》自らが采配《さいはい》をすることに等しい。形だけは文姫が官吏の意見をとりまとめて先新《せんしん》に上奏し、先新が処断を下しているという体裁《ていさい》を取っているものの、文姫が先新にいちいち指示を仰《あお》ぐことなどない。そんなことをしなくても文姫は御璽《ぎょじ》を捺《お》した白紙を山ほど持っている。――ちなみに一家は、全員が同じ筆跡で文字を書く、という特技を持っている。六百年の間に磨《みが》かれた技だ。

「保翠院だけでは賄《まかな》いきれない」

利達は言って溜息《ためいき》をついた。

「荒民《なんみん》は取る物も取りあえず逃げてくるから、国境を越えればそこで精根《せいこん》尽きてしまう。国の様子も心配だろうし、国が少しでも落ち着けば戻りたい肚《はら》もあるから国境を離れたがらないものだからな。そうやって集まった荒民《なんみん》で、高岫山《こうしゅうざん》の近辺には集落ができているが、事実上、放置されているに等しい」

「保翠院《ほすいいん》から迎《むか》えは」

「やってるわよ。でも、とてもじゃないけど追いつかない」

文姫《ぶんき》の言葉に、明嬉《めいき》もうなずく。

「とにかく荒民たちを何とか編成して、うちの客分として組みこまないとね。最低限、集落を街としての体裁が整うよう、なんとかしてやらないと」

「いまのところ、大きな看板を背負ってないのはお前だけだ。諦《あきら》めて手を貸せ」

利達《りたつ》の言に、利広《りこう》は息を吐いた。

「……断るわけにはいかないようだなあ」

「御託《ごたく》をぬかしたら叩《たた》き出《だ》してやる。お前に一任する」

「私が手を出すと、国庫を湯水のように使うよ」

「そんなことは、言われなくても知っている」

「物資の調達と輸送は」

「とりあえず、県城の義倉《びちく》までは空にしても何とかなるだろう、と結論が出たところだ」

「じゃあ、やってみるか」

「叩《たた》き台でいいから方針を出せ。早急に、だ」

「……謹《つつし》んで承りましょう」

やれやれ、と息を吐いたのは先新《せんしん》だった。

「延王《えんおう》はこれをひとりでやっておるのかね。正直言って、頭が下がる」

「雁《えん》の官吏《かんり》は切れ者が多くて、しかも機動力が高いですからね」

利達は言って、顔をしかめた。

「——その点、うちの官吏はどこか暢気《のんき》だからなあ」

「そのぶん、良からぬことを考えるのにも暢気だから帳尻《ちょうじり》が合うんだよ」

明嬉が苦笑して、一家は揃《そろ》って溜息《ためいき》混じりの笑いを零《こぼ》した。

まあ、と先新は笑う。

「うちにはうちの流儀があるか。——それで、その他のあちこちはどういう様子だ」

利広は肩を竦《すく》める。

「戴《たい》も酷《ひど》いね。何とか近づけないかと近辺までは行ってみたけれど、あれは駄目だ。とにかく虚海《きょかい》側に妖魔《ようま》が多くて」

文姫《ぶんき》が首をかしげる。

「でも、白雉《はくち》は落ちてないんでしょう？　ということは、泰王《たいおう》に何かあったというわけではないのよね？」

「さっぱり事情が分からない。あちこちで聞いた話を総合すると、どうやら偽王《ぎおう》が立った、ということらしいんだけど」

「泰王《たいおう》が御健在なのに？」

「妙な話だけどね。泰麒失道《たいきしつどう》という話も聞いてないし。泰王崩御《ほうぎょ》でもない、泰麒失道でもない、すると内乱だとしか考えられないんだが、たかが内乱で妖魔《ようま》があれだけ跋扈《ばっこ》するというのも妙な話だし」

「……似ておりますね」

口を挟《はさ》んだのは昭彰《しょうしょう》だった。

「似てる？」

「ええ。巧国《こうこく》と。――塙麟《こうりん》失道に続く塙王《こうおう》崩御、珍しくないこととはいえ、これほど短期間にあそこまで荒れた例はあまり覚えがございません」

確かにねえ、と明嬉《めいき》は剝《む》いて切り分けた桃の実を人数ぶんの皿に盛る。

「妖魔のほうに何かが起こってるんでなきゃ、いいけどね」

「妖魔のほう、でございますか？」

「だって妙なことになってるわけだろ？　戴《たい》と巧が妙なのか、それともそこに出没している妖魔《ようま》のほうが妙なのか、よくよく見定めてみないと分かりゃしないでしょう」

「だめですよ、お母さん」

利達《りたつ》はぴしゃりと言って利広《りこう》をねめつける。

「そういうことを言うと、誰かが調べに行きたがりますよ。――利広、お前もそわそわしてるんじゃない」

「大役をひとつ引き受けたからね。そわそわするだけでやめておくよ」

「その言葉、忘れるなよ」

信用がないなあ、と苦笑する利広に、先新《せんしん》は問う。

「もうひとつ危うい国があるだろう。芳《ほう》はどうだ」

「あそこは格別の異常もなく、じりじりと沈んでいるようですよ。どちらかと言えば、うまく踏みとどまっているようです。あの仮朝《かちょう》は見所がある」

「――他は？」

「他はたぶん、つつがなく。舜《しゅん》が少しばかり安定を欠いているようですが、あそこはちょうど新王登極《とうきょく》から四十年ばかりになるので、あんなものでしょう。どう転ぶかは分かりませんが、今のところは踏みとどまる方向に向かっている感じです。範《はん》がちょうど大きな節目《ふしめ》にさしかかる頃合いですが、行ってみた感じでは問題なくその先に進みそうだな」

「慶《けい》はどうだ。落ち着いたのか？」

ああ、と利広《りこう》は笑った。

「そう——慶。あそこはね、ちょっと面白《おもしろ》い具合になってきました」

「ほう？」

文姫《ぶんき》は首を傾ける。

「女王でいらしたわよね？」

「そうなんだけどね。——うん。慶と女王は反《そ》りが良くないのだけど。今度は少し違う目が出るかもしれない。この間、初勅《しょちょく》が出てね。それが、伏礼《ふくれい》を廃《はい》すって」

え、とその場の誰もが目を見開いた。明嬉《めいき》はきょとんとしている。

「伏礼を廃して——それでどうするんだい」

「まさか、全員が跪礼《きれい》だけ？　麒麟《きりん》みたいに？」

言った文姫に向かって、利広はうなずく。

「そのようだね」

「でも、伏礼を廃して、それがどうだっていうの？」

「実益があるとは思えないけど。でも、なんとなく——意気を感じたな。民に向かって平《へい》伏《ふく》するな、と命じた王は初めてだろう」

「そういえばそうねえ……」

「初勅《しょちょく》が出る前に、慶の中央部で乱がひとつあったんだけど、なんと景王《けいおう》が直接お出ましになって、平定されてしまわれたそうだよ」

まあ、と文姫《ぶんき》は口元を押さえる。

「長い間、朝廷を牛耳《ぎゅうじ》っていた連中を締《し》めあげて、官吏《かんり》の整理も行なったようだし。なかなか行動力があるね。景王にしては珍しく」

「へえ……」

「初勅以来、改革も進んでいるようだし。半獣《はんじゅう》、海客《かいきゃく》に関する規制が撤廃されたよ。それも勅令《ちょくれい》で断行だってさ。なんでも禁軍の左軍将軍が半獣のお方だとかで」

「あら、すごい」

「やっと、と言うべきじゃないかな」

「景王が勅令でそれをやった、というのがすごいじゃない。あそこって、そういう勢いのあることが、本当になかったんだもの」

「そう——勢いがあるね、今度の慶は。いい感じだ」

利広は微笑《ほほえ》む。慶の端々《はしばし》には、いまだに強い王に対する不信感が残っている。だが、王都に近づけば近づくほど、民の顔は生彩《せいさい》を帯びてくる。王の膝元《ひざもと》から希望が広がり始めている証拠だ。なにしろこれまで波乱を繰り返してきた国だから、臣下の硬直は岩のように堅固だが、それを吹き飛ばすだけの勢いを感じる。たぶん慶は最初の十年を乗り越えるだろう。それもかなり良い形で。

利達《りたつ》が息を吐いた。

「慶《けい》が落ち着いてくれるとありがたい。こうもあちこち騒然としていると、寝覚《ねざ》めが悪いからな。なんとかうちも慶を見習って、いい感じに持ち直したいところだな」

「それは私に念押しをしてるのかな？」

「本人の申告によれば、惚《ぼ》け始めているようだからな」

はいはい、と利広《りこう》が苦笑混じりに答えると、円卓の周囲にはそれぞれが考えこんでいるかのような沈黙が流れた。それを最初に割って口を開いたのは先新《せんしん》だった。

「実際のところ、柳《りゅう》はどれくらい保《も》ちそうだ？」

利広は少しの間、首を傾けて考えこんだ。

「分からない。いったん事が起これば決着は早そうだけど。妖魔《ようま》が出ているというくらいだから、相当に天意は傾いているでしょう。ひょっとしたら近日中に台輔《たいほ》失道《しつどう》もあり得るんじゃないかな」

「相手が柳では、うちは荒民《なんみん》には関係ないか。頼るなら雁《えん》か恭《きょう》だろうな」

「雁はすでに状況を把握《はあく》しているようだから問題ないでしょう」

「しかし、戴《たい》や慶、巧《こう》の荒民まで背負っているわけだろう。どうやら慶は持ち直しそうだがまだ援助がいるに違いない。戴は完全に負《お》ぶさる形で、しかもこれに巧の北方の民が乗る。その者たちにすれば当然の選択だろう。妖魔《ようま》の跋扈《ばっこ》する土地を縦断して奏《そう》まで逃げてくる気にはなれんだろうしな。だが、巧《こう》までも抱《かか》えこんで、このうえ柳《りゅう》が荒れると、さしもの雁も荷が重いだろう。援助を申し入れては失礼だろうかね」

どうでしょう、と利広《りこう》は笑った。

「むしろ、巧の荒民《なんみん》をできるだけ引き受ける方向で考えたほうがいいかもしれません。このぶんだと、慶にまで流れこみそうな勢いですが、今の慶には、巧の民まで支える体力はないでしょう」

ふうむ、と先新《せんしん》は呻《うな》る。

「問題は、巧の民をどうやって奏に誘うか、だな」

「船を出せばいいでしょう」

言って、書面に心覚えを書きつけていた利達が、筆を走らせながら空いた手を挙げた。

「赤海《せっかい》から青海《せいかい》に入るのは難しいようですが、とりあえず赤海沿岸の港への船便をできるだけ増やす。あとは虚海《きょかい》側ですね。巧の沿岸を北上する荒民専用の船便を出せば」

「虚海《きょかい》側にはろくな港がないという話だろう？」

先新が問うように見るので、利広はうなずいた。

「大きな船が入れるほどの港は二箇所ですね。漁港なら大小いくつかありますが」

「じゃあ、小型船にすればいい。それなら漁港でも入れるから。第一、そうしないと大型船じゃあ間に合いません。数を揃《そろ》えるためには建造しなきゃなりませんから。漁船程度の船というと、乗れる人の数だってたかが知れていますが、そこは船団を組むなり、便数を増やすなりして」

「ふむ……その手があるか」

同意したのは明嬉《めいき》だった。

「そうおしよ。大型船を慌《あわ》てて造ったところで、用が済んだら使い道もありゃしない。小型の船なら、漁民に払い下げてやればいいわけだからね。それで巧《こう》の虚海側、北のほうの民を奏《そう》に誘えたら、慶《けい》への負担はかなり減るんじゃないかい」

「そうですね。──すると問題はむしろ恭《きょう》か」

利達《りたつ》は言って顔を上げ、利広を見た。

「恭には帰り道に寄って、心づもりが必要だと言っておいたよ」

「恭に物資は？」

「芳《ほう》を援助するために義倉《びちく》を割《さ》いて用意をしていたようだから、当面はそれを柳《りゅう》の荒民《なんみん》に流用できると思う。逆に、芳がよく踏みとどまっているから。ただ、いずれ芳も物資の支援が必要になるし、長期化すると厳しいかな」

文姫《ぶんき》が溜息《ためいき》をついた。

「芳と柳とふたつ抱《かか》えじゃあねえ。特に芳は、地理的にも恭《きょう》が頼りでしょうし。恭は隣《となり》の範《はん》と国交があったかしら？」

「ないと思うな」

「じゃあ、少しこちらも恭に援助をする用意をしておいたほうがいいかもね。最低限の食糧だけでも確保しておかないと」

「そりゃあ駄目だよ、文姫」

明嬉が軽く笑った。

「運ぶ手間と賃金を考えてごらんよ。うちで用意するより、恭の国庫を援助したほうが話は早いさ。それに、巧の荒民《なんみん》が入ってきて、うちも義倉《びちく》を開けてしまうだろう。このうえ恭のために米を買い漁《あさ》ったら莫迦《ばか》みたいな値になるよ」

「それは……そうかもしれないけど」

「供王《きょうおう》に穀物の値を監視するよう、忠告しといたほうがいいかもしれないね。それと材木。北のほうじゃあ材木は、恭《きょう》、芳《ほう》、柳《りゅう》の三国が主だろう？　そのうちの二国が傾けば、きっと高騰《こうとう》するだろうさ。穀物にせよ木材にせよ、こちらの値を緩《ゆる》めて北に流れていけるようにしたほうがいいだろうねえ」

「でも——」

言いかけた文姫《ぶんき》を、先新《せんしん》が制す。

「母さんの言うのが正解だろう。物を送りつけるのはよくない。独立不羈《どくりつふき》の心を挫《くじ》いてしまうからな。荒民《なんみん》にとって一番必要なものは、辛抱《しんぼう》することと希望を失わないことだ。我々が援助してやるのはそこだよ」

「……ああ、うん」

「助け起こしてやることは必要だが、相手が立ったら手は放してやらないとな。恭を援助するのはいいだろう。国庫を助けて恭が荒民の救済をしやすいようにしてやるのには賛成だ。だが、施《ほどこ》すのは恭でないといかんよ。隣国が助けてくれれば、柳の民も心強かろうし、この先恩義にも感じるだろう。それは奏《そう》が助けた場合も同じだが、恭ならばいずれその恩義を返すことができる。なにしろ隣《となり》だからね。奏が施しても恩義の返しようがない。返しようのないものは、天から降ってきたのと同じだよ。それに慣れさせてしまえば荒民にとって一番大切なものを挫くことになる」

はい、とうなずいた文姫を微笑《ほほえ》んで見やって、先新は利広《りこう》を振り返る。

「お前もだ。巧の民のために国庫を散財するのは構《かま》わないが、施しすぎないようにな」

「――心得ておくよ」

うなずいて、先新は軽く息を吐く。

「まあ、お前が方々から事情を持ち帰ってくれるので助かる」

「褒《ほ》めるんじゃありません、お父さん」

利達《りたつ》が口を挟《はさ》む。

「利広には、少し自覚を持ってもらわないと」

「そう何度も釘《くぎ》を刺《さ》さなくても、荒民《なんみん》に関しては引き受けるよ」

「よく言った。言質《げんち》を取ったぞ。もたもたしていると、酷《ひど》いからな」

「分かってるよ」

「ついでに」

利達は利広をねめつける。

「さっさと騎獣《きじゆう》を厩《うまや》に戻してこい。いつまで外で待たせているんだ」

首を竦《すく》めた利広を微笑《わら》って、昭彰《しようしよう》が立ち上がった。

「わたくしが」

「およし、昭《しょう》彰《しょう》」

明嬉《めいき》はぴしゃりと言う。

「出したものは片づける。そのくらいのことはできるようにならなきゃ。なにしろもう子供じゃないんだから」

　これには全員が噴き出した。

「たしかになあ」

「そうねえ。兄様も、いい加減で大人にならなきゃ」

「六百を過ぎた子供なんて洒落《しゃれ》にもならん」

利広《りこう》は自らも笑いつつ、はいはい、と立ち上がった。

　ここは、いっかな変わらない——利広は窓から岩棚《いわだな》に抜け出しながらそう思う。居場所も変わらなければ、その顔ぶれが変わることもない。いつでも窓には灯《あかり》が点《とも》っていて、そこには明るい顔をした人々が和《なご》やかに集《つど》っている。

　旅から戻り、この光景を見ると心の底から安堵《あんど》する。幸か不幸か、まだこの安逸《あんいつ》に飽《あ》いたことはない。いや、あるいは利広がこうも頻繁《ひんぱん》に王宮を抜け出し、危険を承知で諸国を放浪してしまうのは、実は飽いているからなのかもしれなかった。そういえば、出るときはいつも、戻るときのことなど考えていない。行く手のことしか念頭にはなく、奏《そう》も清漢《せいかん》宮《きゅう》も、そこにいる家族も意識の外だ。利広自身にも届かない心の奥底で、実は二度と戻るまいと思っているのかもしれなかった。

だが、それでも結局のところ、いつだって利広はここに戻ってくる。

他国を見れば寒々しい。国は脆《もろ》く、民はいつでも薄氷の上に立っている。死なない王朝はない。あまりにも自明のことでありすぎる。――けれどもここはだいじょうぶだ。少なくとも、互いが支え合っている限りは。

利広は窓の中を振り返った。

――ひょっとしたら自分は、これを確認するために、戻ってくるのかもしれない。

●本書は、二〇〇一年七月、講談社文庫より刊行した作品をX文庫ホワイトハート版としたものです。
尚、「十二国記シリーズ」は、本書以降も、講談社文庫版で先行刊行し、順次、ホワイトハート版にて刊行いたします。

◎ファンレターのあて先

〒112-8001　東京都文京区音羽2-12-21　講談社　X文庫「小野不由美先生」係
〒112-8001　東京都文京区音羽2-12-21　講談社　X文庫「山田章博先生」係

N.D.C.913　366p　15cm

小野不由美（おの・ふゆみ）
大分県中津市生まれ。大谷大学文学部卒業。
講談社X文庫ティーンズハートでデビュー。
ホワイトハートは、壮大なファンタジーを描く十二国記シリーズの「月の影 影の海」上下巻、「風の海 迷宮の岸」上下巻、「東の海神《わだつみ》 西の滄海」、「風の万里 黎明の空」上下巻、「図《と》南《なん》の翼」、「黄昏《たそがれ》の岸 暁の天《そら》」上下巻があり、本書はシリーズ最新刊。本格ホラーでは、「悪夢の棲む家」上下巻、「過ぎる十七の春」、「緑の我が家」が大好評。また、CDドラマ「東の海神 西の滄海」も好評発売中。

講談社X文庫

white heart

華胥《かしよ》の幽夢《ゆめ》　十二国記《じゅうにこくき》

小野不由美《おのふゆみ》

●

2001年9月5日　第1刷発行
2003年2月28日　第9刷発行
定価はカバーに表示してあります。

発行者——野間佐和子
発行所——株式会社 講談社
東京都文京区音羽2-12-21 〒112-8001
電話 編集部 03-5395-3507
販売部 03-5395-5817
業務部 03-5395-3615

本文印刷—凸版印刷株式会社
製本———株式会社国宝社
カバー印刷—信毎書籍印刷株式会社
デザイン—山口　馨

落丁本・乱丁本は購入書店名を明記のうえ、小社書籍業務部あてにお送りください。送料小社負担にてお取り替えします。なお、この本についてのお問い合わせは文庫出版局X文庫出版部あてにお願いいたします。

ISBN4-06-255573-5